# 与雨日肇事的爱

黄伟康 著

# 目录
contents

| | | |
|---|---|---|
| 序　章 | 大事纪 | 003 |
| 第一章 | 鹿角解 | 008 |
| 第二章 | 温风至 | 023 |
| 第三章 | 腐草为萤 | 045 |
| 第四章 | 土润溽暑 | 070 |
| 第五章 | 凉风至 | 097 |
| 第六章 | 虹藏不见 | 121 |
| 第七章 | 雁北乡 | 145 |
| 第八章 | 水泽腹坚 | 174 |
| 第九章 | 东风解冻 | 201 |
| 第十章 | 獭祭鱼 | 231 |
| 第十一章 | 草木萌动 | 261 |
| 第十二章 | 桃始华 | 291 |
| 第十三章 | 鹰始挚 | 316 |
| 第十四章 | 大雨时行 | 346 |
| 终　章 | 逆　转 | 362 |

猫咪蹲踞在水杯的沿上，阳台上的盆栽用黑暗的姿势醒来。
松鼠正在跟狐狸示爱，蚂蚁飞翔着攀上了窗台。

气象很好，夜晚很古老。
河马给马铃薯涂上一层营养的大便，麋鹿跟仙人球拥抱起来。
蓝色鲸鱼在墙壁上用鼻子喷出水来，屋顶上有月光掉进水里。

梦里很甜，世界很美好。
毛孔在扩张，瞳孔在收缩。

送你一场大雨倾盆，流往心脏跳动的地方。
身体里，有人又活过来。

# 序　章　大事纪

　　2004年，在台湾台南市的闹区中，发生了一次鲸鱼爆炸事件。

　　一只在海岸搁浅而死的雄性抹香鲸鱼，非常庞大，身长17米，重50吨，并且已经有些腐败。它就要被人类送到大学里去进行科学研究了，被相关单位动员平板卡车以及起重机乃至50名以上的人员才能够把它装运上车，准备以公路方式运送抵达。可是就在运输途中，在繁华的大街上，这只在沙滩上孤独死的鲸鱼突然爆炸了。顿时，鲸鱼的血还有内脏洒了一地，霎时，行人都沐浴在一片血雨中。实在是太可怕啦。

　　"真是一只强壮的鲸鱼，性感浓度颇高。"

　　这只搁浅的鲸鱼马上就登上了新闻头条，可谓风光。并且报道资料说，这条街上云集了600多号人，他们忍着低温寒风，就只为了见这只抹香鲸鱼一眼，满足下好奇心。

　　事后根据有关学者研究推论，此鲸鱼发生爆炸的部位曾受过船只撞击，从而导致自身承受不了腐败产生的气体压力而爆炸。

　　"好酷！"

　　这只雄性鲸鱼在如今的自己看来，还是非常地具有魅力呢。

从我的思维来讲，这只鲸鱼的爆炸完全是自我的一种爆发，在一种凌辱中决然地燃烧自己，把自己的肝脏撒向无知的人类，想起来就非常热血呀——

"不在沉默中爆发就在沉默中变态！"

2011年，我初中毕业。以上便是猫田同学在初中毕业册上对我这个人精准的综合评估，因为在他眼里我就是个不敢在沉默中爆发的孬种，最后终成了变态。猫田还非常用心地在评估栏的最后面标识了下"负分"两个字。

在别人看来，我的忍辱性能极高。就像是一枚高尚的沙包，每次被人使劲地揍一拳，我只会发出闷闷的一声"噗"。

"大声说出来""大胆地去撕烂对方的嘴""狠狠地去踹对方的大屁股"这种励志的话语也会在心里浮现，只是每次熊胆一旦到了喉咙就会变成"算了不要跟他们计较"。

如果我是只母的抹香鲸鱼，我一定愿意在那只鲸鱼死之前跟它谈一场羡煞旁人的恋爱。因为它一直是我心中的英雄。

"异性绝缘体，卵子供需密封，天然结扎无保留。"

在人际交往那一栏，猫田同学高瞻远瞩的眼光不仅把我的人脉关系，连我一整个恋爱史都给概括了。

不知道从什么时候开始，能够自由地跟对方正常说话和接触的男性对象就只有爸爸还有猫田。除他们之外，跟年龄相仿的男生说话浑身都会不自在，冒冷汗，眉毛拧在一起，看上去好像就要哭出来。

所以珍爱生命,远离雄性吧。因为对男生会出现这样的疑难杂症,时间一久,女生们也会觉得自己难以接近,从敬而远之到避而远之。

"许童绿,女,16岁,怪异物种,孤独死。"

眼神瞥到评价我的综合信息一栏,猫田同学还准确地看穿了我的性别,并作出了基因鉴定。生活状态也描写得当,孤独成精,没有救了。

大概只有各届班主任会对我的孤独津津乐道,会当着全班人的面拉长脸说"你们跟许童绿学学,人家跟你们一样一天出去玩吗,她每时每刻都在用功读书"类似这种话。每次班主任语音一落,班级里都会有不明意味的笑声在底下窃窃地传开——"她确实不一样呀。"

我不一样。

所以,老师们的赞扬都让我觉得难堪和羞耻。殊不知他们的夸奖就是把我跟同学们隔开,划成分水岭另一边的异类,让我蹲在一个小圆圈里。

"我的好朋友。"

喏,还看漏了一行,上面写着我们的连接关系。这应该是猫田说过的最矫情文艺的一句话了,每次翻开纪念册看到它,嘴角不免会翘着笑起来。跟猫田认识大概也有三年了,这三年来就算没有为对方两肋插刀，也为对方吃了不少苦头。

如果猫田当年没有在我生理期的时候托关系帮我跑了一千米，估计我当时就会翻白眼死在操场上。而如果我当初没有帮猫田把化学功课补得那么漂亮，如今猫田也不敢恬不知耻地在别人面前用翘舌音耍贱着说："化学？Who cares！"

有时候，我甚至觉得猫田比我还了解自己。我常常通过猫田而感知自己的灵魂体系，然后顿觉原来我是这样的一个人哪。

所以我想，这就是好朋友吧。

2014年，我十八岁了，高中毕业。

这一年，海龟先生还有鲸鱼先生终于在陪我度过了许多岁月后，于我搬家时纷纷"死"去，没有葬礼。鲸鱼先生其实是我的一只玻璃杯，海龟先生是我的一只布偶。毕业典礼之后，我终于成为了大人，活成了有我自己的样子的大人。不久的将来，我就到其他城市里去过新生活了，去遇见更美妙的世界。

无论走到哪，我总会随身携带一张照片还有一只猫。

照片上的我们在一个教室里并排坐着，最左边的是第一次笑得那么正经的猫田，中间的我还有一个女生爱思交叉着双手挽在一起。最右边的座位，空着，永远为一个消失的人留着。

这张照片也像藏着声音，每次盯着它，都会有声音响起来——

"阿绿，你目前的人生除了拥有大象腿以及计划为你寂寞的爸爸物色一个老处女之外，就没有其他当务之急了吗？"

记忆里的猫田如是说。

"人类没有愿望和梦想就像只会粗暴摄食的大白鲨,如果没有就可以去死了。还有,苏格拉底扯淡扯得最巅峰时怎么说来着,know yourself 认识你自己 and……"

And?……

"改变你自己。"

改变自己,可是一场大革命。

## 第一章　鹿角解

[1]

"海龟先生,我是妖怪。"

"阿绿如果是妖怪,也是一只可爱到没人爱的妖怪哦。"

"可是我不久后就又要变成人了,我想要变成人。"

"为什么?"

"在一个满是人类的星球上,我吃饭睡觉上课逛街看电影都是一个人,不能融入他们,做妖怪太孤独了。"

"笨蛋,妖怪都会易容术,都假装成人类的样子。实际上,身边有很多很多跟你一样孤独的妖怪,只是你没发现。"

第 2100 只纸鹤。

今年大我两岁的阿泽,已经十九岁了,不是校草,脸庞温柔,肩膀宽阔,额前的头发遮到眼睛的时候他总会懒懒地鼓起嘴巴把它们吹开。他喜欢笑,性格爽朗,爱心泛滥,成绩差劲却不排斥学习,热爱篮球。

最后一次见到阿泽是在小学三年级的夏天,从那以后他就在另外一个地方每天乐呵呵地生活着,没有烦恼,并且每天都会收到我的一只纸鹤——

阿泽从来都没有回过我任何讯息，但是我并不气馁，每天都会折一只寄给他。

我说，我希望跟阿泽再次相遇。

今天是一个雨天，我折完了第2100只纸鹤。

清晨，我穿上雨靴，在出租房门口的邮件箱里取出这个月的水电费通知单后，心情有点糟糕地去上学。

这样的日子，每一天都是没有什么期盼的。

曾经在我还没上高中前，我的世界很小很小。每天的生活两点一线，公式塞满了我的脑袋，电视机占据了我的节假日。我在地球上生存，却一直像住在一口枯井里那般苟活，视野还有眼光乃至乐趣，犹如碗口。

我觉得我是妖怪，海龟先生同意了。

升上高中后，也尝试过把所有陈旧的期盼都倾倒出来，重新放进锅里热炒一番。可是到目前为止，我的生活仍然是吃饭睡觉还有上课这三样东西按部就班地进行着，时间一久，心里也泛不起波澜了。

今天是星期五，本没有什么特别，但从校门口的人群密集程度来看，似乎今天将会有什么不同——

"你们看到公告栏了吗？快去看看！"

我正撑着伞走在路上，突然听到身边有人在吆喝着，随后几个女生便踩着水花朝前跑了过去。

我这才回过神来，今天是雨天啊。

每逢下雨天，校门口总会出现这样的一幕。那些早读完毕的同学们一脸困倦，本提着裤管走着，随后总会循着其他人讨论的声音朝公告栏的方向瞥去，然后便纷纷停下来张望。

不一会儿，就会站满了人。

我加快脚步走上前，站在人群的最外圈。雨伞遮挡了我的视线，我踮起脚尖，吃力地往挤挤挨挨的脑袋缝里看。只见校工大叔站在公告栏前，用歪斜的字体在黑板上写上"雨天池塘积水，望互相转告，不要靠近池塘"一行大字。与此同时，校园广播也播起来了，喇叭声混在雨声中，劝告大家不要接近学校附近的那个池塘。

"听到了没有，别去那里，有鬼！"

"别吓人。"

"我现在转校还来得及吗？"

"骗人的吧。"

这样的窃谈也早已经习以为常了。我们学校城园高中作为市重点高中，一直以来都以苛刻的纪律还有严谨的校风著称。另外，就是那个让人谈之色变的学校怪谈——

池塘幽灵传说。

传说学校附近的那个池塘，在雨天会出现幽灵。所以，一到下雨天，公告栏前总会聚起八卦小分队，那个口口相传的池塘总会成为谈资，大家纷纷咋舌着这背后的秘密，病态般地期待着告示上能有更多的进展。

# 第一章　鹿角解

雨下得又大了起来。我见时间不早，正准备离开，突然感到我的后脖颈一片冰凉，像是一汩雨水滑进了我的衣口。我尖叫着缩了下脖子，回头一望，便看到猫田支着一张白净瘦削又笑嘻嘻的脸。

"面瘫妹，早安。"他说。

就知道是猫田。

从初中二年级认识以来，猫田一直都是我的同桌，也是我唯一的"男闺密"。我把他当姐妹，他把我当哥们。也只有他，会在每次下雨的时候，孜孜不倦地偷捧雨水滴在我后脖子上吓我。

"你要死啊？"我气急败坏，刚想继续骂他，结果就被猫田的一个眼神给瞪了过来。猫田人模人样，但却长了一张沾满毒液的嘴，骂起人来妙语连珠，脸总是冷冷的没什么表情，嘴巴却跟机关枪似的，谁都招架不了。

"许童绿，对我的打招呼不满意？想骂我啊？"他嘴角挑衅地一翘。

"不敢。"我蔫了。

"你别一到雨天就跟刚磨完十斤大米似的，一副被开水烫过的苦瓜脸，我有两个消息，一个恐怖消息，一个更恐怖的消息，你想先听哪一个？"

我兴致乏乏地说："爷随意吧。"

猫田把我猛抓到一边小声地说："昨晚有人在池塘幽会，遇到下雨摔到了池子里，结果……"

我的眼睛一亮，满怀的期盼就要提到喉咙口。

"结果什么都没发生。"

"……"我瞬间泄了一口气，原来今天仍然没有什么不同，我佯装笑脸，"呵呵，好恐怖哦。更恐怖的事呢？"

"咱们班要新来个转校生。"

"转校生？"我有点无话可说，这有什么好偷偷摸摸和兴奋的。

猫田弹了弹雨伞上的水珠，嘱咐我："刚好又到月底调座位的时候，别到时把咱们分开了，我可舍不得你这个大哭包，别抛下我。"

原来是担心这事。

[2]

我跟猫田已经同桌三年了。

我知道，猫田嘴上让我别抛下他，其实是他不想抛下我，是我离不开他。因为一直以来，都是猫田在保护我。

我还记得，当初我们第一次当同桌的时候，彼此没什么交集，也从来都没说过一句话。直到有一天下午，课间十分钟的空隙，猫田趴在桌位上睡觉，我刚从教室外面回到座位上，翻开书本的时候，一只蛤蟆突然跳了上来，我条件反射地尖叫了一声："嗷——"

又是恶作剧。

午后昏昏欲睡的大家被我嘹亮的声线吓醒，坐在后排的两名女生幸灾乐祸地哄笑着，教室陡然响起了清脆的笑声。

数不清这是第几次了。

我没用地呆坐在原地，无所适从地暗暗啜泣。

"你们吵到我睡觉了。"没想到，猫田揉了揉眼睛，脸上冷冷的，"陈意如你这个丑八怪，如果再恶作剧我就把蛤蟆塞到你的胸罩里，臭 A 妹！"

当时，猫田抓起那只蛤蟆的小腿，木然地转过身去，后桌的同学都猛地往后仰了身体。

"这是这个月的第 10 只蛤蟆了，请问你这只蛤蟆精的胸部什么时候从飞机场变成了养殖场？"

"关你什么事啊？"

"最讨厌别人打扰我睡觉了，怎么办呢。"猫田跨出座位，众目睽睽之下朝陈意如走去，所有人都屏住呼吸，呆愣地盯着猫田的一举一动。

猫田走到陈意如的跟前，左手猛地扯过她的领口，佯装要把那只很丑的蛤蟆往里头塞，陈意如哇的一声开始求饶。

我看傻了。

结果，猫田停下手中的动作说，你去做件事，我就饶了你。陈意如声音颤抖着问："什……什么事？"

猫田把蛤蟆轻扣在陈意如的头顶上，手一放，只说了两个字，放生。

随后，猫田重新趴在桌位上。我暗暗地跟他说，谢谢。

那是我们第一次对话，猫田闭着眼睛，脸依然冷冷的："别谢，担当不起，我又不是为了你。你也不是什么好东西，最烦你们女生哭哭啼啼，像任人宰割的猪。"

那时候的猫田拥有永远吃不胖的体质，身材瘦削得看上去弱不禁风，但身体里却总是有着一股无法形容的力量，好像永远也用不完。

"人活着，只能被自己喜欢的人伤害，只能被自己喜欢的人欺负。其他人，不行。"

后来，似乎得知这句话是猫田的座右铭之一。也是很久以后，我才从猫田身上学会的道理。

眼看雨水越来越大，但直到上课铃声快要打响，学校门口聚拢的人群还迟迟未见减少。

"不知道新来的转校生是个什么样的人？"猫田再次嘱咐，"不管谁来，都不能答应老师调座位，知道了吗？"

我使劲点点头："嗯，我们是时代姐妹花，永远不分家。"

猫田说，我呸。

随后，我跟猫田走进校门，猫田又提了一嘴："忘了告诉你，第一件恐怖的事里，幽会的两人摔到了池塘里是没发生什么，但真正恐怖的是，听说两人是莫名被推下去的。"

"你……说什么？"我打了个激灵。

猫田见我脸色铁青，勉强地笑笑，不明就里："骗你的，我编的。"

"真的吗？"

"走吧，快迟到了。"

# [3]

很快就要上课了，我跟猫田匆匆朝教室跑去。可就在我们进入教室的时候，班上的同学都正襟危坐，大家都憋着笑，朝我打量着，似乎在等着看什么笑话。

我奇怪地回到自己的座位，才发现自己的书桌上，被人用粉笔写了"何颖雅"三个加粗的大字。

然后，不知是谁朝我后背一拍，我的背上被贴了一张纸。撕下来，上面只有两个字——女鬼。

我攥着那张纸，浑身僵硬，而背后传来了大家憋在喉咙里的嬉笑声。我一回头，笑声戛然而止，所有人都默契地装作什么都没有发生。

我盯着书桌上的那三个字，就像是回到了跟猫田第一次对话的那天，目睹了书本里跳出来的那只蛤蟆。

曾经的那种胸腔里的撕裂感，又再次涌上来了。

何颖雅，就是传说中第一个见到池塘里的幽灵的人。

在我们初三填志愿之前，为了鼓舞斗志，班级曾组织同学们到城园高中进行过一次参观活动。

记忆中，也是雨季到来的时刻。校车的玻璃窗外淌满了雨水，我在睡梦中颠簸了许久，才到达校门口。

"什么鬼地方！在荒山野岭！屁股都快坐裂了！"当时，猫田用手肘狠狠地把我捅醒，在我还没缓过劲时又生猛地丢出了一句，"这里是古代做作少女的深闺房吗！"

"太偏僻了吧。"我们撑着雨伞下了车，望着四周的环境。

带队老师说，为了拥有安静的学习环境，城园高中煞费苦心地远离闹区，坐落在偏僻的郊外。临近一千米有一条繁华的美食街，除此之外其他周遭要么是正在修建的楼房，要么是田野荒地。

我们纷纷望过去，荒地上，有一个池塘。

说是荒地，却有一块非常茂盛的草地，草地中间是那个池塘，旁边还有一棵挺拔的百年枯树。像是有灵魂般活着，很奇怪。

就在那时，校门口驰来了一辆救护车，正在鸣着笛。我们看到，一名女生疯疯癫癫地嘶叫着，被众人押送到救护车前，头被使劲地按着撵进去。随即车门便关了起来。

"发生什么事了？"

"好像是高三生读书读疯了？"

"不是说看见幽灵了吗？"

后来，我们才知道那个学姐的名字，就叫何颖雅。

据耳尖的人说，学校的传说都是因她而起的。起因是，在接近高考的一个夜晚，何颖雅压力大，想到池塘边散心，结果下起了雨，等到她跑回寝室时，全身战栗无法自控，缩在床上的墙角便号啕大哭。她脸部扭曲地嘶喊着，最终浑身颤抖到趴在床边就呕吐了起来。

她说，她看见了幽灵。

这把室友们都吓坏了。

第二天,这件事情在校园里铺天盖地地传开了。再后来,说是何颖雅惊吓过度,我们那天才会目睹她被押送到救护车的场景。

在那之后,校园里人心惶惶,池塘一度被学生远离。

一直以来,"何颖雅"这三个字就是恐怖、灵异、异类的代名词。

[4]

我怎么都想不到,我竟然会跟"何颖雅"有交集——

班上的同学们有的视若无睹,有的在窃窃私语说着太过分了吧。但更多的是在议论:"你不知道吗?许童绿住进了何颖雅的寝室。"

"怪她倒霉咯,抽到那样的寝室。"

"好可怕。"

猫田一把夺过我手中写着"女鬼"的纸张,看了一眼,拧成团:"谁干的?是哪个贱人,给我滚出来!"

空气突然安静了。

我无奈地埋着头,暗暗扯了扯猫田的袖口央求他——

"算了。"

从小到大,我已经习惯说"算了"。

我小时候,是在一个南方城镇度过的。在那里,每天早晨,你出门的时候都能目睹街对面的阿姨在油条摊前支着大长筷发呆,然后叮铃铃响的自行车会从街道上穿过。原本是那样平静得像春潮淌过的日子。

直到阿泽离开的那一年,我爸妈离婚了,不久之后,我才带着鲸鱼先生和海龟先生,跟爸爸搬到这座城市——

因为性格开始变得孤僻,只有它们能跟自己相伴。

从我有记忆起,我妈就不喜欢我,因为我长得不够漂亮。"鼻子那么塌,一点都不像我。"她总是抱怨道。

妈妈是个爱美的人,她喜欢穿着大红色的高跟鞋,十厘米那么高的鞋跟。我小时候偷穿了她的鞋子,咯嗒咯嗒地来回走着,还抹了她的紫红色唇膏,胳膊差点就被妈妈掐出淤青来。

后来,每次在看见妈妈回家把高跟鞋脱掉的时候,我总会幻想妈妈随时会抄起那双红色的高跟鞋向我砸过来,重重地磕在我的脑门上。

慢慢地,我染上了爱幻想的毛病。

再后来,妈妈说长大后要再给我买高跟鞋,我说算了。

印象中,妈妈性格很刚烈,也很喜欢喊我"克星"。

这是她不喜欢我的第二个理由,她说因为我,害她没法离开那座南方城镇。她向往繁奢的大城市生活,三番两次跟爸爸吵架,富有诗意地骂爸爸就像一只囚鸟。

"你这只鸟!"现在想起来,总是有点略带色情的好笑。

所以,最后妈妈跟爸爸离婚,一个人跑了——

我记得妈妈走之前,蹲在我面前扶着我的双臂,她跟我说:"我自由了。"我和爸爸一点都不恨她,每个人都有每个人的追求。

只是,从此以后我的心里就落下了阴影。

妈妈在骂了我几百次"克星"后,还没有疼惜地跟我说"阿绿才不是克星,阿绿跟大家一样"就走了。从此她再也没回来。

给我留下了阴影,也给爸爸留下了羞耻感。爸爸觉得不能再让人瞧不起,硬把家从城镇搬到了大城市。

就这样住进来了。

长期以来,我吃饭睡觉逛街看电影这些事情都由自己一个人完成,时间一久,又会觉得自己是妖怪。

爸爸说,要给我找一些新玩伴,新朋友。我想了想,妈妈走了,阿泽也走了,新玩伴也会走。所以,我说算了。

直到现在上了高中,我性格上的缺陷不仅没得到弥补,好像更严重了。

自卑,不爱说话,不喜欢交际,跟其他男生说话就会结巴冒冷汗,根本无法正常交流,一紧张就会胡言乱语,语出惊人。

时间一久,从别人的口中得知,自己的外表似乎阴郁可怕,行为也常常无法预测——自己在别人眼里,是个怪人哪。明明只是比较自卑,却总被说是怪胎、异类、外星人的,这样的自己。

"不能就这么算了!"猫田沉下脸来,愤怒地朝桌脚一踢,眼前的课桌便倒在了地上。

眼看大家面露难色，我拉了拉猫田的手腕说，真的算了。

上课铃在这个时候响起，在我的劝阻下，猫田只能罢休。"许童绿，忍气吞声就是一个雪球，今天忍了，明天就会越滚越大！"猫田指责了我一通，刚想跟大家撂狠话，结果被我抢过了话头——

"我就是觉得幼稚，不跟他们一般见识。"我刻意模仿猫田的语气，对班上的同学撂下狠话，"下次谁要是再手贱，你们尽管试试看，我跟你们没完！"

说完，我狠狠地拍了下桌子，以示威严。猫田这才欣慰地挑了下眉，一屁股坐回自己的座位上。

这一次，我没有让猫田失望。但我其实心有余悸。

对比以前的懦弱，对比以前备受欺负而从不还手的我，如今还不太适应这样的自己。

这时，老师进了教室，我这才匆忙地喊了声"起立"，一边手忙脚乱地擦掉自己课桌上的粉笔字。

# [5]

早上第三节课是物理课，讲电磁感应与交变电流，一如既往地沉闷。猫田自习完，正在翻看一本服装设计杂志，把油光纸翻得哗啦响。

猫田喜欢跟衣服相关的一切，偶像是亚历山大·麦昆和山本耀司，说是服装设计界的大神，但我一个都不认识。

我闷着脑袋做习题，突然听到教室门口响起了嘹亮的一声——

"报告!"

大概是转校生来报到了,稍后就听到了物理老师的一声"你怎么还不进来"。我没有抬起头,习题上沉闷的数字还在我的笔记上跑来跑去。可有那么一瞬间,我听着物理老师的那句话,眼睛里有画面一闪,稍纵即逝。

我感到莫名其妙,有一种预感越来越强烈,很奇怪。就在我还来不及反应的时候教室外又响起了一句——

"因为您没有正声答应我进来呢。"

"进来,你就是转校生吧?跟大家问声好吧。"

我抬起了头,身体在那一刻不由自主地打了个激灵,脑袋嗡的一声。

眼前有一名高挑的男生背着书包走了进来,站定在讲台上。他咧着嘴灿烂地笑,然后开始自我介绍。

可是我耳朵突然失聪般,错愕着,什么都听不见。

都听不见。


"阿绿?"

"阿绿?!"

不知道过了多久,猫田摇晃着我僵硬的手臂,语气紧张:"喂,你怎么了?你在哭?"

我愣住了。身体在那一刻不听使唤,泪水也不知道在什么时候,已经布满了我的脸颊,就像已经失去了所有的意识。

"你没事吧?"

似曾相识的场景在脑海里聚拢，终于汇集成曾经第一次跟阿泽相遇时，一模一样的画面。

　　那个转校生笑起来灿烂得整个人都在发亮。大概180公分的身高，宽阔的肩膀，温柔立体的脸庞，脸部表情看上去很懒。头发两鬓是剃掉的，但是眉毛却被厚实的头发隐隐约约盖住了。呼——那么一下，他鼓起嘴巴把额前的头发一吹，然后微笑地看着大家。

　　时间就停滞了。

　　…………

　　是阿泽。

　　我的眼睛像是失去了所有的焦点，眼泪止不住地往下掉。

　　控制不住自己。

　　今天是第2100只纸鹤，那是阿泽，他回来了。

## [6]

"喂，你为什么哭呀？"

"海龟先生，阿泽回来了，重新跟我相遇了。"

"这不是很好吗，你哭啥？"

"可是阿泽已经死去很久了。"

　　阿泽明明已经死去很久了。

# 第二章　温风至

[1]

"阿绿，你是不是在幻想？你在幻想阿泽呀？"

"海龟先生，我很清楚，我一眼就能看出他的轮廓，绝对不可能是幻想。"

"可我不是你幻想出来的吗？"

"因为你是缩头乌龟，跟我一样胆小，所以我才幻想你呀。"

"我不想理你了，睡觉。"


"我叫沃野，大家可以叫我阿野。"

转校生大步走上讲台，环顾着班上的同学，随即温暖地露出一个灿烂的笑来。

"哎，这个姓很少见哦，能跟大家说说姓氏源流吗？"物理老师打趣道。

"啊……就是那个，嗯，有点复杂我也不知道，嘿嘿。"他挠了挠头，这一举动在女生心里的初次印象又加了一分。

老师和同学们轻轻地笑起来。

"那边有个位置你先去坐吧，然后，学习委员是……许童绿，对，她成绩很好，你有不懂的都可以问下她。"

物理老师指着我，转校生朝我一瞥，因为满脸还是泪痕，我猛地一下就趴在了臂弯里。

这天上午我盯着他看上去好像十分焦虑的背影出神，挨到放学铃声一响，便看见他立刻拽起书包就匆匆地离开了。

记忆的场景重叠在一起，我的胸口剧烈地痛起来。

# [2]

"报告！"

记忆碎片像晴天里飞翔的蒲公英，落在了小学三年级的夏日里。那是一节绘画课堂，燥热的气体在流窜，教室里突然闯进了一声洪亮的报告声。

"你怎么还不进来？"绘画老师正在打盹。

"你……你没有正声答应我进来呀。"门口是有点委屈的声音。

教室里哄笑起来，这里是南方小城镇，上课时巷子口的阿姨还朝我们的窗户送冰饮呢，哪有那么多规矩。

"快快进来，你就是转校生吧？跟大家问声好吧。"

我循着老师的话抬起头，然后也跟其他同学一样把眼睛睁得圆圆的——

这不是上星期来学校比赛过躲避球的那个斗球小子吗。

上个星期，他带着一帮伙伴，很哄闹地来学校挑衅我们躲避球队，那张很拽的脸还有往上翘起来的发型还历历在目。因为有阿绿：

  当你看到这封信的时候，我已经不在了。

  以前我的愿望是快点长大，最好一夜就能长高，一天就能成年，然后就可以趁你不注意的时候，偷偷站在你身后，喊你的名字。谁知道，后来我的愿望又是想慢点变老，毕竟我没想到，当一只猫，我会老得这么快。生活真是有点捉弄人，在这里，我要跟你道歉，为了可以短暂地留在你身边，不用马上消失，但也真的只是短暂而已。几年，眨眼就过去了。我没法一直陪你了。

  阿绿，我要走啦。

  时到现在，我终于可以名正言顺地叫你阿绿，而不是叫你姐姐了。我等了好久好久，久到我的一辈子就这么过完了，但却一直没有成真。现在真想好好叫个够啊，阿绿，阿绿，阿绿。

  阿绿，阿绿，阿绿，阿绿，阿绿。

  这几年，你喜欢上了下雨天，只要一下雨，你就会抱着我在窗边看上好久，有时候，我们会出去走走，你撑着伞在雨中走着，把我抱在怀里，我望着从伞檐流下来的雨水，耳边淅淅沥沥，总是会回想起你背着我在雨里走回家的那一天。

  有时候，你还会在雨中轻声喊我哥哥，跟我说真心话。你知道，沃野是真的喜欢你，但你跟他在一起没多久就分开了，你说你还是无法接受他。你怎么这么傻呢，我现在只是一只猫，你应该要跟他在一起的。这么久以来，这小伙子真的吃尽了苦头，他一直在等，可能我死了，就是对他最大的福报，哈哈。

  阿绿，不要哭了。

  想起来，我可是死过三次的人了。第一次死，已经是好久前的事了，当时我们还小，要是我知道我当初的死会让你那么难过，会让你后来的生活发生那么大的变故，我宁愿不去捡那个礼物，而是选择从你的生活里消失。第二次死也一样，要是我知道你这几年为了一只猫而选择了拒绝喜欢你的人，我宁愿只是做一只流浪猫，远远地看着你就好。

  所以这一次死，阿绿，你不要再因为我而困在雨天里了。雨天过后，太阳出来啦，幸运的话，可能还会有彩虹天。你要大胆地往前走啊，曾经我太想陪在你身边，如今也已经陪了一辈子，没有遗憾了。倒是你，我知道其实你也怕我太快变老，最近总是不舍得睡觉。

  还记得吗？后来的下雨天里，你还会抱着我回到那个许愿池。那里已经盖了楼，早已经没了，但你总是在雨中长久地驻足，望着那个方向，闭上眼睛默念着什么。你是想再许愿让我

活得更久。

还好我当初跟许愿池做了一个交换,让我回到你的身边,要不然以后的每个雨天你总会伤心难过,甚至讨厌雨天,那该怎么办。

有时候我会想,那个许愿池真的存在过吗?世上那些成真的梦想,会不会都是因为我们的执念过于强大,以至于让我们无所不能。

所以,阿绿,你要快乐、勇敢,以后你会是自己的许愿池。只要你相信,你的梦想都会实现,只要你愿意,身边就会有爱。

我走了之后啊,有几件事想叮嘱你:

第一,住到猫田或者爱思的家去,住一周就好,要允许有人陪着你。

第二,学会做一道新菜,好好吃那顿饭,不许哭着吃完它,让自己恢复快乐的感知。

第三,找到沃野,告诉他一个喜讯,你养的猫终于死掉了,他有机会再靠近你了。

第四,可以的话,再养一只猫,这样下雨天的时候,你的怀里还会是暖的。

第五,不要忘记我,但也不要惦记我。

你一定要按照我说的去做,好不好?

最近我总在苦恼,该如何才能永远陪在你身边,思来想去,是雨天啊。

是雨天带走我,也是雨天把我带回来,就让雨天作为我们的纪念,以后下雨的时候,请感到幸福吧。我愿化作雨水,在你的生命里永不消逝。

不管是作为你的哥哥,还是你的弟弟,还是你的猫,我永远爱你,守护你。

你曾经对我说过,你感谢我的到来,因为我让你变得更好。我也永远感谢你,我们都要永远铭记每一个让我们变得更好的人,每一件让我们成长的事物——哪怕只是一个雨天。

最后,再喊你一声姐姐。

姐姐,哭花了眼就不漂亮了。

姐姐,喵。

姐姐,我想你。

姐姐,怎么变成我也哭了。

姐姐,你看,外面下雨了。

姐姐,再见。

你的哥哥<br>你的弟弟<br>你的青猫

着飞扬跋扈的嚣张气焰，所以之后他的事迹马上就在学校传开了，说是外界的躲避球王。

那天早上的课间，有人喊了一嗓子"大冤家斗球小子来啦！"然后好多学生都趴在窗沿上往外看。校长陪同着家长和两个学生往教学楼走过来，一个穿着修身西服的高挑女人牵着一个男孩和一个女孩，高一点的就是斗球小子，那个穿着蓬蓬裙有点胖嘟嘟的就是他的妹妹，也是转校生，读一年级。

但没想到，"斗球小子"来的是我们班。

此刻，他微微地翘着嘴唇交叉着手，做错事般眼睛一直盯着脚趾头，十分羞赧地站在讲台上。

很快，我们就抓到了把柄——原来他的飞扬跋扈很不专业，孤单一人时就特别畏缩，还怕老师。这是个大消息。

"我叫程奕泽……没了。"他瞪了瞪眼睛，眼神又暗下去。

"姓程呀？知道姓氏起源吗，跟大家讲讲呀。"老师笑。

"那个呀，那个……我也不知道，有点复杂。"

"嘻嘻嘻。"教室底下偷偷窃笑，像是窥探到了他容易害羞这件事。

程奕泽窘迫得脸颊发红，老师突然瞥了一眼我旁边的空位，清清嗓子说："程奕泽你坐那个位置吧，许童绿是班干部，学习也很好，你什么都可以问她。"

"嗯。"我还在发愣，心跳莫名加快了起来。眨巴着眼睛的空当，程奕泽已经侧侧身子就挪动屁股坐了过来。

我莫名挺直着腰杆。

教室里又恢复了安静，只是旁边的女孩子还会偷偷地瞄他，一直窃声说"躲避球王哎躲避球王哎"。他有点不知所措地把手搭在桌子上支着下巴，眼睛不知道该看哪里。良久，他瞄了下我的本子："这'素'什么？"

"啊？"

"这是什么？"他顿了顿气，嘟着嘴看上去很可爱。

"彩虹，挂在天上的彩虹呀。"

"它倒下来了，怎么倒下来了。你画反啦，好笨哦。"

"你才笨啦，我画的是'幻日弧光'。"

"幻日弧光？"

"嗯，倒挂着的彩虹哦，比正常彩虹更难见到的那种。"

"噢，没见过。"

然后，程奕泽就一直没有说话，还在晃腿，看上去好像很焦虑的样子。挨到放学铃声一响，没有告别，立刻拽起书包一股烟跑走了。

我直勾勾地盯着他潇洒的背影直到消失，有点意兴阑珊地坐在座位上，从课桌里抽出我的日记本，写下一句——

"今天有个叫程奕泽的男孩成为了我的同桌，大家叫他斗球小子。他很笨没有看过倒挂的彩虹，还说我是笨蛋。"

所以，一定是阿泽吧。

他来到教室的场景，他喊报告时嘹亮的声线，站在门口憋屈的语气，还有在讲台上有点飘忽最终落在地板上的眼神，全部都在脑海里重复翻滚着。

他的样子,有着阿泽成长的痕迹。一模一样。

[3]

"是阿泽。"这一天,这句话在心里响了不止一千次。书本里的所有字都像长了脚,乱跑起来,没有一个能跑进眼睛。

阿泽回来了。

但是,究竟是为什么呢?

直到放学铃声响起,我在收拾课本时,望着课桌上还浅浅遗留着的一丝粉笔痕迹,又望了眼窗外的雨天,心里咯噔了一下——难道还是跟"何颖雅"和"池塘传说"有关?

上学期期末,高三毕业生大多已经离校之际,学校扩大了招生规划。为了给新生腾出更多的寝室,高一的女生要搬到毕业届的那一幢去。

那天,离下课还有十分钟,临近放学,空气开始躁动,教室里的一角突然有女生扯着喉咙叫嚷起来:"402?不是吧,打死我都不要!"

我闻声看过去,那边是班里最活跃的小族群,情绪略激动的是梁元琪,一张苦脸,她手中正持有一张拆开来的纸条,像捧着一颗炸弹。

印象中,梁元琪是个很娇贵的独生女,也是小族群的小领队,平时她说一别人不敢说二。身边同学凑过去,顿时也开始铃铛般地窃笑起来。

"幸运女神梁姐姐!"

梁元琪在打趣和幸灾乐祸中拍了下书桌:"闭嘴!"

这时,讲台上的生活委员敲着黑板:"通知,每个人搬寝室的寝室号已经分发下去了,等到明天分发表格,大家记得按寝室号填上。"

"等一下,抽到了还可以换吗?"梁元琪举手,语气不悦。

"别人如果愿意跟你换的话,就可以。"

"那不是白搭!"梁元琪铁青着脸,小族群又起哄起来,她这才像被判了死刑那样,"我不要住进灵异学姐的寝室!"

"我不管,跟你换!"梁元琪猛地扯过同桌的纸条,同桌"不要不要"地拽着她的手臂,一副不罢休的架势。

"平时怎么闹都听你的,这个免谈!"这是第一次看见她们意见不合,在大家的调和后,两人黑着脸陷入了沉默。

灵异学姐……是何颖雅吗?

所以,梁元琪抽中了何颖雅学姐的寝室?

原本只是作为一名旁观者,从没想过自己会跟"何颖雅"扯上什么关系,没想等到第二天分发表格填写寝室号时,突然发现我夹在课本里的寝室号竟然被人偷换成了402室。

我看了一眼梁元琪,此时填完表格的她笑容满面,就像松了一口气。

我微低着脑袋,迟疑地走到她们面前,紧张地捏着寝室号的纸条说:"梁……梁元琪,你是不是换了我的纸条?"

"呀,好可怕,女鬼!别过来!"她们一见我,像撞见瘟疫般往后蜷缩着抱在一起。

当时的我站定下来,头发披在脸颊上,有点不知所措。

"你说什么呀?你说我偷换你纸条?你有证据吗?"梁元琪紧张地抬起下巴,趾高气扬,"你们说,我昨天抽到了何颖雅的寝室了吗?"

"没有啊!"她的姐妹们异口同声,发挥了小群体的团结力量。

"看吧,这么多人作证,你还想诬赖我?"梁元琪一鼓作气地站了起来,用课本卷成圈,戳了我的手臂一下,将我推开。

无论任何时刻,她们都有个原则——绝不碰我,绝不身体接触。

那个时候,猫田不在,而我也还没有学会如何反抗,只能将脑袋低得更低而已。她们见状便纷纷剑拔弩张地朝我围了过来。

"呀,你自己是女鬼,你还怕住到灵异学姐的寝室啊?"

"就是啊,你们不就是同类。"

"怕什么啦!"

而我面对她们的嘲讽,如临大敌地往后退了退,既慌张又难过,更多的是无计可施。就那样用力攥着手里的纸条,像任由大家摆布的木偶。

[4]

就在搬寝室的前一天,像是征兆般,我做了一场有关何颖雅的梦。

梦里我掉在了池塘里，正在往上爬，但却有一只泡得发白的手，冲出水面抓住我的脚，那殷红的指甲像要镶入我的皮肤。

"啊——"我喊破了喉咙，挣扎出水面，半个身子伏在草地上，脚却被池塘里的手不依不饶地抓住了。我痛哭着，无望地嘶叫，用另外一只脚猛烈又慌乱地踹它。

啪！

倏忽，另外一只手冲出水面，瞬间又搭了上来！我一边挣扎，一边在草地上摸索，抓到了旁边的一个手电筒。便开始用手电筒猛烈地砸那只手……那双手突然爆破了血管，皮肤撕裂破开，血浆瞬间四溅，猩红的血浆飞溅到了我的脸上……

与此同时，出现了一个声音说："你好，我是何颖雅，你弄疼我了。"

"啊啊啊啊啊啊！"

我尖叫着，从一间陌生的房间里醒来，环顾四周，才发现是医务室。猫田正坐在旁边，拉长着一张脸冷冷地看着我。

"嘶叫症犯了？叫够了吗？叫够了起来，我陪你去收拾梁元琪。"猫田说。

我坐在床上急促地喘气，窗外的光线正暖烘烘地照进来。

"做噩梦了？"猫田又问。

"梦到被鬼抓住了。"我惊魂未定，一脸虚汗，"对不起，猫田，我不是故意被人欺负的。"

猫田听完，噗嗤一声笑了出来，为我当时一而再再而三的退让，还有我总是事后的忏悔。

"阿绿，你知道吗，猪这种生物挺可爱的，就是有点蠢。你就是。"

"我能怎么办嘛！总是事后才后悔没发挥好，可是一到当下就很害怕！"我一头埋到枕头里，"现在已经定了，你去找梁元琪算账也没用，不如我们算了吧？"

"说你没脑子呢，你有时候让我别去惹事的招数又挺聪明的。"

"呵呵。"我阴笑起来，"我怎么在这儿？"

"你走着走着晕倒了。"

我应该是想到明天就要搬寝室，太害怕了。但印象中，在我晕倒失去意识之后，我听见一个声音——

"喂，同学你没事吧？"我当时迷糊地张着眼睛，一张英俊的脸在眼前摇晃的视野里清晰了一秒，便深深地记在了脑海里。白衬衫，深褐色的头发恰到好处地遮住了耳朵，有着白皙又干净的脸颊。

"谁送我来的呢？"

"不知道。"

这时，医生推开了门："醒了吧？入夏又到雨季，天气变化太大，回去多休息多喝水，防暑就好了哦。"

猫田帮忙谢过医生，抄起了书包。我从床上侧身下来，撇头朝外面看了一眼,发现窗外是暖色调的夏天傍晚。

傍晚的校园被寂寥浸泡着,我和猫田重新走在了像被烘焙过的校道上,暖暖又泛光。

"高一眨眼就过去,暑假来了呢。"猫田抬头望着天感慨。

"明天我就搬寝室了,你过来帮忙。"

"嗯。"

"我去下洗手间,你等下我。"

猫田点点头,在原地等我。

我便朝经过的教学楼跑去,推开了洗手间的门。刚走进去,似乎听到了单间里有声音跟水流声一起蹿出来。"啧,怎么穿来着?"

是说话声?

此时的校园不是应该人去楼空了吗。我满脸疑惑,试探性地走过去,发现单间的门半掩着。窸窸窣窣的声响越发靠近,我歪着头,视线缓慢倾斜,便煞然看到——

有个人深深地低着头,在笨拙地拽拧着下半身的裙子拉链,不耐烦地拉扯。觉察到我的存在后,那个人若无其事地转过头。

这是……

时间停顿了十秒。

女装,深褐色的头发恰到好处地遮住了耳朵,有着白皙又干净的脸颊。我一愣,瞳孔陡然就扩大了。

"啊——"我往后退,手足无措地扯着喉咙尖叫起来。

男生。不就是那个男生吗?

## 第二章 温风至

对方慌乱奔过来，裙子滑稽地一滑，"哎呀"了一声。一紧张，我瞬间用双手遮住了眼睛。"他"扑过来用手堵住了我的嘴，一只手还在抓着下滑的裙子。

"叫什么啦，不要叫！"他的手死死地捂在我的嘴巴上，嘟着嘴朝我说，"你不叫我就放手。"

我瞪大着眼睛，在他的手心下猛烈地点头。随即，他的手才放了下来……

"啊啊啊啊啊！"

他的手又堵了上来，我的叫声骤停。他咬了下嘴唇，哀怨地看着我："哎呀作死啊，不是说不要再叫了嘛。"

"这里是女厕。"我的声音在他的手心里嗡嗡地挤出来。

"然后呢？"

"你是男生。"像是被闷坏的声音。对方顿了顿，莫名其妙地笑起来，用极其低沉的声音回应我："嘘，不要告诉别人哈。"

这个时候，有人在走廊里急促地敲起门。

"许童绿，是你在叫吗？嘶叫症又犯了？"是猫田。

那个男生用眼神跟我对视了一下，轻声说："求求你，不要说出去。"

我盯着他的眼神愣住了，一秒，两秒，心脏颤了一下就避开了。我点点头，他这才把手试探性地移开了一下，察觉我真的没有再叫出声后，才彻底地把手放下。

"没……没事！"我朝猫田应付了一声，随即尴尬地看了他一眼。非常好看的男生，可是为什么……

有着这样的癖好。

我的心跳加速起来，拽过书包就往外跑。"喂！"他拉着我的手臂，我甩了下手仓皇而逃。可就在握到门把手的时候，我停顿了一下，犹豫着，才朝身后缓缓地说了一句——

"谢谢。"

"什么？"对方似乎还在对付着那件讨厌的蓝色裙子。

"你送，送……我去医务室。"我含糊地说。

"那个……"

他的话还没说完，我就啪嗒一下打开了门跑出去，再次落下一句——

"谢谢……我不会说出去的。"

落荒而逃的我，不会告诉别人的……

关于你喜欢穿女装这件事。

## [5]

第二天，高一的女生们像搬家的蚂蚁，纷纷行动了。我和猫田搬着箱子走在路上，想起昨天那个让自己心跳加速，又有着异装癖的男生，不禁心乱地问猫田："你说，男生为什么会喜欢穿女生的衣服呢？"

"什么东西？我没有啊！"猫田惨叫。

"不是你啦，就问问。"

"异装癖嘛，要么是变态要么是伪娘，但都是……人生。"猫田的大道理真的很泛滥。

伪娘……怎么可以！

听着猫田剖析人性的话，我有点沮丧地走到了寝室楼下。猫田跟着把东西往地上一搁，准备再去搬个大行李过来。

我把怀里的大箱子托了托，抱牢了往上走，当走到了二楼拐角时，余光中，迎面的走廊里有个人缓缓地走着，顿了顿突然朝我跑了过来。我好奇地把头一侧，定睛一看，竟然也开始惊慌地往楼梯上蹿去……

"嗯！"

"哎哎！跑什么？"

"女装爱好者你干吗，你怎么会在这里。"我惊悚地躲开，心想着去女生厕所就算了，还偷潜入女生寝室楼，这太过分了吧。

没想到，对方一把把我抓住，我在楼道一回头，天啊，看到对方又是一袭女生的衣服。

"我，我发誓我没有说出去。"我立马辩解，难为情地低着头。

"哈哈，你实在是太好玩了。"

有那么好玩吗，我就是一个奇怪的人呀，但你就更奇怪了。

"谢……谢谢夸奖。"我一紧张就会有语出惊人的毛病。

"你叫阿绿？快跟我交朋友吧。"

"什，什么东西？"我惊讶地盯着他，慌忙起来，"你么怎道知我名……不不，你怎么知道我名字……算了，我要走了啦。"我头脑一发晕，抓紧挣脱。

"等一下。"

"不要跟着我。"

我径直地往上走,到了四楼,往里拐,他还在背后不依不饶地跟着。我一回头,他就站定了。

"我说,不要跟着我,我要去寝室。"我停住脚步,回头瞧他一眼,别扭地说。

"谁跟你了,我也要去寝室。"

难道去找女生?异装骗取女生真心的新攻略?

"哪间?"

"11幢402,灵异学姐的寝室。"

我一时听得迷糊,心想学校怎么搞的,伪娘也可以混着登记入住女生寝室吗?太胡闹了。

又心想,话说被安排住进学姐寝室的人,几乎都是被其他同学挑选下来的奇异人类,要么被嫌弃,要么就是人缘很差的那一类,比如我。

可是……我盯着眼前的人,高,平胸,声音……就是个男生呀,就是猫田口中拥有精彩人生的,伪娘。

喉结……对,看喉结!

"你住哪间?"

"啊?"刚反应过来的我被打断了思路,来不及看他的脖颈,便慌乱地捏紧了衣角,"4……403。"

我的脸刷地红起来,他却笑出声来。

"那你先回你寝室吧,我得下去取山地车。"还山地车咧,不是要当姑娘嘛。说完,他便往后跑开了。

我迅速掏起手机,给猫田发短信:"我遇到了个奇怪物种,你快来救我!"随后慌忙地掏出钥匙,打开了402寝室的门。

"哈喽你好。"里头已经有其他室友先行搬到了。

我搁下大箱子,焦急地等待猫田的出现,并环顾了四周,白墙、钢筋床、木制书桌,跟其他寝室没什么不同。

"听说这个寝室是何颖雅的寝室,我是被迫来的呢。说不定这个寝室也会有幽灵,好可怕呀。我得想办法搬出去,你呢。"室友问。

我死死地盯着门口,期盼猫田的出现,胡乱应付着她的问话。"对了你知道我们学校的怪谈吗,你有听过更多的详情内容吗,跟我说说呗。"

"你怎么老低着头呀,你有见过另外一个室友吗?"

听到对方提起了那个男生,我头脑一震,认真地等待室友说后续。

"你不觉得那人……有点变态嘛。"她说。

我愣住了,脑海里回忆起猫田的话……尽管是伪娘,但是也有各自的人生,干吗这样说人家呢。可以觉得奇怪,可是不能这样评判别人。作为怪人的我极为懂得这个道理。

"嗯,不要这样说!"我突然有点懊恼和愤怒。

"不是变态是什么,老是穿……"

"不是变态!"我打抱不平般提高了分贝,试图打断。

"……男装。"

对方顿了顿，声线在我的打压下弱了下来。我皱起眉毛拍了拍脑袋，有点没缓过来，醍醐灌顶般地问："什么？男装……那是女生？"

"当然是女生啦，她叫爱思。"室友笑起来，我才恍然大悟。

是女生怎么不早说呢。

我松了口气，就在我释怀地朝门口望去时，没有看见猫田，却发现爱思定定地站在那里一动不动。走廊里的光线跟空气一样稀薄，爱思的身影却被笼罩着突显出来，她正盯着我们两人。

仿佛刚才的话都被她听到了。

## [6]

"那个，我……我觉得我有必要解释一下？"我紧张地盯着爱思，有点结巴。心想她竟然是女生，女生又何必为难女生。

结果她大大咧咧地走了过来，一屁股坐在了床上，佯装什么都没听到："嗨，我叫方爱思。"

"我叫许童绿。"我说。

"我知道。"

我这才从她嘴里得知真相，原来她早已经看过寝室的名单，知道我叫什么，然后在去寻找新室友的教学楼下撞见我晕倒的滑稽画面，再骗我是男生，看我出丑。当然，她只说到我晕倒为止，后面的动机是我猜想的。

互相打过招呼之后，三个没有共同语言的人干坐在屋子里，空气中的尴尬在拔长。因为明天就放假了，另一个室友先行离开，只剩下了爱思和我。

"阿绿，你过来。"爱思突然奇怪地唤我去洗手间。

"怎么了？"我走过去。

她默念着数字，一、二、三……

我一头雾水地问，你干吗。

"一二三……当当当当！"爱思突然尖声雀跃，双手抓住胸前的衣襟，非常迅猛地把衬衫往两边一敞，赤裸的身体便赫然地映入我的眼睛。

"啊啊啊啊！"我被吓得跳起来遮着眼睛，结果脚一滑，往后摔了个狗吃屎。

"你真的很爱叫呀！看到什么了！"

"两颗球！"

"看到我的球了还说我是男生吗？"

"不要这样！快合上衣服！"

我摩挲着我的屁股，发现寝室门还大敞着，顿然爬起来揪住爱思，合上她的衬衫。我暴跳如雷，紧张得不行："你你你有病吧，豪放得像新石器的河姆渡人！"

爱思不以为然，屋子里响起了她清脆的大笑声。

"那个……"笑声中，竟然莫名其妙地夹杂着一句，"谢谢。"

"什么？"

"刚才我在门口听到你为我辩护。"很冷静的声音，认真听，似乎回到了女生细腻的声线。

该怎么回呢，怎么办？

"哎哟,不要老是学男生的声音嘛,害我差点喜欢上你。"不知道怎么回应,我尴尬又娇憨地拍打了一下她的肩膀,佯装自来熟的样子,又语出惊人地憋出了这么一句玩笑。结果气氛还是瞬间冷却下来了。

空气凝固了很久。

爱思摆着一张似笑非笑的脸,窘迫地盯着我。我也默契地僵着脸,两个人对视着,憋着憋着就笑出来了。

我们就那么傻笑着,然后笑声中艰难地挤进了猫田的一句"搬得累死我了"。我回头一看,猫田站在门口,看着我们顿了顿:"男人婆你怎么在这里?"

## [7]

那天晚上,晚餐是我们三人一起吃的。

听猫田说,爱思是学校的运动健将,体育生,但学校的服装设计社因为经常找不到既瘦削又高又干净的混血型男生,所以只能经常找爱思到社里帮忙当试衣模特。

我盯着爱思看,深邃的眼睛,棕色的头发轻轻地盖在耳朵上。她实在是太漂亮了,比猫田还漂亮,后来我常常后悔,不清楚我为什么会跟显得自己更难看的人一起交朋友。

一直以来,我其实很少关注猫田的其他交际圈,殊不知猫田跟爱思已经熟络到见面就唇枪舌战的地步了。

我们坐在食堂的角落,我低着头往嘴里扒饭,总感觉有股针锋相对的气压在盘旋。我弱弱地问,那为什么要选择爱思去当模特呢?

"因为她的胸部和屁股就跟汤匙反过来一样,很平。"猫田嚼着鸡肉,悠悠地说。

"你当初求我去的时候可不是这么说的,夸我长得美和大长腿,你这个虚情假意的男人。"爱思用力地戳了下鱼头。

"男人婆!"语速好快。

"小雏菊!"语速好快。

"飞机场!"语速飞快。

"仙人掌!"语速飞快。

"好了不要吵了,那个……"我艰难地寻找缝隙试图插一句,结果还没有把话说完……"闭嘴!"他们齐刷刷地看向我,两人异口同声。

我震惊地静坐在原位,拿着筷子撩了撩,一紧张便说:"我,我倒是觉得你们两人挺适合在一起的。"

"神经病。"

猫田盯着我骂骂咧咧,爱思从盘子里拿出一只硕大的鸡腿,迅猛地把它塞到了我的嘴里……我无辜地吃着鸡腿,瞪圆了两眼。良久,我嘴里嗡嗡地响起了讨打的一句:"真的。"

两人同时想要打我,我暗笑着,口中的鸡腿哐当一声被我吐了出来。

阿泽离开了之后,我越来越怕交朋友了。除了猫田,几乎每次的用心良苦都会付之东流,所以那时的自己还无法如获珍宝地确认爱思就是自己的同类。当时就只有这么一个念头——

哎,我们这个三人组合也太奇怪了。

后来,何颖雅住过的寝室就只剩下我和爱思两个人住了。被八卦话题缠身的室友在一次跟爱思暗地里以同样的语气讨论"你不觉得阿绿那人有点变态嘛"之后,被爱思说的一句话彻底给吓跑了。

"她被寝室里的幽灵附体了呀。"爱思回忆,说室友当时的脸顿时绿得像盆栽。当天就搬走了。

"爱思,只剩下我们两个人了,你要像男生一样保护我。"

"好嘞,请在我怀里尽情地嘶叫吧。"

印象里,是爱思满是少女细腻的嗓音。像是跟好朋友亲昵无间的那么一声……"有我在"。

## [8]

"不过话说回来,你怎么愿意住进这间寝室?"

当天晚上,我跟爱思躺着聊天,她问道:"你知道大家为什么那么害怕何颖雅吗?因为大家说她有灵异体质。"

"灵异体质?"

"对,听说何颖雅学姐非常漂亮,气质清爽,人也很好。后来因为家里发生了什么事,才让她在一个雨夜跑到池塘边哭,但因为她是灵异体质,所以不仅碰见了幽灵,还把幽灵给召唤出了池塘。"爱思扭头看我,"你明明可以搬出去住,为什么愿意留下?

你那么胆小。"

我不知道，对于何颖雅，我害怕她，却又一边崇拜她。

"她明明生活在别人的谣言压力下，却还能自顾自地活着，真让人意想不到。我觉得很了不起。"我说。

搬进新寝室后，第二天便是暑假了。

在全校封闭的当天，我吃完午饭回来，发现爱思好像已经回家了。午后的太阳持续地淌着热浪，我收拾好行李，坐在椅子上听着头顶的老旧风扇发出咯吱咯吱的声响，等待猫田一起回家。

空气很燥热。

我百无聊赖地趴在桌上，视线停留在了一号床，也就是何颖雅学姐的床铺上。

我盯着冷清的它，想起何颖雅的种种事迹，心里崇拜起她的另外一种精神——她是如何做到……在屈辱中快乐地生活着，并且对别人的态度毫不在乎的呢。

"好想成为她。"

我走向一号床，张开手臂就躺了下去，木然地盯着上铺的木板发呆。"要是能跟她一样就好了。"

我侧过身子，本想睡个午觉，却无意间瞥到了床边的钢铁支架里，貌似伸出来了一撮线头，像是笔记本的书签绳。

我无聊地用手指抠它，一拉，却听见哐当一声。我愣了一下，探过身子好奇地窥视着……是夹层，木板下有夹层！

我用力地掰开夹层，用手指往里头夹着，猛地一抽，竟然扯出了一本皱巴巴的本子。

"这是……笔记本?"

我脑袋清醒了,盘坐起来,心脏快速地跳动着,随即小心翼翼地翻开——

"嗯?"

……是草稿本。

破烂的本子画满了运算法则和各类数字,根本就不是什么宝贝。我泄了一口气,把它往旁边一放,无神地盯着那个夹层。兴致阑珊地用手随便一摸,然后手中的动作就停住了。咔嗒。我猛地一掰,一本牛皮本子赫然躺在夹层里。

我恍惚地凝视着封面,莫名湿了手心,摩挲着把它翻开——"我把你召唤出来的事在学校传开了,这是我们的秘密,就跟做梦一样。"

我屏住了呼吸,浑身僵硬。

"雨季来了,你消失了,到底是为什么?"

"我不想醒来,爸爸。"

我的汗毛倒竖起来,感到恐惧,像窥探到了别人的私密,无法饶恕。我傻愣地坐在何颖雅学姐的床上,慌乱地合上日记本。

可是……是什么意思呢?

难道真的可以召唤幽灵?

# 第三章　腐草为萤

[1]

我忐忑地合上日记本，不知所措地呆坐在床边。

这时一阵敲门声响起，我吓了一跳，这才紧揣着日记本跑去开门。一探头，一时竟然如鲠在喉说不出话来。

眼前站着一名女生，长头发利索地往后绑着，却在炎热的夏日里戴着口罩。

"还好有人在，你好，我之前住这里，我有东西忘记拿了。"对方礼貌又友善，她的眼神让我觉得似曾相识。

我一时反应不过来，只是傻愣着直勾勾地跟她对望，倏忽我一个哆嗦，往后退了一大步。我记得那个眼神——

"我想起来了，我见过你！"

[2]

前些日子，我被选为了学校的生物社社长。

为了完成接下来市里的又一次生物科研专项的论题比赛，作为社长，我必须先摘取不同时间段的植物叶做实验。

在这次比赛中，我们学校定下的专题是"不同时段不同天气的几类典型植物叶的细胞变化",听上去确实是非常简单的论题,可是操作起来却非常烦琐,必须搜集列表单里不同时段不同天气的植物叶。

其中,就包括潮湿环境里的植物叶。

而学校最茂盛的植物叶生长地,就在传说的那个池塘边。这也意味着,一些特殊时段的植物叶,就得去那边摘。

做了一星期的心理建设之后,因为实验不能再拖下去了,半夜,我硬着头皮决定前往。

我先是火急火燎地给猫田打电话,想说要死也得找猫田陪葬。可是电话里只传来了一句"喂,你好,我是猫田,睡美男正在睡觉,请你也马上洗洗睡。顺便温馨提醒,熬夜会变丑!"的语音信箱。

求救信号失败,我瞄了眼闹钟,十一点整了。我只能抱起真空玻璃罐,握着一只老旧的手电筒,一个人朝池塘走去。

郊外的夜已经很深了。

漆黑的夜幕坚硬地伏在我的头顶,让我感到压抑。我一边给自己打气,又总感觉身后有人在跟着我,脚步不自觉加快起来。大约十分钟过后,我便来到了那片荒地。

路边只有一盏灯。

朝池塘望去,凄冷的光线浮在那片晦暗的草地上。池塘边的枯树,张牙舞爪地伸展着四肢,仿佛已经风干的尸体,浓烈的轮廓在眼睛晃动的时候又总感觉在抖动。

我扬了扬手电筒，靠那束冷光踏上了荒地，不远处倒着一块废弃的石膏墙，暗影斑驳长满了苔藓。旁边支着一块提示牌，写着四个血红色的漆体字：雨日勿进。

我的眼皮跳了一下，想起那则幽灵传说。一小阵阴风从树冠里蹿出来，一不留神就吹进了心里，一阵发毛……

我用额头撞击玻璃罐提神，哆哆嗦嗦地走进草丛，来到了池塘边。手电筒的光照在水面上，水蚊便纷纷跌跌撞撞地聚拢起来。草丛里有昆虫窸窸窣窣地鸣叫着，脚踝上总感觉有细小的虫子在爬，伸手一碰却什么都没有。

"开始收集凌晨时段的植物叶。该死的猫田，友情已经走到了尽头。"我暗暗叨念着，掏出列单，蹲下去开始摘叶子，"结缕草，金钱草，车前草，百慕大草……"

我清数着种类，心不在焉地摘取着，每隔一会儿便朝漆黑的草丛瞄一眼，害怕有什么东西会蹿出来，发现没有异样再继续。

滴，答。

这个时候，一滴雨水滴在了我的鼻梁上。我心里咯噔一下，伸出手掌朝上，果然又有几滴雨水重重地掉了下来。

"真好，雨天的植物叶也解决了！"我释怀地笑起来，一时忘记了传说，还庆幸自己不用等到雨日再来寻找雨天的植物叶了。

"铃铃铃！"

这时，我的手机在死一般寂静的夜里突然响起，我吓得打了个激灵，心脏快到要跳出来了。我一看，是陌生电话。

"喂？"

那边是沉重的呼吸声，我听得发怵，刚想挂电话，对方说："你为什么在这里？"

"什……什么？"我浑身起了鸡皮疙瘩。

"哦，打错了。"

对方直接挂了电话，我整个人瘫软地坐了下去。结果我还没缓过神，一阵急促的脚步声在草丛里传出。我回过头，一个身影在黑暗中快速向我跑来，像带有一股侵略性，我骨头里荡起一股巨大的压迫感。

"同学！"

我用手电筒照对方的脸，发现是一名女生，她的眉毛紧张地拧在一起，嘴角裂开了一小道口子，有伤疤。是个裂口女，她凶猛地跑过来试图抓住我的手臂。

"啊啊啊啊啊！"

我恐慌地往后退，别过脸去，恐惧感铺天盖地朝我扑过来，"你，你应该是人吧？"

她披头散发地俯视着我，语气阴森："你这么晚来这里干吗？"

"我……我……"

我带着哭腔，不敢看她的脸，强迫地压住自己的恐惧。真是太吓人了。

"下雨了，不要待在这里！"女生浮在半空的声音突然像在发怒。

"太，太好了，你是人！"我一紧张语出惊人，几乎要哭出来。太好了，不用死。

然而，雨水像下定决心般，剧烈地下起来了。

四周开始变得躁动起来，池塘里的水还有围着我的杂草都像活过来般，开始发出窸窣的声响。

"来不及了。"

还没缓过神，她扯过我的手电筒，强硬地拉着我的手臂把我拽了起来。

我被她一路拉着走，雨水把我的头发弄湿了，衣服也有点微微潮湿地贴在皮肤上。就这样歪歪斜斜地被牵着一路往明亮的地方跑。就在快要走出草地的区域时，女生终于慢下脚步……

"等一下。"我这时才从她的手臂中挣脱。

她疑惑地回过头，光线下，她嘴角裂开的伤口赫然映入我的眼帘。我触目惊心地别过脸去，愣了愣，再低着头走近，把手伸到她的面前："谢谢你，但是……我不要跟你走。请把手电筒还给我。"

"什么？"

"我说，我要回池塘去。"

[3]

我并不是对雨中的池塘毫不畏惧，而是，我想要完成陈老师的愿望。

陈老师是学校生物社的老师，去年学校参加过一次比赛，是在他的带领下进行生物调研的。可就在上一次比赛中我们学校选择弃权，因为陈老师转校了——

因为被传出了师生恋。

从此，学校公告栏上频繁地更新着社团的最新活动，而生物社的那一栏永远都空着。每次我盯着上面"生物科研专项论题比赛"那一行字看，总会听到身旁有人在议论说——

"生物社怎么还在啊？那老师不是被转走了吗？"

"好像自己离职了？"

"是被赶走的吧？听说是师生恋，怪没道义。"

但只有我知道，不是这样的。

所以，我许愿一定要完成陈老师的愿望，完成生物社的科研比赛。

"谢谢你，但是我必须回去，对不起。"

雨中的我与那名女生站在荒地边，路灯橘黄色的光线打下来，雨点朦胧又倾斜地飘着，一片暖黄。

"真是怪人。"良久，她一动不动地站在原地，声音像在飘，"我只是希望传说可以终止……我见过。"

"不会有幽灵的，世界上没有幽灵。"我听着她的话打了个冷战，逞强地说。

"既然这样，"女生转过身，最后嘱咐道，"如果……如果有遇到就尽快跑出池塘范围，知道吗？"

声音像来自梦境。我握紧手电筒，还没缓过神她就淋着雨跑开了。甚至来不及再跟她说声谢谢。

[4]

眼前门口站着的，正是那名女生。

那个雨夜，我们站在橘黄色的灯光下，她就是用这个眼神柔软地看着我，仿佛要把我看穿。我怎么会忘记呢——

"谢谢。"我破口而出，终于道谢了。

对方发愣，像在消化我的话语，我这才把额头上的发夹摘下来："是我，有一天晚上，我在池塘摘叶子，你过来拉我离开。"

"我想起来了。"女生的眼睛终于明媚地笑起来，与那晚的阴森截然不同，"后来你怎样了？没事吧？"

"没事呢。"

我牵强地扯出一个笑，但其实一回想起来，心里仍然害怕得要命。

后来，雨水从天而降，我被笼罩着，像一只昆虫困在了雨夜的琥珀里。

我望着她离开的背影，意念松动的一刻，眼睛直视着我怀里的真空玻璃罐，里头已经装了许许多多我辛苦摘好的叶子。

我再次踩着潮湿的草丛冲向了雨中的池塘。

"加油吧。"

我给自己打着气，加快速度，一叶一叶地翻找过去，这次并没有太多的顾虑，而是专心致志地寻找着草叶，悉数地收集在玻璃罐里。每摘取一款便满心欢喜。数量越来越多，快接近尾声，我的心也逐渐放松下来。

"许……童……绿……"

突然，我好像听到有人在叫我。声音叫魂般轻飘又艰涩嘶哑。只觉得一股阴风顺着脚下猛地传遍了全身，我哆嗦了一下猛地回头，警觉地四下看去。一个人都没有。

难道是幻觉，我松了口气，懊恼地拍了拍自己的脑袋。可就在这时，我清晰地听见身后传来了一声——

"咕噜。"

声音像一只看不见的手探进了我的胸膛，一下子把我的心脏给揪紧了。我浑身汗毛倒竖，浑身不敢动。

咕噜。咕噜。咕噜。咕噜。

声响越来越大，在嘈杂的雨夜里非常锐利。我的胳膊死命地战栗着，我一点一点地转过脸，企图朝背后看过去……

哗啦啦！哗啦啦！哗啦啦！哗啦啦！身后变成了巨大的响声！像是有怪物从池塘里浮出来！

"啊！"

我惨烈地回过头，五官拧在了一起。一阵强烈的冷风在雨夜里又刮过来。就在这个时候，像是有一只手悬浮着那般搭在了我的肩膀上……

呼，是气体。有人在我的耳根吹气，阴冷的那种气体。

"阿泽……阿泽哥哥，快保护我吧。"我嘴巴紧紧地闭着，哭声在喉咙里打转，胸腔已经不受控制地上下起伏。

我想嘶喊，可嗓子像被堵住了似的。胸闷气短，冷汗淋漓，硬是发不出一点声音。我觉得自己马上就要爆发出来了，马上就要裹着撕裂的哭声跑出雨夜。可是，心里却又是这样矛盾地想——

不可以放弃。

我头痛欲裂，想要铆足了劲爆发。我心想爆发出来吧，惨烈地叫出来也好，或许就有人来保护自己。然而，就在心里还没做好准备的时候，我的嘴巴却似乎不受控地爆破般扯开大叫，乱叫了一通——

"滚啊！都给我滚！不要妨碍老娘办事！老娘很忙！很忙很忙很忙很忙！"

想要发出一声正常反应的尖叫，却变成了这样。

洪亮的声音在头顶无限地回荡起来，一紧张就会语无伦次语出惊人的我，根本不知道自己失去意识后喊了什么。

我喊完缩紧了身体，一动不动。不知道过了多久，耳旁的雨声又再次清晰地显现回来。我感觉到肩膀上的触感缓缓地褪去，身后的怪声音也变得闷响，又恢复成了滴答滴答滴答，直到，只听得见雨声。

……咦？

怎么回事！

我屏住呼吸睁开眼睛，似乎一切都恢复了原样。我拿起手电筒一照，定睛一看，最后一类植物叶坦然地映入眼睛。谢天谢地，我手里摘着最后一款叶子后，眼泪差点飙出来。

最后，我才抱着玻璃罐，深深地吸了一口气，在心里喊着数，一，二，三！

我嗖的一下往前跑开，因为腿很麻，还踉跄地拐了一下，再奋力地朝远处的路灯跑去。等到跑远了，夜幕中才持续地响起了我后知后觉的尖叫声。

"啊啊啊啊！"

"可是……你住这里？"我感到疑惑，突然有种可怕的念头闪过我的脑袋，她不会就是何颖雅吧。

"我之前住这里，我叫何颖雅，已经毕业了。"

她的声音跑进我的耳朵，变得晦涩又黏稠，在耳蜗一波一波地回旋起来。

没想到，仿佛隔着无法交集的几亿光年的两个人，如今她却活生生地站在我面前，用眼神在唤醒我的意识，在用力量告诉我，有着类似遭遇却各自生活的我们……

相遇了。

## [5]

"你要找的是不是这个？"我扬了扬我手中的日记本，"对不起，我刚找到的，但我发现是日记之后就没再看了，我绝对绝对发誓。"

我把日记本郑重地还给何颖雅，她笑着接过本子，定定地望着我。"那，我走啦。"她说。

## 第三章　腐草为萤

"毕业快乐，前途似锦。"

看着何颖雅离去的背影，我真心祝福道。结果何颖雅走不远，又回头看了我一眼，有点踌躇的样子。然后，她还是重新走回来了。

"怎么了？"我问。

何颖雅把我拉到寝室里，把日记本摊开，递给我。我迷惑地接过日记本，一边翻着，这才听她阐述起所有"召唤"幽灵的经过。

"我想，我要告诉你一个秘密。"她说。

去年的一个雨夜，何颖雅的爸爸来学校接她回家。

车窗的雨刷疲惫地摇晃着，车里的广播电台还在播放着雨日行车注意事项。他们有说有笑，结果车开上环城高架，在拐角的时候，一辆逆行的大货车迎面而来，他们的车辆在急刹车后打滑相撞了。

"呲——"

当时，锐利的声响过后一片狼藉。何颖雅恢复意识，从车上爬下来的时候已经满是血迹，尖锐的玻璃片割破了她的嘴巴。当她看到旁边的父亲躺在血泊中时，当即撕裂地尖叫起来，直到晕厥。

"爸爸死了，我也住进了医院。每天晚上都做噩梦，我变得自卑，做什么都没有了力气。"

何颖雅开始变得沉默寡言，独来独往。

在一个雨天，何颖雅到池塘边待着，因为难过又哭起来了。随即狂风暴起，池塘里仿佛真的有怪物即将跃出水面。何颖雅闭着眼睛痛哭，心里极力地喊着爸爸的名字，希望爸爸能够回来保护自己……一阵恐惧过后，诡异的事情发生了——

幽灵出现了。而就在雨中的池塘里出来的幽灵……竟然是自己的爸爸。

是自己死去又复活过来的爸爸。

"这完全无法解释，我到现在都还无法接受。我看到回到自己身边的爸爸，既害怕又高兴。只是爸爸根本就不知道自己已经死去，一切都跟梦一样，可是……"

可是今年的雨季一到，何颖雅的爸爸消失了。无缘无故地消失，像被雨夜带走了一样。无法置信的何颖雅开始几乎每个雨夜都守候在学校的池塘边，等待自己的爸爸回来。

所以那晚，才会遇到去池塘边的我。

尽管如此，池塘仿佛对她失了效，再也没有幽灵出现，爸爸也没有回来。

"这种超自然的现象无法解释，可能池塘长年湿润形成了特定的磁场交流，变成了媒介。"

"或许这只是梦只是传说，根本不存在，爸爸没有出现，可是我就是感知到了呀。我不愿相信我们活在了梦里活在了传说里。"

这怎么可能呢，心里回响了成千上万次"不可能"。但是也有那么一秒，心里的停顿的一秒……心想着，这如果是真的，那就好了。

在何颖雅准备跟我告别之际，我不舍地看着她："所以，池塘其实是你说的……"

"许愿池。"

她真诚地看着我，转过身，"最好的时机应该是夏日里的雨季。我觉得有必要告诉你，因为你有梦想。我相信有愿望的人必须去实现，有遗憾必须去弥补。那晚，我看到你为了摘东西很坚决，连幽灵都不怕"。

最后，就在她转身准备离开的一刹那，我瞬即红了眼眶。"学姐，这一切都有可能是真的吗？为什么你不再需要它保护你了呢？"

何颖雅回过头，眉毛和眼睛在笑。她摘掉了口罩，嘴边的伤痕硬生生地呈现出来，嘴角也释然地上翘起来。她说："因为我现在已经不需要它了。"

这一次，何颖雅把丑陋的伤疤露出来，一点都没有萎靡的样子。

何颖雅学姐在午后离开了她的高中，幽灵传说的高峰或许就要暂时告别了。但是她说，她的生活高峰才刚刚开始。

或许，最好的告别就是跟她说一声"再见"吧。

## [6]

何颖雅离开之后，我呆坐在寝室里，还没缓过来，爱思突然猛地在上铺弹起身子，决然地嘶吼了一声："许愿池！"

"你怎么在？我还以为你回家了！"我吓了一跳。

爱思刚睡醒的样子蓬头垢面，衣衫不整，两眼无神却又莫名泛着巨大的光亮："恐怖的池塘竟然是个许愿池？"

"你躺着真的很平。"我吃惊。

"许愿池！我听到了！是许愿池！"爱思粗鲁地朝床板一拍，虎视眈眈地看着我："快告诉我是不是！马上找猫田来商妥事宜，我们要发财啦！"

我还在发着愣，心急的爱思已经狰狞地拿起手机，热忱地拨打了猫田的电话。她架着腿，像个迷上赌博的粗犷男人。

十分钟后，猫田、爱思和我坐在校园里的长凳上。

"所以，你们相信人死后还会围绕在你身边这种事情吗……或者复活这件事？"我一直认为，那只不过是属于何颖雅学姐的魔法。

"我不管啦！"

爱思之所以听到许愿池的存在那么亢奋，是因为爱思一直非常疯狂地暗恋着一名叫王通图的学长。

她把头埋在我的肩上撒娇："你不是都差点见到幽灵了吗？为什么有那么好的机会不试！我要泡到王通图学长，让他天天打篮球给我看，然后嫁给他，哎呀我的天！我喜欢他我爱死他了！我不管！你就没愿望没梦想吗！"

我就没有愿望吗，我沉默着。

本以为猫田对待许愿池这种事会以"相信它简直就是傻 × 浓

度太高"的态度对待,没想到他竟然也分贝高亢:"那我设计比赛夺冠的愿望不就触手可及了?我死也愿意!"

"对不对!"爱思嗷叫。

"阿绿,"猫田揽着我的肩膀,装模作样地语重心长起来,"陈老师的愿望你不是要帮忙实现吗,生物科研比赛要拿第一名哪有那么简单?最重要的是……学姐说过幽灵可以复活,可以让死人复活。"

曾经在梦境里血肉模糊的幽灵,似乎在得知能够成为死去的故人而复活过来后,就成为了心中的神明。

总是听长者们说,不要老是被人间的表象所迷惑,深山里长得漂亮的花朵往往都带着致命的毒液,味道鲜美的美丽河豚也含着剧毒,真正宝贵而又难得的事物却都是有着丑陋甚至是恐怖的外壳。或许这就是宇宙的神奇之处吧,否则富丽堂皇的东西岂不是就没有保护的必要了吗?

因此,或许这个让所有人拒而远之的恐怖幽灵,就是心中期盼了很多年的神明。耀眼的、美好的、求之不得的神明。

想让阿泽复活过来,想跟阿泽再次相遇,不是自己一直以来的愿望吗。

已经折了1899只纸鹤了。

可以让死人复活,我脑袋里剧烈地回响起猫田说的这句话。我的眼皮疲倦起来,陷入了矛盾。

"真的……要召唤阿泽吗?"此时的自己,心里其实非常地不安,甚至有点抗拒——虽然想见阿泽,但又没有勇气再面对他。

"这是千载难逢的机会,错过这一次,或许遗憾终身,阿绿。"

爱思拉起行李,把我给拽了起来,遥手一指。我循着她的方向看去,只见公告栏的黑板上被学生恶作剧地用彩色粉笔描了五个大字——

"我们高二了。"

我在心里重复爱思的话,这是千载难逢的机会,错过这一次,或许遗憾终身。

## [7]

暑假的时候,我和猫田一起跟着爱思到她叔叔家的冷饮店打零工。冷饮店在海边,夏日冰凉的汽水配上炭烧食物,每天的生意都非常火爆。

这个夏天我们都有了新目标——

我要挣很多很多钱,打算在十八岁的时候去国外看一次梦中的鲸鱼先生,真正的鲸鱼。

猫田报名了下学期的市服装设计大赛,也在挣路途经费还有布料钱。

爱思还是对那名有着硕大胸肌的学长非常痴恋,她要筹备嫁给王通图学长的嫁妆钱。"我会让学长幸福到死掉!"

每一天，沙滩上的孩子在裸身奔跑，老男人躺在塑胶船上晒肚皮，身材走样的女士穿露出屁股蛋的泳装拍照，我们看着这一切，充满了新鲜感。

"你们快来，我又捞到钱啦。"

一到傍晚，猫田就在海边捞旅客们落在水里的人民币，猥琐又癫狂。而我和爱思则去捡贝壳串成项链。晚上，我们就坐在海边吹海风，海浪涌上沙滩亲吻我们的脚丫，然后又羞怯地跑开。

就在这样的一天一天里，有些东西急速升温，仿佛三人谁都离不开谁了。如果有一天爱思没有在隔壁的沐浴间里陪我洗澡说话，就会莫名不习惯。

日子每天充实地过着，但有一件事却被我们深深地惦记在心里，那便是许愿池。

很快，八月中旬，学校把之前军训所占用的课时推迟到现在才补上，校园里顿时哀嚎四起，我们的暑假结束了。

回到学校的第一天，天气预报说会下大雨，我们便兴奋地决定行动。

傍晚，草丛里响起一阵疯狂的奔跑声，我们跑向了空无一人的荒地。猫田带头冲锋，爱思扯着我的手奋力追逐着。

雨水冲刷着我们雀跃的身体，头顶响亮地回荡着我们兴奋的嘶叫声。

"为我们的友谊干杯！"

"为我们生活的魔法和神奇干杯！"

"为我们的狗屎运干杯呀!"

"哈哈哈!"

"耶!"猫田蹦蹦跳跳,撩起他被雨水湿透的白衬衫,在雨中扭着屁股跳舞。爱思伸展着双手把脸迎向天空,闭着眼让雨水痛快地打在脸颊上,享受着上天的赋予。我在原地看着他们发笑,不久就被他们拉过去,一同倒在了草地里打滚。

我们三人平躺在草丛里畅快地笑起来,眼角泛着的雨水一不小心就往耳朵旁滑开。

天空在下着一场名为"青春"的大雨。

猫田从书包里翻出了很多罐装雪碧,上面用白纸贴着"啤酒"两个字,一股脑倒了出来:"来来来,让我们再次干杯!我们以雪碧代酒,将就装一下!"

我们大笑起来,嬉笑着歪倒在了一起。猫田使劲摇着拧过易拉罐,液体瞬间喷洒出来,泡沫碰了我们一脸。我们喝了一口,就开始往对方头上倒起来了。

"啊啊啊啊啊啊!"

"不要闹不要闹!"

"一二三!愿我们所有愿望都实现好吗!"我们把手伸出来盖在一起打气,咻的一下散开便哄笑起来。

此时此刻,学校附近这片阴森的荒地在眼里变得如此地可爱,它仿佛长成了一座花园,在瞳孔里迅速地发着光亮。枯树在眼里变得青葱茂盛,贫瘠诡异的荒地原来在眼底是如此的一片长满夏天的繁茂公园。

我们嬉闹过后，全身湿透，看着彼此被雨水打湿的脸，感受着此刻所有的舒畅的冰凉。

最后，我们三人手拉手站在了池塘边，准备开始进行一场盛大的祈求仪式。我们紧紧地拉着手，屏住了呼吸。

"许愿仪式开始！"爱思喊。

"闭眼！不许松开手！"猫田说。

"幽灵大人你好，我是销魂美少女爱思，我的愿望是……跟那个姓王的谈恋爱！让他逃不出我的手掌心哈哈哈！考上姓王的那个大学！嫁给那个姓王的！姓王的！你给我听好了那个姓王的！"爱思沉浸在幸福里。

"男人婆你也太不害臊了吧！"猫田翻了个白眼，"幽灵先生，我是人见人爱的花美男猫田，我的愿望是我们三人同班，然后我要拿着服装设计比赛的冠军奖杯在舞台上尖叫，台下的花痴少女们也为我尖叫得裙摆都飞起来！"

猫田停顿下来的瞬间我们一阵哄笑，然后又一阵故意地干呕。

"耶，接下来！让我们用热烈的掌声欢迎我们今天的女主角痴呆少女面瘫妹，许童绿！"猫田和爱思扯着喉咙尖叫起来。

"淡定淡定！我叫阿绿……"我忍着喉咙里的笑意，也佯装老成的语气，"我的愿望是……"

"我要代替陈老师，在比赛中让陈老师的论题拿到第一名！

"我想要有一个妹妹，不可以跟我一样没用的妹妹！

"我要在十八岁去国外看一次梦想中的鲸鱼先生!"

"我要在十八岁跟'哥哥'谈一次恋爱!"

"我希望……

"希望……"

呼出的连贯气体仿佛被吸走了大半,话语就像受损的磁带卡牢了轨道,尴尬地停了顿。我希望着的……是的,我还希望什么呢。

我甚至再次怀疑起许愿池的可信度,如果都是假的何必再把自己的伤口再次撕开撒盐呢。

一切不是都已经死掉了吗,还真的能有机会挽救吗。

有十秒钟的时间,还在闭着眼睛的瞬间,我莫名酸了鼻子。不是哽咽,但就是心头有点微微地松动和酸楚。猫田和爱思心领神会地握紧了我的手,温暖的体温达到了我的心。

"我希望阿泽哥哥复活过来,然后……"

可以保护我。

可以保护我,像以前一样。可以保护我,让我不再让大家不喜欢。可以保护我……原谅我的愧疚和懦弱,让我成为更强大的阿绿。

猫田欢快地嘶喊起来:"仪式完美结束!"

接下来,就是等待所有愿望的实现,还有等待今晚召唤幽灵过后……阿泽的复活。

"一定会实现!"灿烂的笑容印在我们泛着雨水的脸颊上,我们瘫坐在地上,抬头看向灰蒙又明亮的天空。

那个时候的我们，当然觉得天下也有不散的宴席，那就是我们三个。这个美好的许愿池就是我们的见证。

## [8]

为了等待召唤幽灵的时刻，我们在池塘边坐到了晚上，结果三人不是在打喷嚏就是在打哈欠，要么就是在打蚊子。

临近凌晨时分，我们已经昏昏欲睡了。

"幽灵出来啦！"猫田突然尖叫了一声，我和爱思被他吓得弹起来，他立马坐在草地上大笑。

"你要死啊！"爱思握拳，"信不信我把你踢到池里去喂鲨鱼！"

"好呀好呀，喂幽灵，幽灵快点出来，我要喂幽灵。"猫田怪腔怪调地咋呼着。

"再说本大爷揍你！"爱思喊。

"我只是调节一下气氛嘛。"猫田跑到我旁边坐下，"两个傻蛋太好笑了！满脸横肉都吓飞了！不如我们来说鬼故事呗。"

"还是别了吧，我以前听我爸说过一句有关节气的话，叫腐草为萤，就是在人间的七八月，就算是腐朽的植物都可能……"

我还没说完，猫田撞了下我的肩膀，示意我爱思不对劲。只见她诡异地面对着池塘，一动不动，鬼上身般。

我汗毛倒竖，正以为她也想吓唬我们，霎时，爱思猛地提高分贝说，你们快看。

爱思急促地跑到池塘边，用手指着池里的水面，嗓音兴奋又恐惧："你们快来！"我愣了愣，和猫田飞快地跑过去。

我们穿着雨衣，紧紧地挨在一起，在池塘边倏然趴了下去。猫田用手电筒朝池塘里一晃……是气泡。成千上万的气泡，咕噜咕噜地，猛烈地冒起来了。

爱思脖子往里一缩："有烟！"

池塘里的气泡成群爆破，瞬间水面飘着朦胧的紫雾，飘渺虚无。我揉了下泛着雨水的眼睛，定睛一瞧，池塘上已经开始笼罩着薄纱般的诡异影子。

"好怕啊怎么办？"我在中间揣紧了猫田的胳膊，瞄他一眼，猫田已然木头般呆愣住了。

一阵强大的阴风从枯树里蹿出来，猛烈地刮过来了。雨水倾斜，我们的雨衣帽子被吹得狼狈地往后翻。

爱思惊慌失措地揣紧我，声线颤抖："幽灵是不是真的要出来了！如果不是我们预期的那样我们会不会死啊？我们还是花一般的年龄，啊，还没写遗书！"

咕噜咕噜咕噜咕噜咕噜咕噜咕噜——

是响声，水面下透着剧烈不明的声音，越来越透彻！

我们三人紧紧挨着，像在面临一场死前的煎熬。"淡定！女士们！"猫田的话逞强得像浮在半空，可明明也像是惊悚的哭腔，"淡……淡定！"

这时，水面像是扩散着涟漪，水流急促得像在震动。烟雾浓郁成一团，阴风狂烈地扫过我们的身体。周遭的昆虫们怎么都纷纷死亡般地呻吟起来了，嘈杂声像要挠破我们的耳膜……

突然，水面像是要掀开般——

哗!

哗哗!

哗哗哗!

"不好!"

"幽灵快出来了!阿绿快点闭上眼睛召唤!"猫田扯着喉咙,猛地朝我一瞪。见我没反应,他拽着我的胳膊,用力地摇晃着,"快点召唤!快点啊!"

雨水越来越大,快把我们吞没了。

我失魂落魄地盯着水面像被吸走了所有的气力。

"快出来了!傻×快点闭上眼睛!"终于,猫田如同喊破了喉咙,尖锐的声音划破了夜晚,刺进了我的骨头。夜空仿佛在此刻决然地撕裂开来,破开一个巨大的洞穴……猫田的嘶喊无尽地在头顶回响着……

"出来了!"惨然的尖叫声响起,仿佛隔了一个世纪那么远。

那么远,那么远。

"靠!"

眼看幽灵就要浮出水面,爱思看不下去了,蹦起来朝我脑袋狠狠地一敲:"像个男人呀白痴!不然我自己来!我要嫁给王通图学长!"

猫田猛地捂住爱思的嘴一声嘶吼:"不要乱许愿!许童绿你快点!"

这时,池塘里的水四溅上来,我们恐慌地尖叫不断,就在推操中,我才手忙脚乱地闭上了眼睛,嘴里像在吐着咒语般喃喃念叨着。

——"我想要跟阿泽再次相遇。"

雨水汹涌地笼罩着我们,周遭一片喧嚣,我们三人抱在一起,一动不敢动。可就在这个时候,莫名其妙地,脸上被雨水冲击的触感渐渐减少,风也陡然像被吸回了老树的树梢,昆虫消耗尽了气力般闭上了嘴。

像海浪猛烈地一刮,然后就退却了。

我们惊魂未定地睁开眼睛,发现池塘水面一片平静,烟雾还在萦绕着但却褪淡掉了,才发现……雨停了?

关键时刻雨停了。

没有雨水,池塘便失了效。

爱思粗鲁地弹开,将我们一推:"雨居然给老子停了!给停了!重要关头!说要召唤幽灵的,现在呢?猫田都怪你,是你说要等暑假后才来,看吧看吧,雨季末,这天就跟撒尿一样撒完就穿起裤子!"

"高潮不是来了吗!怎么怪我了!是你们动作慢得要死!打了麻痹针吗,你们反射弧有绕地球一圈那么长!"

"怎么办啦?"盯着一片死水的池塘,我很懊恼,抬头看向夜空,毛茸茸的雨线从天际艰难地挤下来,像在难产。

我们陷入了沉默,各怀心事地盯着眼前恢复平静的池塘,良久,像是有谁叹出了一口气。

猫田意兴阑珊地拍了拍我的肩膀，仿佛在安慰我。我觉得沮丧。他的手搭在了我的肩上……然后突然停住了。

我感觉不对劲，才发现他的手在颤抖。

"啊啊啊啊啊啊啊啊！"

猫田惨烈一叫，几乎是连滚带爬地扑向我们，双脚几乎都要跳上来夹在我的腰间。他胡乱地往后一指，使劲地扬了扬。

"叫什么叫，回光返照吗？"爱思横着嘴，回头一瞧，瞬间也扑了过来，"啊啊啊啊啊啊啊！鬼啊！"

我的后背瞬间一片冰凉，我缓慢地扳动着脸，朝后一瞥……

只见漆黑的暮色里，杂草丛生飞蚊成群，远处的橘黄色光线摇摇欲坠，冰冷地渗过来，到达草地就休止了所有的光亮，却让背光的身影赫然闯入我的眼睛。我浑身的汗毛都倒竖起来了——

有一个小孩的轮廓，微低着头站在草丛里一动不动，直勾勾地看着我们……

人间在七八月存在着这样的一句话，腐草为萤，则……

——离明之极，故幽类化为明类。

是真的幽灵。

## 第四章　土润溽暑

[1]

一道闪电猛然劈下，远处的天空被赫然地印得一片煞白。

白花花的背景中，那名幽灵的身影显眼地凸显出来，继而又陷入了黑暗。光线浮动起来，在他身上一晃一晃，根本就看不清模样。

这时头顶又响起了几声巨雷，猫田和爱思尖叫了一声，我们条件反射地蹲了下去，捂着耳朵。

"我们跑吧！"爱思扯着我的手臂往外拖。

奇怪的是，召唤失败的时候雨水已经停了，现在雷声过后又下起了滂沱大雨。看似天晴又忽然电闪雷鸣，真撞鬼了吧。

"是幽灵呀！"

猫田一语中的，男孩就站在那里盯着我们，一动不动，像一尊愤怒的雕像。又一道闪电劈下来，我清晰地看见了他的脸，那张脸面无表情，苍白——

也是那张脸在告诉我一个不愿意接受的事实……召唤过程突然停雨，召唤失误了。

失误了。

我这才后知后觉，心脏钝痛，瞬间拧起眉毛崩溃地哭出来："不是阿泽！是个小孩！不是哥哥的脸！不是哥哥呀！不是呀！"

是个不知道从哪里来的幽灵！

我缓过意识后，失望和冰凉洞穿了我的身体，疾速地爬上来，直到我浑身松软。

"快走！"猫田和爱思都从恍惚中挣脱出来，硬生生地拖着呆若木鸡的我。

我们浸泡在雨水里，被当下的雨水侵蚀得皮肤发白发皱。我心里空荡荡的，像一间充溢着蜡烛的光亮又瞬间熄灭的空房子。

我终于咬着牙，一脸不甘，被他们抓着跑。当我们正准备逃离召唤失败的案发现场时，背后突然传来了哭声。

那个幽灵男孩哇的一声就哭起来了。

这……我们迟疑地停下脚步回头看。光线浮动，黑暗中的他，一只手挡着眼睛，正放开喉咙伤心地大哭起来。

"呜呜呜……"

我们有点困惑，在哭什么呢，害怕得流泪的不应该是我们吗，哪有幽灵见到人类会哭的——倘若他真的是召唤上来的幽灵的话。

"走……走吧？"爱思微微迟疑地问了一声。

"走吧？"猫田的眼神像在告诉我，召唤失败了，对方是谁根本就不知道，接下来还会发生什么我们更不知道。

那就走吧。

我紧闭双眼，倒数了三秒，抿了抿嘴唇跟他们一起笃定地转过身。再次迈开脚步……

"呜呜呜，你们都不要我！"

我愣住了一秒，双脚却仍然无意识地往外赶。一步，两步，三步，我们的脚步很快，却逐渐不约而同地慢下来……身后的哭声越来越小，渐渐被雨声吸走。耳朵回旋着最后那句哭声，就跟我以前的哭声一样。

我的胸腔突然像被塞了一块石头一样喘不过气……"你们都不要我，你们都不要我。"这句话像海绵般塞满了我的脑袋，并强行灌进了水。无助，孤独，空虚。就跟我经常被孤立了那样，就跟我经常暗地里哭泣那样呀。

"不行！"我突然站定喊了出来，像在哭。

"不行！"仿佛感应般，猫田和爱思也同时默契地叫了一声。

雨还没有停，还在汹涌地往我们的头上倒下来。我们的手还在害怕地颤抖着，却紧紧地牵在一起。我们看不清对方的脸，但却像是暗号般，互相朝对方无声地示意，最后面面相觑地点了一下头，异口同声地发出一声整齐的"嗯"。

我们往回跑起来，迈开脚的那一秒我曾祈祷就在那刻让时间停止。停止吧，我握着猫田和爱思温暖的手掌，在雨日里感受到了前所未有的心安。是朋友，是好朋友传递给自己的那种默契和充实。感谢神明。如果召唤真的失败了，那么此刻就让我感谢神明吧。

"呜呜呜……"幽灵男孩还在拼命地哭。

我们跑回到原先的位置，四目交换。猫田扯了一下我的手臂："怎么办？过去跟他打声招呼？问他是人是鬼。"

"快去！"他们幸灾乐祸地将我一推，下手很重。

"要怎么说呢……"我扭捏地往前了一步，背过身朝猫田和爱思使了下眼色，还没做好准备，身后突然传来闷闷的一声"扑"。

哭声戛然而止。

我猛然回过头，看到幽灵男孩瘦小的身躯已经倒在了草丛里，像张力过盛而断了线的木偶。

## [2]

医院里的药水味让人觉得闷躁，像有一股发霉的晦气老是在身边萦绕。

病房里，猫田帮男孩换上干净的病人服。护士第二次扎完针头后就走了，留下我们三个人。见四周没有人，我们倏忽趴在床边围堵了那个幽灵。

我们端详起男孩的五官，好奇地研究了起来。

"哇，长得就是人的样子，帮他换衣服的时候摸着也有骨头！"猫田惊呼。

"你说他会不会有超能力？比如考试可以帮我们满分，或者让王通图学长瞬间迷恋上我……对，迷香功之类的？"爱思托腮。

"作为幽灵淋着雨病倒了也太丢脸了吧，这么没出息会不会是病死的，从小体弱多病？"

咳咳——

幽灵男孩一声咳嗽，我们便跟弹簧般瞬间躲开。我瞥到男孩那双睁开的眼睛，碰上了迎上来的眼光，一个哆嗦往后挪了一步。

"醒了？"爱思一个箭步凑了上去，紧紧地拉着他的手，脑袋一偏，"小弟弟你到底是人是鬼呀……哎呀这也不重要了，你到底有没有超能力之类的，或者我们的愿望能实现吗？比如我许的那一个让……"

"好了！"猫田扯开爱思的手，"没完没了，丧心病狂呀你，一点都不矜持！"

"为爱痴狂不行吗？"爱思横了猫田一眼，男孩好像没有听懂，两眼发愣没有说话。猫田缓慢地坐下，一副若有所思的样子："那个……我的那个愿望能实……实现吗？"

我"扑哧"一声笑了出来，爱思的眼睛里燃起了怒火，朝猫田的胳膊拧了一把。只见猫田拧巴地转过来露出作怪的嘴脸："我也很想知道呀！"

幽灵男孩的出现，把我们的好奇心都提到了喉咙口。无数的疑惑变成了谜一样的存在。

我认真地打量起这个男孩，他脸色苍白，有点帅气地留了一撮头发往额头的右边倒，眉毛有点浓。脸颊很干净，只是眼神有点涣散。

"闭嘴啦，吵死了。"幽灵男孩的一句话瞬间就把我们给震住了，语气非常平静，带着点慵懒和不屑。

"我没听错吧？"猫田揉了下耳朵。

"就你最吵啦，睡觉的时候一直听见你的大嗓门。"

我心想死了死了，心想猫田肯定要开战了，爱思也是一副"这下死定了"的表情。只见猫田双手往胸前一叉，整张脸都绿了："小屁孩你说什么？你是怎么死的？被毒死的吧！被吃了雄黄的白娘子咬死的吧！小小年纪嘴巴那么毒小心投胎变成一只腐烂的毒疮长在你妹的嘴上！"

果然吵起来了。

"你们都不要我，你们都不要我，你们都不要我！那让我上来干吗！不负责任的人类！"他愤愤地说，性格好像有点乖戾。

"这不就跟你来医院了嘛。"

"人生已经够无聊了，还要听旁人喋喋不休，生活实在是过得有点没意思。"幽灵男孩淡然地说。

"哎呀——啧啧，要死了！"猫田一脸错愕，看向同样傻愣住的我和爱思，咬牙切齿，"这是老人投胎来的吧！这怎么死的，是老死的吧！还'人生'和'生活'咧，我的亲爹呀大开眼界……"

"不得了，我们高中的题目说不定他都会呢。"爱思抢过话头，不知道又心怀什么鬼胎，"小弟弟你认识我们吗？"

男孩的眼睛掠过我们，摇头，听上去有点迟疑和冷漠："不认识，你们谁呀。"

"知道自己死了吗？"

何颖雅学姐说过，他的父亲复活过后根本就不知道自己已经死去，所以……

"嗯……为什么还要把我召唤上来呢，人生冷暖太难承受了。"又是淡薄的语气。

我们忍俊不禁,看上去顶多十一岁的孩子说出这种话实在是太好笑了,还有那种看破红尘的语气真是滑稽透了。但我的头脑又有点空白,既然是被召唤上来的为什么知道自己已经死了呢,难道是因为召唤错人而失败的原因吗?

"你们笑什么啦笨蛋。"

"估计是孤独死的吧,"猫田不屑,无缘无故就结下了梁子般,脸和语气都很臭,"小人脸老人心,嘴又那么毒,肯定是没朋友孤独死的。现在是第几种死法了?我发现好像每种死法都很适合你呢,可以写一本死法大全。"

"好了,就别跟孩子过不去啦。"我终于插上了一句话。

"我才不小呢,我……"男孩可爱地嘟着嘴巴,"很快就要初中了。"

我忍着笑意,又听他意兴阑珊地说:"我是病人你们不应该给我一个清静的环境吗,留这个姐姐看我好了,那个姐姐先走,你滚蛋。"

男孩扎着针管的手高高地举起来,像个绅士般指着我"留下来",爱思"先走",猫田"滚蛋"。

"那你们先回学校换衣服吧,全身都湿透了。"我说。

"本少还懒得管你呢,住着老人灵魂的死屁孩!死屁死屁的!"

"我倒是觉得这种蠢萌蠢萌的样子怪可爱呢,弟弟你说对不对——"爱思怪腔怪调地给幽灵男孩抛媚眼,甜甜地拉着长音。

男孩盘坐在病床上,虎头虎脑地挠着头傻傻地一笑,露出白牙齿点头。

猫田冷哼了一声，爱思揽着他的肩膀走出病房，嘴里还念叨着："你怎么可以惹救世主呢？你不想实现梦想啦？"

看着猫田和爱思的背影，我心中是忐忑的，忐忑得眼花，忐忑得不安。同时，也觉得抱歉——

如果我们不是拥有贪念，现在也不会出现这般摸不着头脑的境地。

我抬头瞥向窗外，才注意到夜空的雨还在细细地下着，但是看不见雨线，已经入深夜了。我站在窗台前想象着病床上躺着的人要是阿泽的话，是怎样的一种心情和场景，以后的生活又会是怎样的呢。

是紧张吗，还是重逢后的喜悦呢。

完全无法估测，因为结果截然不同了……我感到身体有点冷起来，回过头时发现男孩已经在睡觉了。

我轻轻坐在床头边，再凑近定睛一瞧："这家伙眼睫毛挺长的嘛，真漂亮，怎么长的？"

没有征兆地，男孩陡然睁开了眼，又把我吓得挺直了腰杆。

"还让不让人睡啦。"迷糊又撒娇的声音。

"对不起。"

"没有错干吗要说对不起，养成这种习惯什么事情都会觉得是自己的亏欠啦，笨蛋。"

"比我小，不能骂我笨蛋。"

我不悦地堵了一句，男孩却一副老派的模样，佯装没有听见地闭上眼睛。我回味了刚才他说的话，想起了以往的生活里，貌似无论发生什么，我好像真的都是自己在责怪自己呢，总觉得是因为自己不讨喜所以才会被疏离。

可是我到底哪里出错了呢。

"小孩子的哲理……还挺不错的。"我苦笑起来。

"嘘嘘——"这时，猫田和爱思的两颗脑袋从门前探出来，召唤我过去。正如我所料，猫田和爱思也在为这个事的后果而着急，甚至摸不着头脑。

深夜的医院走廊虽然灌满了明亮的白炽灯光线，但仍然越感寂寥。

"那个小大人睡了吧？以后怎么办，把他往哪里搁？又不是宠物给个宠物屋就行，他现在看上去好歹也是个人呀，今晚先住这里，那以后住哪里？我们后天要开学了呀。"爱思拎出了一件难题。

"我们怎么就召唤失败了呢，怎么这么倒霉？不知道我们的其他愿望有没有受影响。"

是的，怎么这么倒霉呢。

"怎么就召唤出这样的一个东西呢？前不着边后不着地的，往哪搁？脾气又臭的一屁孩，麻烦死了，简直就是……"

累赘。

猫田说的这些话根本就没有恶意，他只是感到着急以及无法帮到别人感到自责，嘴巴上才会发狠，我们太懂他了。所以，他盯了一下我和爱思，没有把最后那两个字说出来。但我们都心知肚明。

爱思眼珠子转了一下，示意我们朝后面看。

我往病房门一瞥，幽灵男孩木然地站在那里，听到了我们刚才说的话。"你怎么醒了？"我慌忙问。只见他高高地举起手中的点滴瓶，示意已经滴完需要更换药水了。

他没有说话，两眼无神，少了许多杀伤力。他看上去很沮丧，还没等到我接话，就自顾自地朝里头跑进去了。

"哎呀，怎么就说了那样的话，人家小孩子自尊心很强的，肯定很受伤。"爱思指责猫田。

猫田耸了下肩膀，无奈之下我转身马上跑进了病房。

他肯定伤心透了。

[3]

眼前是一个落寞的背影。

我在房门前稍稍站定了一下，目睹了冷清的病房里，幽灵男孩坐在病床上，背朝着我，肩膀时不时微微地颤抖着，像在哭。

我的心脏抽痛了一下，那一刻我觉得一切都是我要去池塘召唤的错。他那么可怜，还被别人嫌弃，一定一定很沮丧吧。

"那个……对不起。"我欲言又止地走过去，很缓慢，怕他抵触我。

我坐在他旁边叹了口气，用手轻轻地搭在他的肩膀上，轻轻摩挲着他的身体。本想安慰伤心的他，结果就在我把脸凑过去的瞬间，火冒三丈——

幽灵男孩正在啃一只硕大的苹果，右手还拽着一串葡萄。

咔嚓。

"好松脆呀，味道不错！"他咧着大大的笑，一脸轻松。

"你啃苹果一定要把肩膀一颤一颤搞得像在哭吗，你这个死孩子。"我咬着牙根，握紧拳头。

"什么啦？"语气有点凶狠，"人家饿了。"

"气死我了，鼻孔都快流血了！"我怒火中烧。

"又怎么啦，你们大人的世界真的好蠢好麻烦。"真想捏他那张鼓起来胖嘟嘟的臭脸。

"你听到我们说的话了吗？就不伤心吗？"我有点伤心，还以为对方需要我的关爱。

"伤心什么啦，我才不管，是你们自己把我召唤上来的你们肯定就要养我呀，肯定就要想办法呀，有什么好伤心的。"他又咬了一口苹果，咔嚓一声十分清脆。

"哎呀！"我语无伦次地叹息，没辙了。心想，这个孩子真的跟其他人不太一样。是个变态，是个铁石心肠不知人间冷暖的变态呀。

"都说了没有错就不要老是道歉，你耳朵聋了吗？没有长记性。"他又开始指责我。

"你到底是怎么死的？"我像是被猫田的灵魂上了身。

"都怪你们，为什么还要把我弄上来呀，生活太残酷了。"大道理又来了。

"召唤错了,是要召唤阿泽哥哥。"

"亲哥吗?"

"不是,是喜欢的……可以叫为哥哥的人。"

"真肉麻。"

"想再死一次吗你?不过也有许愿要有个妹妹呢。"

"可是我带把儿呢。"

我咳嗽了一声,觉得好笑:"你什么意思?"

"我可以当你弟弟吗?"

"啊。"我受宠若惊地愣了一秒,反过来想,或许就是因为许的愿望里想要有个妹妹,结果才会召唤失败,阿泽没有起来,连出来的孩子性别也倒错了。不过,既然是这样也许是神明的安排吧,我缓过神:"可可……可以啊,快点叫我姐姐。"

"不要。"他白了我一眼。

"自己提出来的还有脸说不要吗?"

"不要,强摘的果不甜好吗!"

"虽然召唤错了人,但是我们的其他愿望实现得了吗?你应该知道吧?"

"我也不知道,应该会成功。"

太好了,如果是这样就太好了。但是我也总感觉有哪里不对劲,浑身不对劲。

"那个……你叫什么名字?"

"不知道,过去的就让它过去吧,就不要再提起了,你重新给我起一个呗。"

我环绕着四周,看见他来时的那套衣服还湿答答地披在椅子上,皱巴巴的。那件背心上面有一个醒目的图案,是一只吐着舌头的绿色的猫咪。我指着它,看向幽灵男孩:"就起那个名字吧?"
"哪个?"
"青猫。"

就叫青猫吧。
希望可以变成温顺的会撒娇的不一样的猫咪人类,而不是死小鬼。

"青猫。"
"干吗?"
"快叫姐姐。"
"姐……姐姐?"
"真乖。"

## [4]

第二天,雨停了。
我做了一个梦,梦见了一只猫咪站在水杯上面跳舞。我趴在病床上醒来,睁开眼就看见青猫搁在薄被子外面的小脚丫,很苍白和疲倦的样子,但又像小猫。
"这家伙还真适合做一只猫呢,或许就是猫咪投胎来的。"
怪诞的梦境过后,我竟然笃定地分析着幽灵男孩被召唤出来的由来。"而且那只猫咪看上去虽然迷你，可是他的年龄在猫咪王国里已经是个老者了，快要死掉的看透人生的那一种。"

"你是在自言自语吗？"青猫的脚丫子动了一下。

"你醒了？身体好了吧？"

"嗯，可以出院了，医院很晦气。"

"可是，去哪呢？"

我消沉了下来，心想，带幽灵男孩去哪里呢，完全没地方住呀。

这时，我的手机响了，铃声急促得似乎有种不祥的预感。电话那头，猫田急躁地说："大事不好了，地球撞火星！你快来！"

"发生什么事了？"

"爱思疯了！姑奶奶疯了！你快来阻止她！我的娘亲！"

我拉着青猫的手，跑在前往学校的路上。

别看青猫个头那么小，身体似乎有着惊人的力量。本以为得拉着他跑，结果却是被他牵扯着喘起粗气来。

"快呀快呀。"他竟然饶有兴趣，像个小大人一样督促我。孩子就是爱这种把戏。

"你快什么呀，别拽我太牢要摔的。"我心想，昨晚还一副病恹恹的样子呢，"话说你不是幽灵吗，不会飘吗？带我飞起来呀！"

"不会，不过你说我这样像不像超人！"会说这种话果然还是个孩子。

"唉。"

我不屑地被拽着赶,就在快要赶到足球场后面的小山坡时,大老远就听见爱思耍疯的嘶叫还有猫田的哀嚎。

"姑奶奶你不要这样,你这样会没男人要的!"猫田极力地拉着疯疯癫癫的爱思。

惨烈的哭声一阵一阵的,听得我的心拧成一团。我着急地跑过去,只见荒凉的坡边散落着啤酒罐。这次不是贴着纸张玩的,而是真的啤酒。

"让我去死一死吧!为什么要夺走我的男人呀!为什么为什么呜呜呜!"

爱思的五官全部拧在一起,鼻涕眼泪滑稽地流了一脸,动不动就往手臂上呲的一声蹭上去,又继续哭,看着让人心疼。

爱思看见我,哇的一声提高了声贝。她踉踉跄跄地跑过来拱在我胸前,手里还拽着两张皱巴巴的纸。

原来是分班情况下来了,只有我跟猫田同班,爱思被分到了理科最后一班,与我们中间相隔十个班呢。

"这是学校的分班情况表,她满脸泪水像个寡妇,屁股一颤蹦上去就撕下来了!简直疯了,差点被校卫处的保安抓走,你知道我拉着她被保安追着赶有多丢脸吗!这个疯婆娘!"

"我们没有同班!那个愿望根本就没有实现,你我从此就要分别了,说好的天涯海角呢!"

"对不起,爱思。"

我不知道我为什么道歉,可能是因为让爱思听到了学姐的秘密,拥有了希望,然后跟我们一样热忱和疯狂,最后却像瓷碗被摔破那般落空了。

"重要的是……"爱思情绪缓和了一点,呜呜咽咽,"王通图学长昨天还在,今天就转学了,一夜之间就转学了!"

我看了一眼猫田,他缓慢地点头表示"没错"。

原来爱思听到了王通图学长一夜消失的消息,跑去他的班级找不到人,当场就在别人的教室里哭出来,趴在王通图学长的桌子上不肯出来。

后来爱思被猫田拉扯着出来后一路撒泼,经过公告栏的时候就看见了我们的分班情况表,这下彻底崩溃了。

"可是你也不能撕下分班表呀,那可是公物。"猫田挠了下后脑勺。

"他可以不跟我在一起,但是得留在学校,别出国呀,出个鸟国就彻底没希望了!我的男人!"

爱思那么喜欢王通图学长,这次对她打击太大了。

"都是你害的!你干吗出来!为什么不让我们实现愿望!"爱思瞄见我身后看着这一切又不知所措的青猫,把矛头指向他。

"关我什么事啦,我又不知道。"

"说!说你为什么带走我男人!"爱思蹦上去就扯过他的手臂,骂骂咧咧继而又变了语气,"我死去的丈夫好可怜,啊,求求你告诉我,为什么要带走他,求您了茅山道长。"

我和猫田傻了眼,这才知道爱思喝醉了!

"看见本宫还不求饶!你这个阴沟里出来的茅山道长!还不

求本宫饶你不死！呜呜，求您了……你这个下贱的奴才！为什么要出来，你这个累赘呀。你破坏我们的愿望不说你还是个累赘，快来人把他拖出去斩了！"

爱思第一次喝酒，醉得如同一坨会呻吟的烂泥。青猫紧闭着嘴，表情却有点奇怪，像泛着各种颜色，大概是在意她说的话了。

突然，爱思低头开始吐起来了。眼泪还在往下掉。"爱思，你这样我心疼。"我感到难过。

"这是何苦呢。"猫田若有所思地感叹。

"阿绿，我要尿尿了。"

爱思这一声把我彻底吓着了，我立马拉着她想往厕所跑。不料她拉着我就又跑到了山坡上，用手指着远处的池塘。

"快跟我一起叫，菠萝菠萝蜜！显法！"爱思对着池塘嚎叫起来。

"快跟我一起叫，魔法咪路咪路！显法！"还不甘心，狠狠地捅了我一下，"是不是姐妹！是不是一起露奶的姐妹！"

"魔……魔法……咪路咪路……"我如鲠在喉。

"爱思！"

这时，背后突然响起一个男生的声音，是个戴着眼镜的陌生人。他跑过来，搀扶住爱思，并对我说："这边让我来处理，你快点追去吧。"

"小屁孩跑了！不情愿地跑了！"猫田示意我。

我远远望去，青猫的背影冷漠地在足球场上走着，既寂寥又单薄。倏忽，就跑了起来。

"快追去!"猫田督促。

"好。"

我毅然地朝那个不安分的身影追去。昨晚青猫的身影也是这么寂寥,像是会发出声音的那种孤单。

这个死家伙,我心想。

[5]

我追在青猫身后,看到他四处张望,最后朝厕所的方向跑去后,心里的石头才落了下来。

果然是不按常理出牌的小鬼。

是因为尿急才跑开的就对了,不是因为伤心什么的,果然还是昨晚的那个范儿就对了。我松口气地放慢了脚步。

"姐姐为什么走那么慢!快点过来!"大老远就听到了他愉悦的声音。

我走到了一棵褪了夏天气息的大树下,看见青猫坐在石凳上,两条腿晃动起来,用手拍了拍身旁的位置示意我过去坐。

"看见我跑了也不追我,没意思。"他嘟囔着。

"才不跟你玩躲猫猫呢,没看到爱思姐姐很伤心吗?"我晃悠悠地走过去,青猫很乖地帮我擦了下凳面,我便坐了下去,"爱思不是故意的,她只是喝醉了。怎么样,你不伤心吧?"

"才不跟爱思姐姐计较呢。"

"哦哟,小大人。"

"干吗又说对不起?又没做错事。"

"什么时候?"

"跟爱思姐姐说话的时候。"

"哦,那个呀……"我放慢了语速,微微地抬起头看向树冠上被枝叶分割得支离破碎的天空,闭上眼睛深呼吸起来……

我脑海里回放着召唤幽灵的前一晚,我与爱思在阳台上的画面。我和爱思弓着身体,双手拱在扶手上托着下巴,一起看着漆黑却有星星的夜空。

"阿绿,那是我第一次有喜欢一个人的冲动,我都活了十七年了,这是第一次哦。"

我们谈起喜欢的人的时候,爱思望着远处的星星这样告诉我。那一刻的爱思,全身浮躁的气息被埋在了骨子里,只剩下世界上最干净的情愫萌芽的气息。我知道,那是最真实的爱思。无论她外表多么像男生,心里装着的最甜的少女也会活过来。

"喜欢他。"爱思轻轻唤。

"就是没有理由地喜欢。"

我懂这种感觉,我懂爱思,因为我也有过那种悸动,没有经历过这种感觉的人,人生可能不会完整呢。夜空的星星闪烁,我与爱思微微把头靠在了一起。

"至少,他出现在我的青春里,至少他唤醒过我沉睡的那种感觉。干净而明亮的感觉。"

我听着爱思的诉说,猜想着爱思一定也是有着不堪的过去吧。都说强悍的女汉子,都有着不愿被欺负的决心,但是王通图学长让她又感到了心安。只要一刻，也就足够啦。

"你没有喜欢的人吗？"爱思微笑。

"嗯……有呢。"我顿了顿，再次看向无尽的夜空——

"如果明晚召唤成功，那个人就会出来。"

我就那么痴迷地看着夜幕，好像要把暮色给看穿，看得更远更远。仿佛，最亮的那一颗星星就是阿泽哥哥。

"不用在意他们的话，爱思姐姐和猫田哥哥都是嘴硬心软的人呢。说到底都是因为大家对许愿池的期望太高，所以梦想一旦幻灭了就十分地难过……包括我……怎么说呢，我也是……"

斑驳的树影在我眼皮上晃动起来，我惺忪地睁开眼，像做了一个美梦后刚刚苏醒。"我也幻灭了呢。"

"嗯？青猫？听见了吗？"我察觉身旁没有动静，试探性地瞅了一眼青猫，心脏却怦地跳了一下。

青猫用一只手遮住眼睛，微微偏侧着身子，呜呜咽咽地哭着："呜呜呜……那也不能都怪人家呀，我什么都不知道就怪人家，说我不是东西，呜呜。"

大概是说到愿望幻灭戳到青猫的什么心思了吧。我的心还在咯噔咯噔地跳着，莫名就惊慌失措了起来。

"青猫，你怎么啦，别哭好吗？"我听着他一吸一吸鼻子，有点不忍心——

固然是小孩子，再怎么佯装大人，原来真的是伤心了呀。

"我想妈妈爸爸了，我想我的同学们，呜呜，我不知道我在哪里呀姐姐，这里是哪里？"青猫哽咽地啜泣着，用手臂蹭了蹭脸，我抓着空隙赶紧坐过去揽着他的肩膀。他继续说："你们把我召唤上来……然，然后都不要我。"

"没有没有，哪里有人这样说了。"我按牢了他的小肩膀。

"我不管，你们明明就说了！"青猫最后拉破了长音，有点鸭子嗓。但是这次没有大喊，没有理直气壮的语气。

我安静下来，愣愣地听他小声地哭着，我难过地抿了下嘴唇，安慰道："有我……有姐姐在呢……爱思姐姐和猫田哥哥也都在呢。"

还来不及再说下去，这个时候，口袋里的手机发出嗡嗡的震动声响。

我掏出手机滑亮屏幕，就看见猫田转发过来的消息——

"通知：第三届崇明杯青少年服装设计大赛由于部署原因导致停滞，暂时无法继续进行，取消了决赛，主办方对通过初赛的各位选手表示深深的歉意。"

后面附属着一个哭泣的表情以及猫田的一句话："小道消息说是经费突然抽离……这是报应吧？这一切都是我们想要不劳而获而遭到的报应，或许真的没有什么东西是可以不付出努力就得到的吧，我们要为我们的贪念付出代价了。"

怎么会这样子呀？

我握着手机，手指微微颤抖着，我莫名感到害怕。除此之外，是强烈的沮丧感。铺天盖地的沮丧感。

所以，真的是失败了吧。无论多么热忱的期盼和幻想，都成为了爆破的泡沫。又像一具敲碎的器皿，狼狈地落了一地，惨烈的是那声巨响还久久地回荡在心里。

"当——"

脆裂。

所谓的许愿池，不但召唤失败，连愿望都全部落空了。并且，朝最糟糕的方向奔去。

[6]

我和青猫坐到了下午，青猫一直哭个不停，像是身体里藏了一枚原子弹。直到天空又下起雨来，我才拽着青猫到体育馆里头避雨，逗着他打篮球。此时的他好像才一改闷闷不乐的样子，恢复元气，不再哭了。

打了一个下午的篮球后，我们两个没有篮球细胞的人瘫坐在地上干瞪眼，直到猫田送来了雨伞。

"你手机关机是怕雷劈吗？"猫田找了我们很久。

"没电了。"

"我在学校门口那家旅馆里订了个房间，今晚你带那小屁孩去住吧，明天我们再想办法。学校不允许外人进来住。"猫田给了我一张房卡，原来他也在惦记着青猫没地方住的问题，"你们先去吧，我再去照顾下爱思，爱思你不用担心，睡得跟死猪一样。"

"这小破孩真别扭。"猫田看了下青猫，做着鬼脸就离开了。

"你看，要不是猫田哥哥带来雨伞我们就走不了了，所以猫田哥哥还是很关心你的知道吗？"我跟青猫走在路上时，我说。

果不其然，才过不久，青猫就提出了要求："我要姐姐背我，我心情不好，不然我就不走了。"

"那你就不走吧！"我瞪了他一眼。

"我会大哭！"

"唉……别别，你一哭就停不下来！"我盯着青猫眼睫毛上的一点残留的泪花，心里的慵懒终究还是松动了，无奈地叹了口气，"哎呀！伤不起呀！"

我蹲了下去，青猫顺势就爬了上来，还带着坏笑。

"你怎么那么烦，要求怎么那么多！"走了很长一段路后，我有点吃力地托了托背后的青猫，愤愤地说，"把雨伞拿高一点，我看不到路了。"

青猫把头靠在我肩上，良久，才迷糊地说："对不起，我不是故意哭的，妈妈说憋着不哭是慢性自杀。"

我想象着他嘟着嘴的样子其实还挺可爱的。

"你以前是都憋着不哭吗？"

"嗯，爸爸说哭了就不是男子汉。"

"以后想哭就哭吧，不要憋着，不要装大人。"我话一说完，转头一想马上改变了语气，"啊不不不，算了，当我没说。"

一哭就停不下来，也够可怕的。

"你说，你是一生气或者难过就会下雨吗？"我背着他走在布满雨水又空寂的校园里，充满疑惑地问，"昨晚你一出来电闪雷鸣的，吓都吓死了。"

"我是电闪小王子,姐姐爱雨我就下雨。"

"喊,神经病。"我冷笑了一声,但是心窝又感到有一点暖。这样背着别人的感觉,我不是一直都有期盼吗,我一直想要有个妹妹,背着她,然后就有人一直陪伴在我身边了。但是前提是,她要乖。

"为什么要我背你呢?"

"我没……没有姐姐呢,我要姐姐。"

雨水哗啦啦地打在雨伞上,青猫的头就那样紧靠着,然后雨滴的声音就回响在耳边。就一直被笼罩着,前行。

"嗯?"我蹭了一下青猫的脸,发现他没有动静,估计真的是睡了。

我再托了托他的身体,小心翼翼地走着。走出黑暗后,路灯的金黄色光线就涌入瞳孔了。

耳边陡然响起了青猫迷糊的声音,喃喃的一声。

"因为这样……暖暖的。"


沙沙沙。

…………

雨水的声音,瞬间就消散了。


[7]

第二天,猫田,爱思还有我,面面相觑地聚在了学校附近一家书屋的角落里。书桌上除了一只水杯,还有我们掏出来的人民币。

"给。"

"给。"

爱思还在掏着裤袋,最后皱着眉,艰难地把手抽离出来,掏出一枚硬币:"嗯,还有一块。"

"这就是……"我有点难过,差点哽咽。

"这就是我们暑假打工挣来的为梦想而战的经费,"猫田呃巴着嘴,"还有我们的生活费。"

此时此刻,青猫坐在书屋的另外一角咬着吸管在喝饮料,看着小人书嬉笑。而我们却愁眉苦脸,愁云密布。

我们决定租下这家书屋二楼的空房间,给青猫住,我也顺便住进来。

因为更糟糕的事情是,我和爱思的那间寝室因为舆论压力被学校封了——隔壁寝室听见我们寝室夜里会有哭声,但是我想那压根只是爱思的呼噜声。然后我和爱思重新被分配到其他寝室了。

"你们都拿回去吧,我自己想办法。"我逞强地说。

"说什么呢!"猫田和爱思异口同声。

"可这还有你们大部分的生活费呀。"

"我们熬一熬还是可以的啦。"爱思笃定地说。

"叫你拿就拿,扭扭捏捏真的很丫鬟!"猫田呛声。

我紧握着那些钱,眼红了一瞬间就忍住了。为什么会有点哽咽呢,因为我想起了那晚我们拉着手许愿的时候,我心里头渴望时间停止的那一刻。仿佛跟朋友们停留在时间长河里的那种悸动,久久都无法忘怀。这就是好朋友吧。

"嗯!"

我点点头,三个人便起身拿着凑好的钱,去交了房租。

# [8]

可是就在我万念俱灰地搬出寝室之后,没过几天,天空又下起了一场雨。

那天我折完了2100只纸鹤。

早上第三节是物理课,我正低着头翻着从早餐店那里取来的报纸。自从被迫搬出寝室租了房子后,每个周末都要抽出时间去打工,我盯着里头的兼职广告暗暗盘算着接下来的挣钱计划,一边做着习题。

"实践是检验真理的唯一标准。像我们伟大的科学家物理学家霍金,他就在经过实践后推翻了自己原先的黑洞理论。所以任何事情没有经过验证,只凭想象后来就有可能发现都是假的。"

耳边有一搭没一搭地跑进物理老师的讲课内容,心里不禁也想——可不是嘛,都是假的,说好什么愿望实现结果都是假的。

"报告!"

就是在此时,教室里响起了一记洪亮的声音,班级里来了一个转校生……

"阿绿?"

"阿绿?!"

"喂,你怎么了?你在哭?"
…………

是阿泽。

眼睛失去了所有的焦点,一股又一股的眼泪止不住地往下掉。我控制不住自己。

我感觉得到他的气息,我感觉到他的血液,我全部感觉得到。

是我一眼就能认出来的阿泽哥哥呀!

是真的,不是假的。

实现了。

召唤原来……成功了!

## 第五章　凉风至

[1]

转校生来了之后,一个星期过去了,我还没有跟他有任何交集——每一天的交流只存在于我的眼神还有沃野的背。

我上课开始分心,心神不宁,每一节课上,会从沃野的背部揣测他的情绪波动,如果是侧弯,应该是无聊想要睡觉,如果是拱着向右倒那可能是做不出题目,背部呈现出沮丧的样子。

第一次像是经历了初恋还有暗恋的历程,可这不轻松,也本不应该只属于我单方面的呀。

"老师不是说要向我请教吗,他怎么像个木头。"我暗自抱怨。

还记得前些天的课间,我盯着他的背部发呆,眼神一游离才发现他正盯着窗户的反光玻璃,里头明显就是我那张盯着他的呆滞的脸。"是被发现了吗?"我倒吸了一口冷气,马上低下了头。等到上课的时候才情不自禁地又把视线投在了他的背影上。

愤怒,快乐,亢奋。竟然一天的情绪都跟着他的背部在走,我想,我是不是疯了。

[2]

今天气候骤变,中午时起了大风,貌似很快就要入秋了。上课的时候,班里也有同学换上了秋季的校服。

"许童绿。"

化学课上,沃野在讲台上写着几样试剂加在一起的化学方程式,我又盯着他的背部发愣。猫田捅了一下我的手肘,幸灾乐祸地说:"面瘫妹,老师在叫你呢。"

我稍微一愣。

"许童绿!"

"嗯!"惊慌地反应过来时,发现化学老师眼镜下正撑着一双疑惑的眼睛盯着我,我马上梗直着脖子收拢回视线。

"你最近上课怎么老出神,有哪里不懂吗?"

"没……没有。"我声音微弱下来。

这时,站在讲台上的沃野闻声往后看了我一眼,我的心脏漏了一拍,耳根一秒钟就烧了起来。我憋红着脸把头缩下去,听化学老师重重地说了一声——

"这道题沃野不会做,你上来帮下他吧。"

猫田阴险地朝我笑,我扭捏地瞪了他一眼,硬着头皮走上讲台。

讲台上,我浑身僵硬地盯着黑板上的题目,手指死命地捏着粉笔。我不敢正眼看他,余光中,沃野左手捏着粉笔轻轻地搭在黑板上,一副无所谓的样子,但是……似乎在侧着脸看着我。

他似乎认出我来了。

我的脸再次烧了起来，佯装没有注意他，把视线收回去，喃喃念叨着："碱式盐溶于足量盐酸……再加入氢氧化钠……"

时间像是凝固了，世界停止了般死寂。我的头脑一片空白，手指开始不受控制地颤抖了起来。一下，二下，三下。每写一笔，心脏越发绞痛。

"碱式盐……盐酸……白色沉淀……"

"碱式盐……阿泽……盐酸……还记得……氢氧化钠……我吗？"

阿泽，还记得我吗。

那一刻，我呼吸急促，胸腔剧烈起伏。

"我们说人性化一点，两种试剂到底认不认识呢，有时候是需要桥梁的。看似根本不认识，如果中间加个桥梁说不定就能产生反应，这个时候我们选择试管加热……"

身后是化学老师的讲解，我的心乱成一团，眼睛的斜角处，沃野像是僵在了原地。

成功了吗？

我的右手顺势写过去，不小心碰到了他的手指。那一秒，我手指像触电般，按捏的力道过大，粉笔就断了——"啪！"

"我们来看看……"

我蹲下身子捡粉笔头，突然看见他的运动鞋后挪了一步，抬头便迎上了沃野俯下的脸。

"你刚才在跟我说话吗？你在说什么？"他一脸茫然。

没。我没有说话，或者说不出话。就只是看着他。

"看看黑板上这道题两种试剂放一起加热的结果……"

失败,不成功,没反应,不认识……或者……无能为力。

"没呢。"

我摇头,表情冷静,可明明感到难过。

就只是有一点点想哭的冲动而已。

他肯定不是阿泽,不然他不会认不得我。像个陌生人那样。

我口是心非地跟自己说,像在欺骗,也像麻醉。

## [3]

"一定是召唤失败的副作用!"

"我们可怜的阿绿,话说阿泽不认识你了,你也得想办法呀,再消沉下去那么抢手的阿泽就要被别人抢走咯。"

"灰头垢脸一直都是她的风格呀,好蠢哦。"

"阿绿,加油!"

放学的路上,跟往常一样,仍然喜欢走平时的那条香樟树校道。只是,最近常常会在一个人的时候,止不住地在篮球场停驻片刻,远远观望阿泽打篮球的样子。

差点忘了,他如今叫阿野,不叫阿泽了。

他轻松地带球过人,跳跃的时候,白衬衫会在夕阳下透着光亮,随即零秒出手,投出一个三分球。

偶尔,如果时机恰当,在他离开篮球场之后,我会遥远地跟在他身后，走上一段距离。不打扰，也不敢上前攀谈，只是远远看着就心满意足。

谁知道，今天我站在铁丝网外注视着他的身影，场上的他瞥到了我的存在，四目相交的瞬间，我匆忙撇过脸去，正准备离开，却被他叫住了——

"等一下，这位同学。"

我僵死在了原地，根本不敢侧头看他。

余光中，他朝我跑了过来，手里攥着一个信封，从铁网下的缝隙里塞了过来。"你被别人偷拍了哦。"

我瞄了他一眼，又紧张地低下头去。随即我接过信封，拆开来，发现里面是一张纸，还有一张照片。

照片上是跟在他身后的我。附属的纸条上赫然写着：沃野，小心许童绿，她是个变态女鬼，每天都在跟踪你！

"不知道谁塞给我的。"他的语气听上去没有愤怒，更像是安慰，"没有恶意，这是你吗？你是不是找我有什么事？"

"不……不是。"

我心碎了。

这样的我竟然像心理畸形的跟踪狂吗？

我感到羞耻，脸刷地一下便红了起来。我慌张地收手，手中的照片和纸条便猝然掉在地上。

"我不是变态，对不起！"说完，我闷头闷脑地跑了开去。拼命地逃离。

"我不是这个意思……我……"

背后传来的呼喊声，我再也听不见，我只想逃离。

第二天早上，我睡过了头，踩着铃声到达教室时，嗡嗡作响的嘈杂声戛然而止。

"她来了……"

"嘘……"

怎么回事？

难道又是课桌上有涂鸦？

我跟往常一样把头压得低低的，木然走回座位，结果发现其他同学都直勾勾地盯着我。然而，课桌上干干净净，什么都没有。

同桌亚美还没有来上课，犹豫过后，我转身朝后桌压着声线："问，问下……有没有感觉大家都在盯着我？"

后桌的同学惊悚地颤了一下身子："没，没有感觉啊。"

"好的。"我回过头。

可是那种怪异的感觉还是像一件外套般披在自己的身上，让我感到芒刺在背。直到在佯装镇定中熬到放学，才发现大家在暗地里传阅了照片，所有人都在私下里称呼我为跟踪狂女鬼。

"她还想缠沃野啊？也不看看自己是谁？"在跟猫田去食堂的路上，似乎还能听到身旁的一些指指点点。

"又是谁在放屁？你没事跟踪那个转校生干吗？"猫田义愤填膺，"喂，面瘫妹，跟你说话呢？"

"啊？"我尴尬地假笑起来，"什，什么转校生？"

"你最近怎么魂不守舍的？班上都在说你是跟踪狂啊，还有照片,到底谁拍的?"

实际上,我还没跟猫田说阿泽其实成功复活了这件事。见我言不由衷,猫田继续问:"你不会真的跟踪了吧?"

"哈哈,怎么可能。"我摆着僵掉的笑脸。

"校园真可怕,消息跟科学一样都是光速发展吧。你说谁要是得了什么病是不是第二天全校人就知道了,夸张嘞。"

"哈哈。"我继续面瘫。

"你今天有点奇怪,"猫田的嬉皮笑脸消失了。他狐疑地看着我,良久,眼珠子一转,"等等,你最近不是都自己回家?难道真的不是凑巧?"

话毕,猫田整张脸都绿了。

[4]

"我是想知道,阿泽为什么不认识我了?"

学校门口的休闲屋里,我跟猫田解释:"他就是……被我们召唤上来的死去的阿泽,却不认得我了。"

"你……你说什么!是真的吗!"

我盯着猫田,看他错愕的表情,就知道他会对这件事情感到震惊。但没想到猫田嚅动嘴唇,惊叹一声:"那我的比赛愿望是不是就要实现了?!"

我斜了他一眼。

"太棒了那我……"原来还是只想到自己的梦想,看见我的眼神,猫田语气才弱下来,"好吧……所以是真的吗?你的意思是说，实际上我们召唤成功了，只不过他以转校生的身份回来了？那为什么不认得了，好可怜啊，梁山伯与祝英台死后成蝶却无法相认，是不是你变丑了的原因？"

"哼。"

猫田眯起眼睛细细地端详那边的转校生。

"真是月有阴晴圆缺呀，总是有缺陷。这样复活过来有什么屁用，站在你面前你却不认得我，这不是世界上最遥远的距离吗？"猫田若有所思的样子，"许愿池到底是灵验了？你发誓你骗我你就去吞粪。"

我点头。

"我没想过会变成这样，被当成跟踪狂。"

"问题是语言暴力你招架得了吗，你一定被陷害了！何颖雅被传说是灵异少女后从此孤独地度过了高中岁月，你呢？如果接下来谁都在躲你，还有两年的日子你怎么办？"猫田愤愤不平，"你仔细回想下有没有在路上遇到过谁！"

我回想了下，最近常常在路上碰见以前奥数培训班的同桌——杨盼盼。

"到底是谁的嘴那么贱呀！要是让我知道我就去撕烂她的嘴！"猫田愤慨。

"唉，算了吧。"

"算了吧算了吧？你脑门是被门挤破了还是被驴踢傻了！现在不是三月，你的雷锋精神不要太泛滥啊雷锋姐姐！"

猫田从来不允许让别人欺负半分，跟我不一样。

"我觉得就是你那个满脸痤疮的同桌传的,杨盼盼。"猫田勺子一撩。

"才不是,杨盼盼很懦弱,经常哭,很怕我的样子。"

"这你就不懂了吧!痤疮是因为体内雄性激素过于旺盛导致,杨盼盼满脸那东西,肯定是个硬汉子,长得一看就是会胳肢窝里藏毒刀的嘴脸。"猫田俨然一副侦探在推理的模样。

"不要说得太过分了,如果冤枉别人就太难为情了。"我旋转着杯子,唯唯诺诺。

"够了吧你!我看人不准?我看你那丑丑的塌鼻一眼就知道你粉刺有几颗,你不要开玩笑!我帮你查出来,扇那人两巴掌!"

"算了……吧。"还没说完……

"说过多少次,不要老让人欺负!"就又被抢了话头。

我有气无力地低下头,嘴唇缓慢地朝杯沿抿了一下,温暖的液体便溜进了心底。许久没有说话,才听见猫田擅自下定了决心——

"你算了的话这事我就来帮你办!我不管!"猫田拎起书包,冷言冷语,"你这副圣母的死相如果不改!就算你作为长篇小说的女主角也没有人会喜欢你!"

猫田笃定地走了,我羡慕地盯着他的背影,直到猫田在门口消失。

猫田终究也无法无时无刻保护自己吧。这样的猫田,应该有着很强大的心脏吧。有着看上去似乎任何疼痛都侵蚀不了的,血液川流不息的心脏。所以,到底什么时候我才能改变呢。什么时候才可以变得强大。

我盯着猫田咖啡杯的杯底,心也莫名变得空荡荡。

# [5]

开学已经一星期了,出租房还没来得及置办家具。

今晚没有晚自习,因此我们聚在了这个空空的房间里,里头暂时只有一张床和一个电水壶。

"开饭咯——"

一声吆喝,我们四个人坐在地板上齐刷刷地翻开了四桶方便面的盖子。顿时,房间里充斥着油腻的味道。

"哎呀,味道好香呀,真是人间极品呢。"猫田笑着说。

"看着好好吃,今天又换了新菜,新味道,我的是麻辣味哟。"爱思大声地吸了几根面条,突然哎呀了起来,"好痒好痒,不行,我要跟你换下口味。"

爱思在上次醉酒后,过敏了好几天。她摸了摸发痒的后颈,利落地抢了猫田手中的那一桶。

"哎呀不是都一样!"猫田一脸烦躁。

"我不想再吃方便面了!不想再吃土!"猫田屁股往后泄气地挪了一把,"装不下去了!什么味道好香呀之类的!恶心死了!"

"嗯……"我和爱思对看了一眼,再看青猫。

青猫倒是挺乖,一直埋头在吃着,好像很美味一样。

"没有办法,熬一熬吧。"

我无力地安慰自己,但是无论怎样,至少解决了栖身之处的问题。而且这样同甘共苦的四个人都有一个共同的窝可以一起赖着呢。

"咳咳。"青猫咳嗽了一声,"我吃好啦。"

仿佛看到青猫这样,猫田想开了——

"哎呀,味道好香,我最喜欢吃方便面了。没事没事,我就是因为被抢了口味,麻辣也不错。"猫田笑起来,摸了摸青猫的头,然后就开始吃起来。

"好好吃。"爱思附和。

"对的呢,最主要是大家的团聚饭呀。"我也嬉笑着说。

接着我们又愉悦地打打闹闹,那几天我们每天几乎都会上演一出这样的戏码。那个时候我在想,熬一熬其实也没问题的对吧。因为屋子里头的人情一直在升温呀。

"开饭咯——"

接下来的几天里,这种吆喝还有齐刷刷翻开方便面盖子的动作,也仍然在出现着……

"好味道。"

"好好吃。"

然而,吃了几天方便面后,青猫开始沉不住气了。我们在上课时,青猫不知道都干什么去了,回家的时候就发现青猫一身都脏兮兮的。

"去哪玩了?"每次这样问他都说没有,直到有一天我接到了房东的电话。房东说,青猫老是溜达着到处玩,回到家里还是玩,喜欢在屋里蹦蹦跳跳，结果碰摔了楼梯间的饮水机。

"作死啊。"我头脑轰的一声。

今天是星期五，猫田在最后一节课不知所踪。而我在课间又接到房东的电话，他让我快点赔钱，因为已经拖了很多天了。我泄气地挂了电话，心想青猫到底怎么搞的呢。

我握着手机还在发愣，后桌就用笔戳了一下我的背。

"阿绿，有事吗？"

"啊？"我转过身才第一次正脸瞧了对方，有点眼熟，"没没没什么事呢。"

是个男生，所以一直都没跟他说过话。

"我听爱思说你们最近好像有困难？需要我帮忙吗？"。

"你怎么认识爱思？"我瞪大眼睛，瞧见他戴着规规矩矩的眼镜，脑海似乎才浮现了那张脸，"啊，你是上次那个在足球场后面的男生？"

"对呀，嘿嘿。"对方笑了起来，十分腼腆，"我叫王志文，跟爱思一起长大的，她爸爸跟我家人走得近。你需要我帮忙吗？"

"原来是这样，不用啦，谢谢。"

说完这句我就转过了头，怎么可以随便接受不亲近的人帮忙呢。

我掏出了笔记本，继续计算着最近的用钱计划。

[6]

"南侧大礼堂门口，速来！！！"

放学铃一响,我突然收到了猫田的加急短信,便收拾书包朝礼堂的方向赶去。到了礼堂,我看到猫田好像在跟谁对峙着,定睛一瞧,是杨盼盼。

上学期,也就是我高一的时候,杨盼盼跟我一起参加过奥数比赛培训班,做过一阵子同桌。在别人眼里,她也是属于内向又胆怯的那类好学生。说话掐着声音,很小声,看上去非常柔弱。虽是同桌,但跟杨盼盼的交流并不多,两个人的对话常常陷入僵局。

只记得有一次,忘记是在哪一次尴尬的谈话中,杨盼盼难得低声地说了一句"我有喜欢的人了,你不要说出去哦"。因为没什么朋友,我听到杨盼盼跟自己分享秘密后还高兴了好几天。

可是在跟杨盼盼同桌了一个月之后,开始发现她有个习惯,就是总会莫名其妙就哭起来。这让我无所适从。

晚自习的时候埋头做着题目,隐隐约约听到旁边趴着的杨盼盼嘤嘤咽咽的哭声,我的身体突然就会僵住,然后把手不自然地搭在她有点微颤的肩膀上。

直到上课期间,杨盼盼也会莫名其妙小声哭起来之后,我就彻底没有底了,并且会开始隐约地泛起"她这人有点奇怪"以及"为什么那么爱哭呢"的想法。很多次很多次,她总会莫名其妙地哭起来。时间一久,发现对方啜泣时我的脊背便会一片冰凉,会觉得害怕——

她为什么会这么奇怪。

所以有时候跟这样的人坐在一起,心也会是悬着的呢。"她什么时候又会哭出来?"我永远不知道。直到班主任给自己换了同桌,心里紧绷着的一根弦才松了下来——

班主任让亚美跟我同桌。

眼前的画面让我吓了一跳。

器材室外,猫田把杨盼盼推到墙上,用手掐住她的脖子,杨盼盼正害怕地曲着身子。

"嘴巴那么贱,我干脆给你煮几颗速冻鱼丸塞你嘴里好不好呀?"

"我……我不是故……意的。"杨盼盼看上去像要哭了。

"阿绿,就是她!"猫田看见我,回头瞪着杨盼盼,继而声线高亢,声声像在呐喊,"你自己才是跟踪狂对不对?然后你发现了阿绿,心生妒忌,所以偷拍照片,还反说她是跟踪狂!你嘴巴那么贱你怎么不说你自己!现在马上跟阿绿道歉!明天在班上跟大家澄清,不然我要你好看!"

我傻站着,猫田对我得知真相后的反应很不满,啧了一声,骂骂咧咧地说:"你愣着干吗!快来撕她的嘴!"

"呜呜呜。"柔弱的杨盼盼缩着身子,开始哭了。

"算了,算了吧。"我的声线颤抖起来,恳求猫田,"她知道错了。"

猫田像没有听见那样用手捏着她的脸,狠狠地咬牙:"快给阿绿道歉!不然扇你巴掌!"

"对……呜呜……不……起。"杨盼盼可怜的声音,把我的骨头都敲得生疼。

"不要这样,猫田!"我凄厉地朝他吼了一声,双手扯着他的胳膊。猫田与我拉扯着,手还是死命捏着她的脸:"你干吗!走开!"

"好了!"我竭尽气力地怒吼着,拼命推开了猫田,挡在杨盼盼前面护住她,"你不要太过分,她是我朋友!"我闭着眼叫着,却在睁开眼后瞬间愣住了……

猫田被我重重地推倒在地。此时的猫田,正回过头一声不吭地斜瞪着我。

稍倾,空气便凝固了。

"这算什么?"良久,猫田坐在地上凄然地笑起来,"告诉我这算什么啊,哈哈!"

猫田的笑声擒住了我的心脏,我这才低着头内疚地说:"我早……早看到她在拍照了,但是……杨盼盼一定是很喜欢他才这么做的。"

是秘密,是朋友的秘密吧。

是因为仍然残存着"她是我朋友"的念头才会觉得算了,什么气都吞了。

"哈哈哈你早知道了?"猫田喘着粗气,陡然大笑,"你早知道了你不告诉我还让我自以为是地查个没完,最后还让我演矫情独角戏吗,哈哈,为你出头还被蒙在鼓里,现在护住她算什么……"

"算什么呀!"猫田吸着鼻子。

"猫田，"我眼神复杂起来，不知所措地语无伦次了，"算……算了吧，一件小事。"

我的头死死地低下去。

"小事？"猫田剧烈地喘气，声音有些发颤，"许童绿你有病吧！我认识你多久了你想想你这期间有多少事忍气吞声！我还不是为你好吗？"

"还不是为你好吗！"猫田举起拳头，愤怒地朝旁边的门板砸出了一个窟窿。我第一次见猫田这么生气，整个身体都在发颤。

"我说，许童绿，现在是21世纪！林黛玉早就死光了！你好歹放个屁呀，吭一声会死吗！我认识你多久了！如果换作养了一条狗，狗都会长大！你就只会懦弱，你就只会圣母！"

"阿泽的死也好！陈老师的走也好！都是你懦弱！"看似刀枪不入的、浑身长刺的猫田，第一次像是伤心了，大概是因为我辜负了他的一番心意。

"不要说了。"我的胸腔剧烈地起伏，伤口又被血淋淋地撕开。

"好！"猫田吸了一下鼻子，声音懒散，"那我就不管，如果没有我在，你就甘心软弱下去吧。"

这是我们第一次争吵，猫田经过我，冷冷地走开了……

瞬间，我的身体就麻了，心脏顿感刺痛。不知道过去多久，才缓过神来，发现只剩我跟杨盼盼两个人站在了礼堂里。

我缓缓地抬起头，想问她要不要紧，却被回头的一幕震住了。杨盼盼交叉着双手，眼睛锐利地瞪着我，表情非常冷酷。

"都是你害的！"杨盼盼咬着牙，十分刺耳地喊了一声。"活该！"杨盼盼冷笑了一声，最终不耐烦地撇下我，独自朝门口走去。

一股电流从脚底袭击到了心脏。

这到底是怎么了呢。我独自一人站在器材室外面，感到了铺天盖地的失望。

[7]

两天过去后，猫田仍然在跟自己冷战。

第一次争吵过后，尴尬又难过。几乎都没有怎么互相主动发信息，想要道歉又碍于说出口。

"我会改，我会变得强大，直到不用你担心。"很多次，都在心里这样跟自己说，却又泄了口气。

这两天少了猫田在身边对自己嬉笑怒骂，一切都变得那么寂寥。似乎开始担心会被猫田讨厌。

今天，猫田仍然没有跟我打招呼就走了，心里顿然落寞起来。

我只能一个人去参加培训班，完课之后，我看了眼窗外，天空灰沉着脸，看着似乎就要下起雨来。这应该是最后的一场夏雨了。

"亚美为什么还不回来。"同学们都已经走得差不多了，同桌亚美的课桌上还是有很多书籍零乱地叠在上面。等待亚美回来收拾课桌的我，有点焦急。

亚美是个艺术生，长得白皙有气质，对谁说话都甜甜的。杨盼盼和其他人跟我说话都畏手畏脚，亚美却在第一次同桌之后自然跟我说了声"阿绿，很高兴跟你同桌，我学习差就麻烦你指教啦"。

亚美常常不来上培训课，等到课桌塞满了分发的试卷，她才难得来整理下书桌。所以作为临时同桌，我会把课表用短信的方式发给亚美，通知她上课的时间点，会帮亚美收拾好所有的试卷，并且分类好，重点也会先给她圈出来。

"太感谢了。"每次亚美看到这些，都会露出很温暖的笑，"不过不用太用心咯，怕浪费你时间吧？"

"不会不会。"我心满意足地说着，也希望能靠自己的一点力量让亚美的成绩更好一些。

无论怎样，跟亚美的交流总是让人感到舒服。

可是艺术生确实很少来上课。我坐在座位上看了下手表，心想还是再等一等吧，便帮她把书本都整理好，起身去了趟洗手间。

当按下冲水按钮，水流的声音过后，听见有人踏着脚步啪嗒啪地跑了进来。嬉笑声随着脚步声渐渐靠近，开始听清楚后，确认有两个女生。

嘎——

拧开水龙头，水流急促地蹿出来。

"哎，地板水这么多。"一个女生说。

"踩没水的地方啦。"甜美的声线，是亚美？

"亚美，你等下快点收拾，食堂都快没饭了。"

真的是亚美，我微笑起来刚想要跟外面的亚美打招呼，却听见门板外闷闷的一声——

"刚说到一半，所以你也觉得吧，许童绿是个怪人。"

怪人。

跟自己认为杨盼盼总是喜怒无常很爱哭那样吗，跟自己认为杨盼盼是个怪人那样吗。可是听说，杨盼盼在没跟自己同桌之后，就莫名其妙地没有那么爱哭了。

我听着门板外的声音，彻底地坐在马桶上僵住了。又不争气地想起班主任把自己叫到办公室的那一天……

忍受了杨盼盼那么久之后，终于有一天，培训课的班主任叫我去一趟办公室。我在走到门口时听到了杨盼盼朝班主任怒吼的一句"我真的不愿意！"所以，也不是从来没见过她声嘶力竭咄咄逼人的另一面。我愣了一下敲响了门，杨盼盼见到我，又畏缩地低下头，先行离开了。之后班主任跟自己苦口婆心地说了一大堆听不太清用意的话，表明准备给自己换个同桌。

"她说她坐在你旁边非常害怕，学习压力大让她喘不过气，另外也……"班主任在脑海里搜索词汇，可还是让人觉得不太妥帖，"总之就是你太优秀，让她感到不自在。"

"所以，杨盼盼总会哭。"

什么学习压力大，什么自身太过优秀都是假的吧。

——因为害怕。

耳朵里只捕捉到了一条线索。

——她说她坐在你旁边非常害怕。

"都怪杨盼盼,才害我被挑中跟许童绿同桌。班主任就是讨厌我这种学习差的人,有问过我想要跟她同桌吗?"亚美提高声贝,满满的不愉悦。

所以,一点也不想跟我同桌。

"我觉得许童绿是不是心理扭曲呀,感觉跟别人不太一样。"

"眉毛总是拧在一起,头发紧紧地遮在脸颊旁边,感觉见不得光一样。跟人说话嘴巴不自觉会抿得死紧,感觉就要哭了。看着很不自在。声音一颤一颤,像说不出话的样子。"

在别人眼里,因为不善表达,跟别人说话时原来是这样奇怪的自己。

"老是乱碰我的东西,乱拿我的书还有试卷。经常给我乱发短信,知道我很烦吗,每次都在我画画灵感来的时候打断我的思路。"

在别人眼里,因为自以为是地帮助别人,却常常让别人讨厌和烦恼的自己。

"走路一直低着头,看人的时候眼角老是上斜。坐在那里背英语,头发披着一动不动,一坐就两个小时,声音也没有。太可怕了。"

在别人眼里,因为害怕打扰别人连背单词都不敢发声出来的,这样的我。

"太可怕了，坐在她身旁汗毛都会竖起来。而且你有看过她跟男生说话的样子吗，心机是没心机，但就是呆呆的，好像会紧张到发抖，很蠢……"

所以说到底，是自己长得奇怪吧，是自己说话奇怪吧，是自己性格奇怪吧。才会让杨盼盼喜怒无常地哭起来。

说到底，怪人才是我呀。

气场就奇怪，坐着就很奇怪，走着就很奇怪——

我只是好心想要帮助大家，知道自己奇怪才用这种方式想要去博取你们的喜欢，我只是想要掏出真心跟你们做朋友。这一切，就有那么难吗。

就有那么难吗？

"咔嗒！"

锐利的一个声响，我把卫生间的门重重地推开，面无表情地走了出去……

那一刻，我的脑袋里回响着无数次猫田的话"如果没有我在，你就甘心软弱下去吧"。

不甘心，不甘心真心被辜负，不甘心这样的自己，不甘心软弱的自己，不甘心再……继续软弱下去。

"啊……阿，阿绿你在呀？"亚美抖了一下身子，表情僵硬地看着我，见我一言不发，"我我我们先走了哦，不好意思……"

"阿绿再见……对不起……"

"对不起。"

她们一边说着一边朝外面走去。声音随着脚步声，越来越小,直到完全消失了。

[8]

我确定了。

十七岁的我,长成了如今的我的样子,与以前的那个小女孩已经截然不同了。

十九岁的阿泽,他在另外一个世界里长大,仍然跟以前一样温暖灿烂,还是以前的那个样子。

我跟阿泽不同了,这很可怕,这让我感到很沮丧。

我这副阴沉自卑没有自信的模样……阿泽已经认不出了。我用全身的力气希望把失去的阿泽召唤上来,结果却是,阿泽似乎已经认不出如今这般糟糕的我了。

是因为我的原因啊。

为了不回到教室遇到亚美,特意在卫生间里坐了很久。直到整层教学楼几乎都没有什么声音后,我才打开卫生间的门走出来。

天空已经有点暗下来了,认真察觉的话才发现外面早就一直在下雨。

我回到空无一人的教室收拾书包,朝亚美的课桌伤心地看了一眼,迅速地关起门准备离开。

雨好像没有要停的时候,可心里还是这样想着,等着雨停吧。倚在扶栏上,盯着傍晚的灰蒙蒙的天空发呆。雨线从天上倾斜着锐利地下下来,就那样凝视着一根又一根的,像是决心要那样莽撞的雨的线条。

嗒。

嗒哒嗒。

突然,好像有脚步声在走廊的角落里蹿动,一点一点地朝这边蔓延来。脚步声越来越急促。我朝尽头看去,稍等片刻,猫田的身影便在拐角处闯进视线……看见猫田的那一刻,我的心急促地抖动了一下,然后被糖衣包裹般,瞬间温暖起来。

猫田撑着一把伞,地面上湿答答地滴着水。手中持着另外一把黄色雨伞,在晦暗的天色中特别显眼和明亮。他站在原地,阴着脸:"我就知道你肯定还在。"

在猫田走过来之际,我抓紧吸鼻子:"你怎么来了?"

"本来不想来的。"猫田递给我雨伞,皱着眉毛盯着我,"知道你没有带伞的习惯。"

我接过猫田的雨伞,两人无言地并肩走着。突然,我感觉我的后脖颈一片冰凉,像是一汨雨水滑进了我的衣口……我知道,一定又是他,想偷捧着雨水流我后脖子上吓我。

"你哭了?"顿了顿,猫田迟疑地问。

"没有。"

"屁咧,哭什么?"

"真没有。"

"嗯,好吧。"

"……看出来了?"

停顿下,两人扑哧一声笑出来了。雨好像还挺大,猫田说。

"猫田……"本来想要跟猫田道歉,想想还是觉得我们两个人之间没有必要。算了。

"我以后会更勇敢的。面对敌人,我会直接对抗。"我说。

"好。"

我们站着再次朝走廊外的天空看去,雨还在细细地下着。

雨季就这么过去了。

# 第六章　虹藏不见

[1]

每周三放学后，学校都例行教室大扫除，今天也不例外。

我和猫田踩在书桌上，正在擦拭窗户上方的尘垢。猫田突然叹气："唉，上次在讲台上之后，你跟阿泽又没进展了吗？"

"他是沃野，不是阿泽。"我义正言辞地纠正。

"哎呀，别怄气嘛。"见我不爱搭理，猫田故意调侃，"好不容易有说话机会却触碰不到双方的电流，实在是太惨咯。"

我不想再听见那件糗事，顿时一肚子火，用力拽着抹布，死命地擦着玻璃，脏水一滴一滴地失去重心往外甩飞出去。

"悠着点！窗户不是阿拉丁神灯，擦再亮也无法许愿好吗！我不是看你最近跟便秘了一样，天天摆臭脸，想让你开心点嘛？"

我继续不说话，猫田变本加厉："你说我们是不是要找爱思一起商量一下，给你出出主意，跟阿泽制造一点机会啊？"

我不知道我怎么了，我到底是哪里不开心。猫田越说我就越用力，我咬着牙狠狠地甩动我手中的抹布。脏水四溅起来。

"面瘫妹溅到我了要死呀！大象腿不要踢我！"

啪！

猫田一扯，我们两人脚下的课桌一晃，水桶哐当一下掉在了地上。其他同学齐刷刷地看过来，我们这下才安静了。

随后，寂静片刻，教室才又恢复了之前的嘈杂声——
"沃野好厉害哦，后来呢后来呢？"教室另外一头，几个女生正围着沃野发出崇拜的声音，缠着他聊些过去的事迹。
"我是本地人，可以带你去吃好吃的哦。"献殷勤的女生说。
"谢谢帮我打扫，你人好好。"
"听说你打球很棒？好酷哦。"
我自动屏蔽掉所有的声音，猫田却翻着白眼说："啧啧啧，一群非洲穿越过来的恐龙妹是被上帝禁锢了八辈子没释放的牛鞭吗，个个跟没见过男人似的，就不怕被人抓到黑窑里去。"
我继续擦窗，猫田怪腔怪调地学着她们的声音："阿野你好帅哦，阿野你最棒棒了。呱，呱，呱。跟青蛙似的！那个人也真是够了，天天被黏着屁颠屁颠的，被称赞了还'thank you'咧，搞得自己多国际一样。"
我还在报复窗户玻璃，死命擦拭着："你是妒忌人家吧！"
"我妒忌人家？转校生不就是图个新鲜嘛，转校生咋了，转校生就能设计出绝妙衣裳吗，转校生就不用吃喝拉撒吗！臭屁！"
"闭嘴啦。"
"你那么生气干吗，反正他又不认识你了。"
"你！"我结巴了，手中的动作开始一点一点地缓慢下来，直到停止。

第六章 虹藏不见

心里又回想起沃野转校来的画面，还有他俯视着我的陌生的眼神。心脏钝痛起来，手指刺痛起来，全身都痛起来。

我黑着脸没有说话，与猫田一起转头看向热闹的那一边——

傍晚的余晖从窗外照进来，沃野就像一颗沉默的星球被华丽地围拢着，乍一看，身边温暖的光就仿佛是从他身上发出来的。

闪闪夺目。

毫无交集地就站在我们的咫尺。

遥远得像跟我们是搭不上边了。

我和猫田面面相觑，周遭像被吸走了空气，找不到语言的介质。一切都像真空般，静得一点声响都没有，可是——

突然，就那么一瞬间……有声音猛烈地闯进了耳朵，全世界只剩那个声音！

"当当，当——当当，当当当当当，当——当当。"

我惊慌地睁大着眼睛，扭头看向沃野的方向……只见沃野掏出手机，手机铃声在教室里清晰地回荡起来。拼命地敲击我的耳膜。一下又一下。

"阿野，你手机响了。"

"当当，当——当当，当当当当当，当——当当。"

水边的阿狄丽娜。

沃野握着手机从窗户的反光玻璃里愣了一下，转头看了我一眼。我的鼻翼抖动着，鼻子一酸，全身都是酸楚的味道……

脑袋一片空白。

我的眼眶瞬间红了起来，一秒，两秒，三秒过去了，我终于失魂落魄地抛下手中的东西，转身就朝教室外跑了出去。

…………

[2]

"不能在他面前哭。"

"这只会让大家觉得……我很奇怪。"

我在心里喊起来。

"喂，你干吗跑呀，阿绿！"

背后响起了猫田的声音，他不知道我听到沃野的手机铃声之后为什么会有这样的反应。

没有人知道，除了我和阿泽。

跑出教室的瞬间，眼泪也像是开了闸门般，一下子就淌了下来。

[3]

记忆里的小学三年级，初夏，在程奕泽还没有转校来我们学校的一天，大优子坐在操场的石凳上，右手气派地一挥："我宣布！许童绿可以加入我们热血女子球队！"

我将一颗躲避球举过脑袋，大声地念着我们的队规，随后雀跃地跳起来一声尖叫，我加入球队了！

当时，我们学校只是城镇上的一座很普通的小学，体育课上从来没有什么体育项目。直到有一天,学校里来了一名体育老师,他在每节体育课上给我们播放一部叫《斗球小子》的动画片,还给我们示范怎么玩躲避球。

从那之后,全校的学生几乎都在为同一件事情疯狂,那便是玩躲避球。老师还给我们找来一部叫《来玩躲避球》的漫画,全校的女生几乎都幻想自己能够成为那个女主角久美子。

那段时间,一下课,我们就冲到操场上玩躲避球。训练几乎在假想中造就了一种癫狂状态,大家都嘶吼着洒着汗水,仿佛每一次打飞过去的躲避球都跟动画片和漫画里一样,都是神气的魔幻躲避球,都是必杀技。

当时也进行躲避球比赛。一个班级分成几组开始比斗,优胜组再跟其他班级的优胜组一起比拼。当时学校里头的冠军,是五年级的女生大优子。当时漫画里"久美子"的名字翻译成了"久优子",大优子的名字是自己起的,大概也跟我们一样幻想着自己是女主角久优子吧。

再后来,大优子跟其他几个打得比较好的高年级女生组成了引人注目的"魔鬼躲避球训练队",常常霸占操场一角的躲避球场,以热血偾张的集训方式牵动了我们低年级女生的心……

每一天放学后,大家都卷起裤管,接球时忘我地在沙地上滚来滚去,扣球时勇猛得有如陨石劈大地。低年级的女生们只能在球场外干瞪眼,等着球溜过来就满脸惊喜地去捡,眼巴巴地围观训练,羡慕着嫉妒着,包括我在内。

那个时候，加入新队员还得面试，我挠心挠肺地想要成为魔鬼队员，所以也屁颠屁颠地去参加面试了。

那一天，大优子神色狐疑地上下打量我，让我接了几个刁难的发球，结果我竟然表现不赖，就被勉为其难地收入门徒。

"谢谢大优子！我一定会加油的！"我声音都在发颤，受宠若惊惨了，尔后便欣喜若狂地保证自己将是最能吃苦的魔鬼队员。

可是没想到第二天开始，我就接收到了一个巨大的挑战……

那天下午放学铃声刚响起不久，一阵急促的脚步声就从走廊里传过来，轰地一下几个二年级女生就停在了我班的教室门口。

"不好了不好了！"专门给少女队捡球和记分数的球屁女生站在教室门口朝里头四处张望，"阿绿，快快快，大优子急找你！"

"怎么了？"我慌张地背起书包。

"听说别校的人想跟我们比赛，马上就要开始了。但二队长今天没有来学校，大优子让你去顶替！"

我一听，腿软掉了。昨天才入的队，没想到今天就有人来挑衅，说要跟我们一决高下。

她们二话不说就拉着我跑，硬给扯到了比赛场地。场地上早已经围了一群低年级学生，都在期待地等着。

我跟大优子会合，第一次上场我脸色铁青，心慌地练习了十分钟，对方学校的成员就喊着口号轰轰烈烈地赶来了——

"喂，听说你们都不会输，我今天让我们球王带我们跟你比，敢不敢！"他们马上起哄。

"谁怕谁，你们球王呢！"

"我哥哥在这里在这里！耶耶耶。"一个小女孩穿着公主套装，有点淘气站出来，跨着腿拉着她哥哥。

"程佳莹，相不相信我揍你？走开！"站在后面的男生站出来，飞机头的发型帅气又傲慢地翘着。

"呜哇——"小女孩捂着头就躲到一边去了。

"怎么样，需要等一下让你们缓缓吗！"男孩抬起下巴。

"开打！"

大优子一声令下，少女团们尖锐的嗓门也开始闹哄起来，气势马上就打响了。除了我胆战心惊，其他人都涨红着脸，仿佛像在为荣誉而战。

比赛就此开始了。

## [4]

那天的操场上响起了一阵又一阵的喝彩声，比赛进行得十分紧张。刚开始的几个球过后，我便开始发现了问题——比赛战地就在学校附近正在修建的一片工地旁边，沙尘四起，很考验耐心。我战战兢兢地站在场地边缘接擦边球，总是出神。一个比赛下来就喘得不行。

跟大优子默契十足的二队长不在，可想而知，比赛一开始就输球输得很惨。没有经过训练就上场的我老输掉擦边球，被大优子骂得很凶。

"阿绿你都在干什么！"

"笨死了笨死了!"

大优子双手插腰,恶狠狠的眼神把我吓得心里发毛。那个传说是他们学校球王的男孩,闪身确实非常快,下手也很疾速。而且常常出其不意,还没有缓过神,球就辨不出方向地猛投过来了。

很快,比赛来到最后一分球,我又摔倒在地,大优子正在咬牙切齿,对方的球砸到了大优子的头,然后滑稽地飞了出去……

"哈哈哈哈哈哈哈。"一声戏谑的笑声随即响起。

对方的队伍都蹦蹦跳跳地庆祝着胜利,只剩我们这边冷冷清清地呆站着,围着说不出话来的大优子。

热血少女队第一次失败,有些成员都红了眼眶。从此,大优子就失去了"躲避球女王"的称号,不是第一名,也没有必胜的奇迹了。

"斗球小子!斗球小子!"

他们围簇着那名男孩,沉浸在喜悦中离开了……

"有什么了不起!你们欺负女生!"看着大优子铁青的脸,我紧张又委屈,终于憋红着脸嘶喊了一声。

然后,只有斗球小子像听见了那般,在人群中回过头匆匆地看了我一眼。

之前就听说,大优子总是给队员足够的苦吃,队员每天首先得研究电视里出现的新招,效仿着一遍又一遍地疯狂练习,动作不标准就要被罚。我没想到刚入队就给添灰,大优子果然在接下来的日子里对我更加苛刻,我往往是受罚者。

"都是你！"

"都怪你！知道我那天多丢脸吗！"

"再不打好球就把你踢出队！"

大优子一次次把躲避球砸在我身上，还让我趴在地上翻滚接球，嘴巴里都吃了沙。但是为了让大优子信任我，我只能更加努力地沉浸在训练里。

## [5]

程奕泽转学来的一个星期后，一天傍晚，大优子突然让我排练时转到中场位置，开始放手让我练习重发球。这惊讶的举动让我开心坏了，那天她也没怎么骂我，直到排练结束大家都走后，大优子把我拽到了操场后面，说有事跟我商量。

大优子坐在石凳上，双手托着腮帮："阿绿，听说那个姓程的家伙不仅在你们班，还跟你同桌？"

我刚要开口，她又抢了一句："不准说谎。"

"嗯，对呀，跟我同桌。"

"他怎么样？"

"啊？"

"阿绿，你今年几岁？"

"九岁。"

"那个姓程的家伙大你两岁呢，跟我一样大。听说本应该读五年级了，可是成绩很差，转校过来只能留级读三年级。"

"哦。"我愣愣地盯了大优子一眼，有点蒙，"什么意思？"

"他怎么样?"

"啊?"

"去问他喜欢什么样的女生。"大优子脸不红心不跳地说。

我心想,原来是这样,难怪今天让我打中场呢。

"这是队长的任务,不许反抗。"

听着大优子的吩咐,我有点吓一跳,但是也没有多想,心里只是一直想着前些日子大优子说的"再不打好球就把你踢出队"。

不要踢我走,我会好好打的,我心里说。

"就这样哦,去问他喜欢什么样的女生,然后……作为同桌多帮助他的学习,多照顾他。"

大优子的这话听上去正义感十足,像个没有私心的战士。

"不要乱想。"

大优子瞄了我一眼,嘱咐完后,领导般拍了拍我的肩膀,凛然地离开了。

说起来,程奕泽确实需要我的帮忙。

斗球小子转学来这个学校,日子并不好过。他可是被我们很多人讨厌着,因为他当初让我们学校丢了脸。他也好像是从大城市来的,这里的老师上课还喜欢说方言,这对他来说太糟糕了。从第一天说过话后,后来就一直没有交流过,我上课偷瞄他,看见他两眼发直,像在听老师说天书。

"程奕泽,程奕泽。"

每次老师在课上叫他回答问题,他只是两眼空空地盯着老师，引得大家频频发笑。

"原来听不懂方言呀。"老师也只是笑。

下课了也不好受，大家的眼光都像橡皮糖一样粘着他。程奕泽低着头翻书或者抠手指，伪装很忙的样子，试图避开周围明晃晃又好奇的目光。"看什么，我揍你！"他每次只是暗暗地说着什么，但是没有朋友的他好像特别可怜，一下子就孤独了很多，眼睛水汪汪地拢着长睫毛看上去也特别无辜。大家都会大老远盯着他，窃声说"斗球小子，斗球小子"。这只会让他更慌张，眉头皱得更紧了。

他的荣誉称号在这里好像不奏效，反而成了让他无法主动交朋友的障碍。

每天放学，程奕泽就跟犯人释放般松了一口气，跑去接自己的妹妹程佳莹，拉着她回家。

读一年级的程佳莹，跟程奕泽完全不一样，是个调皮又可爱的女孩子，特别爱玩，很快就跟大家玩在一块。据说，程佳莹在转学后一个星期就有了自己的"男朋友"，惹得大人们发笑。

有时候，穿着蓬蓬裙的程佳莹被自己的男朋友牵着走到校门口跟哥哥会合后，就放手让男朋友自己走，然后就跟着程奕泽一起回家。

一个是躲避球王"斗球小子"，一个是小公主。

很快，学校就多了一堆簇拥这对哥妹的男女生，放学顺路的话都会跟在他们屁股后面。程奕泽有时候在等妹妹无聊，就一个人在那里拍球，然后也会有低年级的女生在旁看他玩球，还会叫嚷，像个大女生似的。

而程奕泽的到来，我们躲避球队的风光被抢走了很多。因为大家早都知道他打败了大优子，他才是第一名。

那阵子大优子常常生闷气，有一天还带领着我们去视察情况，结果就目睹了程奕泽叫程佳莹回家的样子。她看上去有点眼直，后来训练的时候会心不在焉，会放空。还有一次她眼睛一直往低年级的练球区域瞟，结果被球砸到了脑袋。

"程奕泽很早就带妹妹走了。"

没想到我说了这句话，被大优子狠狠地罚了球。像被我发现了她在想什么似的，把气都撒在我头上。

大优子不知道，其实我也在关注我的同桌程奕泽呀——

也只是跟其他女生爱做一样的事情吧。

[6]

直到今天，大优子给我下达任务，抛给了我一个大难题。

她走后，我闷头走回教室收拾书包，却惊讶地发现程奕泽还一个人坐在书桌前，头低低的可能在写作业，很专注。

我悄悄地走过去，偷瞄了一下他的作业本，不禁吐了个舌头，写得真的是太丑了。字体歪歪斜斜的，倒在一边想绑都绑不起来，又像是在描画画本一样。

刚才大优子还说让我"照顾他"呢，是任务。我心急地看着他写着，忍不住劝了声："'爱'的下面是友，不是支啦！"

程奕泽吓了一大跳，打了个激灵，害我也反被吓了一跳。

"你'索'话和我?"他像在看外星人一样,瞪着眼睛。

后来才听说,原来他是在香港住过的广东人,只说粤语,普通话不好。

"这里只有你呀,斗球小子。"

"但是这里都没有人愿意跟我说话。"他脸红了,一字一顿地说。

我的眼神柔软下来,口吻也温和下来:"'爱'字是这样写的。"我拿起他的笔,在桌子上工整地写了一个。

"我们都是繁体字以前。"他拿过我的笔,盯着课本说,"我学不好,有点难的,改不过来。"

"为什么没跟妹妹回家?"

"她男朋友陪她去买小白兔了。"他的语气有点不满。

气氛有点幽怨,我们沉默了下来,然后我再次想起大优子还有老师的吩咐,便大着胆子坐下来,说:"你写错好多字,我带着你重新写一遍吧。"

程奕泽像抓到救命稻草般,有点不可思议地盯着我:"你在笑我吗?"

"是帮你,帮。"我抿了下嘴唇,转动着眼珠子,"老师叫的。"

"那……"

程奕泽顿了顿,朝向我:"我帮你不让别人欺负,比如大优子。"

"啊?你哪里看到我被大优子欺负了。"我疑惑。

"经过操场,你总是被欺负,被球打。你上次的球打得很烂,我可以教你。"他郑重其事地说。

"不是被欺负，是训练。是你欺负我！老把球让我摔！"我抱怨。

"因为那是比赛呀，比赛就要用心打赢！每次放学都看到你在地上滚，老被大优子压着。我帮你不被欺负，我保护你。你可以叫我阿泽，有人欺负你你就叫'阿泽'！"他在自己的名字上面模拟了一声大叫，很可爱。

自己都那么害羞还保护别人，我心想。

我捂嘴偷笑，原来我在训练的场面都被程奕泽看到了，还说大优子坏话。"好啊。"我点头，然后开始着手教他写作业。

一笔一画，在作业本上一点点慢慢地誊写出来。刚开始他还有点害羞，特别是有些错误惹得我大笑的时候，但是后来他受了几次伤后就开始嘲笑自己了，脸颊绯红。越来越放松，最后终于笑了起来。

"真好玩。"他说。

顿了顿，他从书包里捣鼓了一会，然后掏出一个玩意，便让我大开眼界。是个有着精致外壳的音乐盒。很漂亮的音乐盒。

"哇——"我惊呼了一声，都不愿意眨眼地看着他捧它到书桌上。

"谢谢你帮我学习，我给你玩这个。"

我期待地盯着它，只见程奕泽缓缓地把手压在盒子上，一往上翻开，美妙的声音叮当叮当地就在教室里浮起来，像美妙的魔法音乐。

教室仿佛一个回音谷,有清澈的流水声般。好细腻的声音,灵灵生动。我闭着眼睛聆听它,咧开嘴笑了。

"水边的阿狄丽娜。"

"喏?"

"水边的阿狄丽娜,这首歌叫。弹钢琴的是芬兰的理查德叔叔,理查德先生。"程奕泽一脸自信,轮到他的脸发着光亮。

"妈妈说,认识好伙伴就给她听。妈妈以前就是这样跟爸爸认识的,还跳舞了。还抄了中文歌词哦。"

"爸爸自己写词吗?哇哦。"

"当当,当——当当,当当当当当,当——当当。像这样。"

我彻底放松下来,想叫他阿泽。

"你我,像星球,遥远地对视,仍交汇。"阿泽用别扭的口音叨念着中文歌词,夹杂着音乐盒里的清脆的声音,让我又笑起来。

"你会跳舞吗?我教你跳舞,跳水边的阿狄丽娜。妈妈教过我。"

我摇摇头,阿泽马上把我拉到书桌旁,挪开了其他书桌。然后拉着我的手举起来,牵着我盯着我的脚。

"左边脚挪,右边脚挪,后面迈……就这样哦。"

"一,二,三,四……"

那天傍晚最后的一束光线偷偷地溜进教室,周围像被蜡烛包围般暖烘烘地蔓延着一圈金色。瞬间就点亮了。

虽然没有漂亮的衣裳和动画片里的高跟鞋,但是是第一次。阿泽牵着我的手,用别扭的音调念口令,在音乐盒的伴奏下,带着我一下又一下地跳起来。

…………

"当当，当——当当，当当当当当，当——当当。"
"你我，像星球，遥远地对视，仍交汇。"

"你喜欢什么样的女生？"
还是没有说出口，想起大优子的吩咐，想要问阿泽……却还是开不了口。
一下子，就忘了。

# [7]

"哇哦，原来是这样相遇的，难怪阿泽也只能以转校生的身份回来！"
"这么说，许愿池还是有效的嘛，半故障而已，嘤嘤嘤。"
"海龟先生和鲸鱼先生，你们说我该怎么办？"
"不要怕，先来跳一段，水边的阿狄丽娜。"
"你们好烦。"

原本是我和阿泽的秘密，是只有他才会知道的事。但是如今的阿泽，不，是沃野，恐怕也已经都忘记了。
"喂，你干吗跑呀，阿绿！"
我跑出了教室，听到背后响起猫田的喊声，脑海里一直回想着曾经的那一场舞,眼泪一下子就淌了下来。

"你会跳舞吗?我教你跳舞,跳水边的阿狄丽娜。妈妈教过我。"

"当当,当——当当,当当当当当,当——当当。"

"你我,像星球,遥远地对视,仍交汇。"

接下来……

不是应该邀我起舞吗。

一样的时间点,一样鹅黄的光线照进我们的教室,一模一样的音乐和旋律。昨日重现,这一切都在提醒着我什么呢……"不要自我麻醉,不要自欺欺人了",是这样吧?

隔着多少光年也好,我还是能一眼认出你来,因为你的气息是不会死的。可是,记忆被时光染上了灰尘,你认不得我的脸了。

已经,认不得了。

[8]

但是,我又不甘心——

我突然鬼使神差地停住了脚步,猫田成功追了上来,按住我的肩膀:"你没事吧?吓我一跳。"

我没有说话,只是深呼了一口气,狠狠地抹了一把脸上的泪水,然后就扭头朝教室走回去。

"喂喂喂，你干吗？"猫田摸不着头脑。

那一刻，我可能因为过度紧张，脑袋一片空白，甚至都不知道自己在做什么。我只知道我不知不觉地，就愤怒地冲到教室门前，盯着沃野，随后就什么都记不得了。

一周后，我心有余悸地重新跟猫田说起这件事，才知道当时我一时冲动，做出了一个瞠目结舌的壮举，从此酿成了无法收拾的局面。

"那天我真的有那么夸张吗？"

"你不记得你干了什么吗？很夸张，像个倾家荡产的弃妇要讨债索命。"猫田说。

"我记不太清楚了，我头脑空白都不知道我做了什么。"我沮丧又恐慌，终于肯面对自己。

"许童绿，你当时就像胸口绑着炸弹来炸碉堡的董存瑞……你一个箭步往外跑，我还没反应过来，你就又跑回来站在教室外双手掰着窗户的铁栏，跟母猴子似的……"

"……"

"许小姐张牙咧嘴面目狰狞，拼命摇晃，像要把铁栏掰断一样，很可怕。"

依稀记得，我难过又压抑地跑出了教室大约一百米，突然胸腔起伏感到莫大的压抑与悲伤，无法自控地身体又跑了回去……

"满脸泪痕，鼻涕横飞，看上去像死了丈夫。"

"我到底……做了什么？"

"你放声大哭,一边大跳一边嘶叫'阿泽你不得好死,你忘恩负义,我化成灰都认得你,你不记得我你不得好死呀'!"猫田扭曲着五官模仿着哭声,嗲声嗲气地重现了现场,模仿得惟妙惟肖。

他说,当时现场所有人都呆在了原地,包括沃野。

世间很多事情不能太过用力,否则便会事与愿违。这种物极必反的教训自古以来好像也不是空穴来风。

有时候我真不知道自己在做什么,每次头脑空白之后,我的愚蠢行为就超越了自我意识的控制。

"都说好朋友会越来越相像,你跟爱思可以结婚了。"

"……"我说不出话来。

"感觉如何?"

"我想死。"

"为什么要那么做?"

"我不知道呀!我怎么知道……"

怎么会这样!

如今回想起来真的是倒吸一千斤冷气,怎么会这么丢脸。这么丢脸谁还记得自己做了什么!

我真的不知道夺门而出的唯美画面最终在我身上会演变成这种惨痛的戏码和教训。脑海里只依稀记得的是教室里沃野瞪大了眼睛,露出惊慌失措的表情。同学们都支着一张惊喜的脸,虽然不知道我发生了什么事,但我就跟小丑一样在发疯。

"你怎么会失控成这样！现在这种情况别说阿泽会想起你，人家不躲着你就得偷笑了！多大的耻辱呀！像被你凌辱了一样，心里肯定在诅骂你呢！"

我闭上眼睛，心脏不禁一颤，叹了口气。

从那一天傍晚开始，不知道是不是错觉，沃野再也没有在反光玻璃里看过我一眼。一旦有视线和眼神碰触，双方就马上变得闪烁起来。与其说是不注意，说是回避应该更贴切吧。

如今，没让他记起我就算了，现在搞得沃野还开始躲我了，因为——

"你听说了吗，许童绿在意淫沃野，想要泡他！"

"连班干部自己都不以身作则，一天不知道在瞎想什么呢。自己不是也在意淫轰轰烈烈的早恋事件。"

自从跟踪狂事件之后，又加上那次嘶吼，大家都在谣传我喜欢沃野！

所以，我现在在他眼里或许就跟其他人一样吧——

"许童绿是个怪胎！"

虽然也会有其他同学毫不在意地相信着自己，比如我的后桌，爱思的青梅竹马王志文。像今天，放学铃响后，王志文在临走前就轻轻地拍了拍我的肩膀，给我打气："阿绿，不要太在意别人的胡说八道，打起精神来。还有，爱思挺想你的呢，多联系啊你们。"

我受宠若惊，但是，毕竟像王志文这种普普通通的好人还是比较少的。

所以……这几天，我在教室里就没抬起头过。感到羞赧，不敢看同学们的目光，也不再敢看沃野的后背。

之前害怕陌生的眼神，现在更怕刻意躲闪的眼睛。

## [9]

"啊多么痛的领悟！"

"海龟先生你唱的这歌我听过，我也会唱，一起唱。"

"你们不要取笑我了。"

"阿绿，你一紧张起来就神经兮兮然后不受控制的性格要改改了，这下真的不好办咯。"

"你一紧张起来就神经兮兮然后不受控制的性格，要改改了。"最后，猫田勉为其难地安慰我，"接下来要怎么办或许要靠造化了……靠缘分。"

靠缘分？无力地坐以待毙？

"哎！"

傍晚六点了，我懒散地往窗外看，已经不再是夏日那般明亮，似乎很快天就要暗下来。收拾过后，我和猫田一起回家。

余晖的校道上，有那么一瞬间觉得似曾相识。这多像之前我晕倒的那一个傍晚呀，只不过这下感觉很多东西都不一样了——

我突然很想念爱思。

耳边仿佛响起王志文的话,他说爱思挺想我的。

自从愿望破灭后,寝室也被查封,爱思不得不调搬到了其他寝室。为了照顾青猫,我和青猫也搬进了新家。现在回想起来,才发现交流似乎变少了。班级相隔那么远,爱思出现在视线里的频率好像也在渐渐减少。

"没有同班又没有同室友,最近好像都没怎么见到爱思了。"我惋惜。

"估计现在正在跟男人一样扛体育器材呢。"

因为王通图学长的离开,爱思突然又恢复了运动健将的风范,没日没夜地蹦跶在运动场上。似乎是想用运动转移自己的注意力,听说她还应征加入了学校的排球队,成为即将要代表学校去参加市级排球比赛的一员,每天都在排球场上挥洒着汗水苦练。

"你现在满脑子都是沃野,哪还记得爱思呀。"猫田不屑地提醒我,"还有多管管你家青猫吧,上次去你家看见他脏兮兮得跟掉坑了一样……说起来,原先以为召唤错了,把他复活起来跟着我们吃苦怪可怜的,愿望破灭的气也就消了。现在知道阿泽真的被召唤出来,青猫只是附属品,觉得他更可怜了。"

我听着猫田惋惜的语气,不禁脑袋一嗡。

"附属品,有这么严重吗?"

说时迟那时快,这个时候,远处一声雀跃的声音响起来:"姐姐!"

我正眼，正是青猫，他正从远处的校道上跑过来，蹦蹦跳跳看上去很开心的样子。这幅画面我看着心窝顿时一暖，有那么一秒钟觉得青猫确实并不是特别调皮捣蛋，还挺可爱的。

"姐姐！你看！"他手里好像握着什么战利品，兴冲冲地叫嚷着。一下子的工夫，就跑过来了。

"手里拿着什么，是青蛙标本吗？"我疑惑地眯起眼看他。

"你猜。"语气乖巧。

"今天怎么这么乖？"猫田疑惑。

青猫咧开嘴，伸出双手正准备给我看东西，猫田就又弯着腰跟他说："小鬼蛋，我们可怜的青猫，你阿绿姐姐以后可能不关心你咯。阿绿姐姐下次可要跟别人跑咯，跟班里的一个万人斩阿野哥哥跑咯。天使哥哥哟。"

听着猫田趾高气扬的话，青猫停下了手中的动作，眼睛眯成一条线，眨了眨巴眼睛，愣了一下。

"哎呀！不要跟孩子说这些！"我指责猫田。

"我不小了！"青猫忽然不开心地喊起来，冲我不屑地翻眼。

"好好好，你是大人了，你想要给我看什么，我看看是什么好东西。"

青猫顿了顿，在我伸出手的一瞬间，猛然收回手，把东西往裤袋里一躲，扭过头就一声长长又别扭的——

"哼——"

我和猫田笑起来。

"快给我看！"

"哼!"青猫转过身,自顾自地走在我们前面,"我不想理你了!"

"不要听猫田乱说,才不会不要你呢。"

"哼!"

"不给看就不给看呗,有什么了不起,肯定又是什么昆虫标本!"我有点无奈地瞪了猫田一眼。

"都怪你啦!"我压着声音责骂猫田。

猫田阴险地咧开嘴,比了个胜利的手势然后跑上前搭着青猫的肩膀跟他一起往前走,把我落在后面。

我盯着他们的背影,恍觉时光飞快,夏日消散,暖风不再,秋天很快就漫到膝盖了。

这不,天空马上就入夜了——

仿佛之前所有跟青猫一起回家的傍晚一样。

"虽然很难过,但还好有你们在。谢谢款待。"我想。

## 第七章　雁北乡

[1]

我想用忙碌来遗忘这段伤心的时间。

所以在我仿佛化身甜美的电视剧女主角跑出教室后的很多天，一直都把自己关在生物社团的屋子里。

一方面是生物比赛的时间逼近，植物叶的研究报告已经进行到了最后的阶段。一方面，也是因为丢脸，不敢面对教室里的同学们。

今天是周末，我回了一趟家跟爸爸一起吃饭。因为想起最近青猫还挺懂事的，所以请教了爸爸一件事："爸，我想学煎鸡蛋。"

"你不是都不爱吃鸡蛋吗？"

"多个技能又无妨。"我搪塞，心想说是给一个小鬼吃的。

青猫被召唤出来这件事，该怎么说呢？"爸爸，我召唤了一只幽灵出来，做了弟弟。"这样说吗？无论怎样，这都是个不能说的秘密，无法让其他人知道。

于是，爸爸跟我一人一件围裙，在厨房里煎起鸡蛋来。我打蛋，下锅，小心翼翼地铲着。

"我们家阿绿,今天怎么看上去那么没有精神?谈恋爱了?"爸爸冷不防地在一旁问。

"没有。"

"哦哟,这么说就是有咯。"爸爸揶揄说,"看你一副萎靡不振的样子,对了,你的那个小男友呢,怎么那么久没有来了?"

"谁谁……谁!"我慌张起来。

"以前经常来的那个呀。"

"猫猫猫田?那朵雏菊?您老省省吧。"

"哈哈,我觉得他挺不错的呀。"老爸递给我盘子。

"那你自己跟他谈恋爱吧。"我翻白眼。

"哈哈哈哈哈。"

爸爸笑开了花般,双手放在围裙上蹭了蹭:"你不要垂头丧气,爸爸带你去加拿大看鲸鱼。"

哇哦——

我惊呼一声蹦起来:"真的吗!出国旅游不是很贵吗!"

"你不是一直想要去看鲸鱼吗?"

"对啊。"

"……那我们跟陈姐一起去。"

"谁?上次来吃饭嫌弃我们客厅太小的那个陈姐?原来是跟新女友去旅游,我才不要!"我马上泄气,懒得理会。

妈妈跟爸爸离婚后,我倒是希望爸爸能找到个好女人重新组建家庭。可是很多次跟爸爸近乎的女人我都不太喜欢。

"我说老爸,你怎么好那一口啦,就感觉她有一点点爱慕虚荣。明明就是嫌我们家穷还硬要你撑汉子。"

"阿绿现在会教训爸爸啦,看来长大咯。"

"我也是为你好。"

"你不喜欢的,我就不交往了。"

"啊,我不是这个意思啦,我……我……哎,也不需要做这么大的牺牲吧。"听到爸爸干脆的语气,我突然有点难为情。

"没关系,你说得对,凡事都要擦亮眼睛看清楚,认准了再下手,爱情也一样。爸爸听你的。"

爸爸接过我的煎蛋闻了闻,笑了一下,那一刻我有点后悔反对他跟那个陈姐在一起,我只是真的希望爸爸能重新找到真爱。

"真的没关系。"爸爸仿佛看出了我的心思,摸了摸我的脸,手很凉。

"你胖了。"我说。

"谢谢提醒。不过你真的有点不太对劲,有什么事情想做就去做,不要愁眉苦脸地憋在心里,打起精神。"爸爸叮嘱。

大人们真干脆,斩钉截铁得像不会疼痛一样。

"我相信我们阿绿最棒啦,加油!"

晚饭后,我在整理房间的时候,在抽屉的最底层里翻出了小学三年级时就开始记录的日记本。

笔记已经有点发旧泛黄,每次翻看它,记忆的缺口总会越来越大,时光的痕迹就又会落在脑子里。日记本里的最后一次记录已经是几年前了,像被尘封般沉睡着。我软塌塌地趴在了窗沿上,看向窗外,外面天气很好,夏末的傍晚总是金黄色的。仿佛就像曾经跟阿泽起舞的那个傍晚。

视线投向了更远的天空,再次想起那天在教室里的场景,心脏像长满了刺。余晖里的光线一点点变淡,早就少了盛夏的气息。

雨水也不会再来得那么频繁了。

我合上日记本,心想,可能有些美好和遗憾,只能永远放在心里吧。

## [2]

回到学校的时候,已经是晚上了。我走上书屋的二楼,拐着阶梯走上楼道,经过一盆长势有点尴尬的绿色植物,就到了我和青猫的家。

望着眼前的房门,我有点恍惚——曾经我想都没想过,我会在这个年龄过上这种生活。

出租房是一个开间,我用厚木板把空间隔成了两个房间,一个是小客厅,是青猫玩耍的空间,平板电脑里的游戏就是他的世界。平板电脑是猫田送的,刚搬进来的第二天猫田来家里做客,然后从书包里掏出平板电脑玩游戏,结果就夺取了青猫的眼球。

"这是什么这是什么?"

"这是电脑啊!怎么,你死的时候连这玩意都没见过?"猫田感到诧异,猜想青猫死去的年代。

"借我玩几天!"青猫对猫田的态度突然有了一百八十度大转弯,语气亲昵,果真没长大。

## 第七章 雁北乡

"你不是都赶我走吗!不是都叫我滚蛋吗!"猫田狡猾地扯起嘴角。

"人滚蛋,电脑留下!"

青猫一声吼,又把我们逗乐了。

另外一个狭小的房间里,紧挨地摆着两张小床,一张是我的,一张是青猫的。床旁边就是我温习功课的书桌。

起初,我想要送青猫去读书,虽然这是我与猫田和爱思目前还无能为力的涉及范围,但想尽自己最大努力,可是青猫就是不肯。

"我不想去读书!"青猫很抵抗,"人生就要去做自己喜欢的事哎!我暂时还不想去读书!"

所以只能让青猫先在家里安全地过一阵子,以后再想办法,因为青猫也没有身份证。真让人感到头疼。

每一天,我要在晚上把第二天的早饭准备好,第二天我很早就去上课,青猫起床吃过早餐就做自己的事情去了。

他的休闲活动很多,玩游戏,涂涂画画,做木匠,时间也过得很快。

挨到中午的时候,青猫会在书屋里看着小人书,然后等我去接他一起吃饭。傍晚,青猫会在放学的时候到学校里溜达,有时候会去教室里找我,多半的时候是在教学楼下的一尊石膏像旁等我回家。

很多个傍晚,下楼的时候就能看到远远的石膏像旁,青猫正蹲着在沙地上写字,等着我。发现了我的身影,会大老远地跑过来，然后我们就手牵手一起回家。

走在学校的校道上，慢悠悠地晃着，一会儿，远处的天际就缓缓地暗下来了。

这样的生活很简单，虽然有时候会因为手头紧而过得艰辛，但好在青猫在这一点上非常懂事，也不是特别贪吃或者要吃贵的东西，除了牛奶。

他只爱喝牛奶。青猫一天需要喝三盒牛奶，不然他就会睡不着觉。

"牛奶来了！"

每天吆喝这样一句，就像是在挑逗青猫的兴奋点。看到他那副满足的样子还真是好笑。

为了养活青猫，周六一整天我必须到快餐店里去打工端盘子。周日的下午才可以跟他一起玩，到处瞎逛逛，到附近的美食街吃小零食。渐渐地，心里似乎从此也开始惦记起了一个人，青猫的饮食起居似乎也开始牵动着自己的心。

青猫没有在眼皮下的时候，会担心他。

"我当姐姐了。"

喏，过去了那么久，心里还是会咯噔一下，在心里暗暗地说这么一句。

有人可以陪自己说话，让自己成为有话可以说的人，这种生活挺好的。

每天牵着青猫走回家的路上，慢慢看着天空暗下来，心里就会顿生一股暖流。所有细胞都充盈饱满了起来。

这种生活，真不错呀。

当姐姐的……这种生活。

[3]

可是这几天，青猫有点不对劲。

青猫常常又蹦又跳，小客厅里经常传来巨响无比的，砰砰砰的敲击声。我在憋闷的小房间里做着试题，心脏被震得发颤。终于在强忍了十分钟后，熬不住朝外面扯开了喉咙："青猫，我的天灵盖要被你震飞了！"

砰砰砰！

就跟被人往心脏上开枪一样。"想要把我的天灵盖摘下来盛汤喝吗？乖，不要吵！"我好声好气地打趣道，结果青猫没有回应，还变本加厉。

砰砰砰砰砰砰！

"要死呀！你干吗！姑奶奶我低声下气你还给我抬杠，再吵把你头拧下来当篮球打！"我气势汹汹地跑到小客厅。

"坏了！它坏了！猫田哥哥说要拿去修却没有修！"青猫蹦蹦跳跳指着平板电脑，一副沮丧又无赖的模样。

"那你也不能在屋里跳绳呀！跑来跑去的很闹心！"我呵斥他。

"我就要我就要我就要！"

青猫执拗地弹起来，地板发出刺耳的一声"嗒"，然后他一屁股重重地摔坐在地上。屁股也没有开花。

"砰砰砰!

他又在地上滚起来,敲地板!

"喂!上面的同学不要吵!这里是书屋!"这时,楼下的老板用扫帚敲击楼梯间的木板,大声警告我们。

"嘘!"我把手指放在嘴前,嘘声说,"听到没有,要被抓的。"

"我不管!难怪都不跟我玩!原来是不要我了!负心女要吞一千根针!"青猫嘟起嘴,盘坐在地上。

我这才仔细看他,全身又滚得到处都是脏印子。

"哎哟,谁说不要你的啦!"

"猫田哥哥说的,你要跟班里的男生跑了,不要我了不跟我玩!"

"哪有……"我的脸刷地红起来,"猫田乱讲的!"

"难怪你这几天都不跟我玩都不跟我玩!我不管!"

"你这是吃姐姐的醋呀?"我暗自窃喜。

"你放屁!"

我气得暴跳如雷,不管不顾地走向他,把他从地上半拎起来:"可是你也不能这么调皮,电脑可以去修,牛奶可以买给你喝,在屋里蹦蹦跳跳还跳绳就是不对。全身脏死了,快去洗澡!"

"还有,不要听猫田乱说,没有那回事。"这句话还没继续说出来,就被青猫抢先了一步,怒气冲冲地喊起来——

"你都不懂!你都不跟我玩!我不知道我不管啦!谁稀罕你的破牛奶!"

哐当一声，青猫大叫着弹跳起来，独自一边脱着衣服生气地往厕所跑去了，留下我呆在原地。

"这话说得多伤人呀。"想起青猫最后一句话，心脏有点刺痛，又觉得有点落寞。

太不懂事了。

说这种话太不懂事了。我的眼神黯淡下去，直到青猫洗完澡躺在床上睡觉了，我们还在冷战着，没有说话。

"那我就可以省钱，饿死你。"我心里赌气。

我写完试题，有点疲惫地拖着身体去厕所里洗衣服。把青猫的脏衣服扔在桶里，拧开水龙头，然后盯着水流发呆。

满脑子都是沃野的背影，还有他闪烁的眼神。又想起了这些天的所有事件。

"怎么会变成这样？"

我气愤地把水龙头关掉，把手伸到水桶里搅拌着洗衣粉，却触碰到了衣物里的东西。稍后，我发现青猫的裤兜里遗落了物品，便想起了傍晚时分青猫想要给我看的玩意。

我蹙着眉头撩起了青猫的裤子，然后捣鼓了一会儿便掏出了湿答答的一团东西……

摊开一看，我睁大了眼睛。

是一团皱巴巴的人民币。

[4]

我想起前几天，一天放学，青猫照常等我回家，可是我却让猫田带着他先回去了。

或许因为这样才徒增了青猫的不满,他或许还以为我去找沃野才不跟他一起回家的吧。但其实我是去找爱思了。

傍晚五点,体育生们还热血沸腾地在球场上蹦跶。体育馆里空气燥热,扑面就一股让人血脉偾张的气息袭来。

一声哨声过后,训练进入休息时间。爱思解开了自己的护膝,握着两罐汽水朝看台上的我走过来。

"面瘫妹,接好。"

我接过爱思使劲扔来的饮料,手心一重,险些滑掉。我矫情地大叫:"想死我了!打球打得要不要这么帅!你的一举一动都被我看在眼里!"

"闭嘴啦,"爱思咧嘴笑,"还想我呢,压根就把我给忘了吧。不错,有长进哦,说话都有点改变了,没有那么缩头缩脑啦。"

爱思应该还在伤心着吧。

曾经在去池塘许愿之前,爱思拉着我去过高年级的教学楼。当时,下课铃后人声鼎沸,走廊里堆满了出来透气的高三生。爱思大大咧咧地拉着我经过一个又一个嘈杂的教室,脚步变得越来越淑女,然后在理科(8)班的教室前若无其事地停下,扯了扯我的手臂。

原来爱思是带我来见她的梦中情人,王通图。

"淡定,不要看里面。"爱思跟我扶着栏杆的扶手,佯装在看

## 第七章 雁北乡

着楼下的人群。

"慢慢转过去。"爱思娇羞地说,我跟着做,两人就靠着栏杆,慢慢挪过身面向了教室。爱思羞怯地垂下手来小心翼翼地勾着手指,把头微微一侧强忍着害臊,却装作事不关己地说:"看到没……窗边最帅的那个,连睡觉都那么帅,性感死了,就是他。"

"哪个?"

"胸前有肌肉隆起那个。"

"那个平头的?你别不好意思呀。"

"那个啦。"

"哪个?"

"烦死了!就他就他!"

爱思暴跳起来朝我的头狠狠地敲下去,又恢复类似男生又老又粗的气概吼了一声,生猛地用手往里拼命指晃。"他他他!"里头的人朝外看了一眼,其中就包括迎上她手指头的王通图。

"哎呀我看到了。"

我刚反应过来,爱思唰地一下脸红起来,胳膊一拐就把我拉着跑开了。"面瘫妹都怪你,笨蛋。"她一边跑一边笑着回头看向我,眯起眼睛像在跟我分享一件心爱的物品说,怎么样,是不是很好看。

是不是可以抓来培养成夫君,跟你说,屁股好像也很翘。

你觉得怎么样,是不是好货色。

你觉得怎么样呢。

我们就一直跑,掠过无关轻重的人们。上课铃响起来,爱思还在看着我疯狂地偷笑，问个不停，眼神笃定地看着我，水灵灵又充满幻想的眼神，像是王学长已经是逃不出她手掌心的宠物。

我永远记得这个眼神，那是我见过最女生最走心的爱思。那一刻我恍然，原来我的好朋友爱思，真的是个女生。

那个眼神也在告诉我，爱思已经迫不及待想要去许愿池许愿了——她要跟他在一起。

然而，如今一切都是枉然。

看台上，爱思吧嗒一声把汽水拧开，水汽哗啦啦地冒出来。我有点尴尬地揶揄说："爱思……对不起。"

"什么？"

"就是……学长走后寝室又关了，我们联系少了一些……但是现在看到你好像没有特别在意，我就放心了。"

"当然啦，臣妾当不起小气的小女生好吗！"

我们面面相觑地盯着对面的脸，良久，破涕为笑——"哈哈不要这样尴尬啦。"

"怎样，还好吗？走出伤心了没？"我指王通图学长突然离开这件事。

"要听实话吗？"

"嗯。"

"当然没有啊。"爱思的脸还是那么好看，活像一个运动流汗的美小伙，"哪有那么快？又不是便秘，通了就顺畅了。"

"哈哈，你恶心。"我禁不住笑。

## 第七章 雁北乡

"猫田呢？"

"去设计社设计他的衣服去啦。"

"他……还不死心？我还真是小瞧了他坚持梦想的耐心了。"

这个时候，后桌王志文书里书气地抱着一坨辅导资料，在体育馆的门口朝我们打招呼——

"爱思！"

"今晚训练！你先走吧！"爱思朝他举手大喊。

"什么？！"

"你先走！"爱思用手比作大声公，又申明了一遍，稍后又无声地做了一个口型，"你，好，烦！"

王志文爽朗地笑起来，乖乖地点头，稍后背起书包就走了。

"烦死了他，这种男生我最讨厌了。"爱思翻眼。

"看来你们走得很近呀？青梅竹马？"我暗笑。没有跟爱思联系的这些日子，还都是从王志文那里得知爱思的一些消息的。

"我家跟他们家是世交，他爸给我们请了家教，所以他才跟我一起回家。就这样而已，书呆子一个，烦人鬼。"

"我倒是觉得他不错。"

"你是看在人家帮你说话的分上吧？"

"啊？"

"你的事他都告诉我啦，班里都在流传你在幻想一个转校生，他一直在帮你说好话……哦对了，猫田也跟我说了，知道你开不了口提许愿池的事，所以他已经告诉我转校生就是你的阿泽哥哥了。"

我瞬间僵在原地,无言以对。

"想问我为什么不惊讶吗?"

我猛然地点头。

"好吧,我惊讶了……三秒。"爱思像在自言自语,叨叨念,"开玩笑,召唤成功了,我的学长也无法回来呀,所以我就说服自己不要太惊讶。"

"但是他不认识你!多惨!"我还没缓过神,爱思继续说,"所以我来救你!阿绿,来一起运动吧!虽然无法完全忘掉刺在心上的痛还有失望,但是运动确实是麻醉剂,一记打下去好像还挺有效!我记得你不是也会打球吗?"

"我很久没打球了……会紧张到神经质。"现在的我,已经不打球了。

"那你打'波'吗?"爱思猥琐地说。

"去死啦,讨厌。"

"那多来看看,也可以多陪陪我。"爱思指着场上弹起来的排球,"看到没,那些球你打它,它一鼓作气就会弹起来,这是定理。心里有气在,它就会在落地的时候再弹起来,不会那么不经用,落在地上就起不来了……"

我凝视着弹起来的排球,微笑地看向她。她也看向我。

生活多像爱思说的那样呀,痛苦的时候总不能就那样丧气地滚着,一鼓作气就又能弹起来。

"谢谢你。"

良久,我说了一句。

## 第七章　雁北乡

……也多像，我们的友谊。

就是在那个时候，我决定不要再关注沃野了。

所以，最后还是选择通过其他的事情来分散放在沃野身上的注意力吗？没想到结果还是运用了最原始的这种俗套了的方式，才能获得轻松。

从那一天起，听爱思的话，开始在教室里听见转校生沃野爽朗的笑声也强忍着不要抬头，听见别的女生跟他谈起什么话题也不要去理睬，上课的时候把课桌稍带偏转了一点点角度，好让自己的眼光无法注意到他的那个方向。

不去盯着他的后背揣测他的心情，不去揣测他是否在反光玻璃里看见了自己，也不去猜想……他到底有没有记起自己。

有些事情就先放着吧，就跟猫田说的一样，靠缘分。

先放一放。

说白了，我在逃避。

每一天下课就埋着头做题目，或者跟猫田讨论他设计的服饰。尽管偶尔眼角瞥见沃野似乎反而开始会偷瞄一下这边，心里会跃起一丝"他是不是在看我了"的喜悦，但是很快就被强忍着压下来。也开始每天一放学，就马上跑到体育馆里去找爱思，坐在看台上看书，一边听着他们练习时血泪挥洒的声音……

时间过得很快，一晃眼就消逝过去了。该交集的交集，无法交集的还是无法交集。像是自暴自弃那般地，无缘无故耍性子般地，远离阿泽。那个已经记不起我来的，脑袋不好使的家伙。

也似乎很久，都没有心脏猛然怦地一下跳起来的那种感觉了。

直到今天晚上，我在洗衣服的时候，从青猫的裤袋里掏出了几张卷在一起的人民币之际，爱思给我打来了电话。

我左手摊开纸币，盯着它们出神，右手掏出了手机。

"阿绿阿绿，我有急事要跟你商量，你明天放学后第一时间来找我，知道吗？"爱思的语气听上去火急火燎。

"后天可以吗？"我朝话筒里轻轻地说了一声，声音在厕所里闷闷地回响着，"明天我有件事需要去办一下。"

关于青猫。

## [5]

第二天，我假装去上学后，跟踪起了青猫。

我躲在了奶茶店，看见青猫嘴里还叼着早餐奶走出了书屋。十五分钟前还假装睡得很死的样子，现在倒像是打起了十分的精神出了门。只不过朝四周张望的举动，看上去有点虎头虎脑。

"真是笨蛋！"我缩着脑袋谨慎地盯着他，直到他开始屁颠屁颠地朝远处走去，保持了一段距离后，我才跟上去。

早晨的路上，骑着自行车的走读生们开始陆陆续续地密集起来，拉起了一道秋日里的风景线。青猫稍稍谨慎地躲开路过的自行车，然后拐进了一条平时比较冷清的街道。

我眼尖地跟过去，可就在拐进街道时，青猫已经停在路上，正面直勾勾地盯着我出现的身影。

我心里吓了一跳，瞬间滑稽地转过身，书包就猛地划了一个弧度。"我干吗那么孬！"我咬着牙心想。

"你跟着我干吗！"

被发现了。

背后响起了青猫的责怪声，我停下了脚步。挠挠头，咧开着嘴转过去——

"咦？青猫？你怎么在这里？"

"你跟着我干吗！"

"哎哟哪有哪有！"

"不要装了啦。"青猫像抓住了我的把柄。

"说，说你怎么知道的？"

"你是我姐，我怎么不知道，鬼鬼祟祟的。"

我的脸憋红起来，刚想要反驳什么，几辆自行车就迎面响着车铃骑过来。我往后退了几步，听见青猫喊了一声"姐姐你要迟到了，我先走啦"，接着是一张很丑的鬼脸，咻地一下就跑了起来……

又一阵汹涌的车流涌过，视野开始闪烁起来。良久，拐了又拐，就不知道那个小身影朝哪里蹦进去，消失了。

"这人精到底干吗去了。"我沮丧地往回走。

走了十分钟，学校的上课铃响起来，路上瞬间就变得空荡荡的，视线也能够开阔起来。我这眼皮一抬，就瞄准了河堤对面有一个身影正在沙地上走着……眯起眼睛仔细一瞧，正是青猫。

"还不是被逮到。"我露出幸灾乐祸的笑，大步流星地走过去。

前方是学校附近的荒地区域，过了这片区域，才到达小吃街道较为繁华的地段。

我走在沙地上，秋天的风一吹过来，人不禁有点哆嗦，尘土也飞扬起来。我迈着晃悠悠的脚步，直到看清楚了前面青猫背着的东西后，才渐渐地慢下来……

青猫背着一大箱牛奶，双手还抱着一大叠早晨新闻的报纸，正跟跟跄跄地挪着步，看上去十分吃力，一点一点地往前蹭。

我的心彻底沉下来，停下了脚步。傻傻地呆站在原地，看着青猫的背影，他也停在了一处坑坑洼洼的泥地前，重新托了托背上装牛奶的箱子，做好蹚过去的准备。

"原来是这样，每天才脏兮兮的吧。"

我还责骂他。

我鼻头一酸，吸了吸，忍住了，只剩眼眶发着热。

为了不把报纸弄脏，他双手把报纸高高地举在头上，身体一晃，牛奶瓶就摩擦着发出哐当声。就在青猫笨重的脚开始迈出去，正准备踩向泥浆的时候，我的喉咙一烫，瞬间就喊了起来——

"青猫！"

他的身体一僵，慌张地回过身，看着我露出憋屈的表情，没有了之前的飞扬跋扈，像是做错事情了那样。他手忙脚乱地把报纸放在地上，然后马上交叉着双手，稍低着头，也不说话，像在等我惩罚他。

我面无表情地站在这里，看着他垂头丧气的样子，良久，才试图让喉咙发出声音——

"青猫。"

这次，声音有点发软。他微微嘟着嘴抬起头，委屈地看着我，小声地叫了声，姐姐。

风又吹过来，我才挪动了僵硬的脚，心脏怦怦地跳起来。

"我跟你一起去吧。"

趁着杂草在风吹时发出细微的沙沙声，我说。

[6]

出租屋里，青猫挺直腰跪坐着，双手放在膝盖上，正低着头没有说话。他的面前，就放着我昨晚从他口袋里翻出来的一大卷人民币。

一元，五元，十元还有几张一百元的皱皱地卷在一起。

"好，我承认一直骂你衣服脏说你不懂事是姐姐的错，"我有点不服气地看着青猫，"但是，你老实说你什么时候自己去搞的这些事！"

"你……你不能这样对我的！我可在努力赚钱，又不是在做坏事!"青猫稍稍抬头,不情愿地说。

"不让我知道就不对!为什么要这么做!"

"我不要做累赘!看大家吃方便面我不好受!那天路边书屋里来了个叔叔,看到我问我要不要送报纸!"青猫神气地喊起来。

这样的生活确实艰辛又不容易,听着青猫顿时懂事的话语,一阵心酸。

"青猫,不要装大人。"我吐了口气,语重心长地跟他说,"姐姐生气的原因是你没有告诉我,你知道这样如果被坏人骗了有多可怕吗!"

"姐姐知道你懂事……"我又补充了一句,"好吧,单单指在补贴家用这方面上。钱的问题姐姐和猫田哥哥他们会解决,明天开始你不准去送报纸!"

"我不要!你欺负人!"

青猫一个劲地蹦上来,像要指天誓日地反抗。地板马上就被砸出巨大的响声,嘭——

"我不去我又没事情干!你又不跟我玩!你跟男生跑了不跟我玩!你不要我!"

听着青猫无理取闹的嘶喊声,我翻着白眼,无奈下来:"不,要,吵。姐姐要上课学习,该玩的时候不就跟你玩了吗?怎么又提这个事?烦人,没有不要你!"

"你都不关心我!"

"你要怎样!"

"我不知道!"

"……"

"我不知道！你不准跟那个男生玩！"

"再吵就让你去上学！那个人不是其他人！听我说，姐姐最近心情本来就不太好，你还记得姐姐跟你说过的……那个姐姐原先想要召唤上来的人吗！"

"我不要我不要去上学！"青猫歪起头，眼珠子又猛地一转，"你说那个……谁？阿泽哥哥？"

"嗯，他不认识姐姐了，姐姐怎么会跟他玩呢！"我心里发笑，劝他，"姐姐听你的话，不跟他玩，你以后不要去送报纸了。"

"哼，所以你这几天都不关心我都不在乎我，就是因为那个什么哥哥吗？"

我顿了顿，勉为其难地点头，青猫马上就佯装出一副要哭的表情……

"警告你……不要这样。"我斜眼盯他，一字一顿地说。

"我重要还是阿泽哥哥重要？"他表情依旧是"要哭了我要哭了哦"。

"……你，青猫。"我别扭又沮丧，用手指指了指他的鼻子。

"嘻嘻，没关系，阿泽哥哥不理你，弟弟跟你玩！"

青猫马上转变了嘴脸，破涕为笑，像一只从猎人手中逃脱的红眼兔子。我不屑地低着头，长头发把我的脸埋住了，青猫便把脸凑近我，歪着脑袋朝里头瞄我的脸，撅起屁股："啦啦啦，原谅你啦，姐姐不要难过，他不陪你玩，我陪你玩……"

顺势做了个鬼脸。

我斜起眼："够了？反客为主？乖，不要去送报纸了。不然帮书店打扫卫生还有看店端饮料吧，明天我们跟曹大叔谈下。"

"还剩下六次这个月就结束了，就再送六次吧。"青猫终于静下来提议。

"那姐姐带你一起去吧。这些天早睡，早上早起一个小时。"

"好耶好耶，再发钱了给我买牛奶喝。"欢呼雀跃。

"不是不稀罕姐姐买的吗？你每天不是都背着那么多牛奶吗！喝它们呀！"轮到我无理取闹的样子，跟他开玩笑。

"不要，姐姐给买的才好喝。"他撒娇起来。

"奇怪……说实话，"我好奇地瞅了一眼青猫，"你为什么那么喜欢喝牛奶呢？单纯喜欢很正常，可是每天必须喝三盒才能够睡觉，就有点硬性啦。"

"因为妈妈说，喝牛奶可以长高！"青猫的眼睛瞪圆了起来，炯炯地看向我。

"啊？"

[7]

青猫把我拉到了房间的一面白墙边，自己凑到了墙边，把我的手压放在他的脑勺上。

"姐姐快看，我长高了没有？"他笨重地挥了挥我的手，让我的手指贴向墙上的身高量度标示。仔细一瞧，有红色的签字笔歪歪斜斜地标了几笔变化很小的线条。

他眼睛往上瞟，瞪了瞪，说："快看我长高了一点没有？"

我疑惑地看着他,又一脸狐疑地凑近墙壁:"没有。"

青猫一下子就泄了气,露出难过又沮丧的表情,小嘟起嘴。

"怎么啦,青猫?"

"我没有长高。"

"为什么要长高呢?"

"妈妈说喝牛奶还有跳绳就可以长高……我要快点长大!"

我感觉奇怪,突然想起青猫在房间里跳绳搞得自己无法学习,还制造出噪音影响到楼下书屋的事情,就是爱蹦蹦跳跳,爱跳绳。可是,是为什么呢。

还有,为什么一定要固执地喝牛奶,一天三盒。

"为什么要长高?为什么要快点长大呢?"我摸不着头脑,旁敲侧击。

"因为长高长大了就可以保护姐姐呀!"青猫笑起来天真地看着我,声音软软的。

软软的,一下子,就让我僵在了原地。

我像被打了一记闷棍,就在那一刻,心脏猛烈地反应了……左胸膛里的那个位置,猝不及防地……怦地跳了一下。

重重地,跳动了一下。

因为天真的青猫。

我突然感到难过,因为之前对青猫的责备还有不屑,甚至对他感到失望。我这样对待青猫。

"为什么要保护姐姐呢?"我的眼神柔弱下来。

"听猫田哥哥说,你一直被人家欺负呀,被同学欺负,我要保护姐姐。"

这就是,孩子的天真吗。

"不要听猫田乱说,没人欺负姐姐。"

"骗人,阿泽哥哥都不认识你不记得你了,明明就是欺负你。我不管,我要保护姐姐。"他踮起脚尖,"我要长高!"

谢谢神明,没有了阿泽,但是我有青猫。莫名地,眼睛有点酸涩。

"曾经妈妈让我快点长大,我才不要。"

"人生太无趣太艰难啦,当孩子多好呀,可以一直玩。"

"但是现在不一样啦……第一次想要快点长大,因为这样就可以保护姐姐了。"

"我要当大人啦。"

…………

我的心平静下来,嘴角扯上了欣慰的弧度,把手轻轻地放在了青猫的头上。

"好的青猫,青猫可是大人啦。"我忍了忍吞吞吐吐的语气,咽了咽酸楚的液体,"早点睡觉……明天我们一起去送报纸还有牛奶,然后,再买三盒牛奶给青猫喝。"

"太好了!"

又一次被牛奶忽悠过去的青猫，乖乖地走进了房间。

我的手搭在客厅的开关上，缓慢地一按，客厅里就遁入了黑暗。但是我却循着惯性安心地在一片漆黑中准确地走向了作为卧室的房间。像看不见的默契那般。

仿佛前方的那头有一条路，周遭暗糟糟，那条路却一直都是明亮着的……

又暖又明亮。

[8]

前些天，爱思打来的急切电话里，说要跟我商量事情，所以今天放学后，我带着青猫一同到体育馆看爱思练球。没想到爱思的小腿上却绑着一块渗着黄色药膏的纱布，正一脸怨气地坐在看台等我，旁边坐着王志文。

爱思拉着我的手，脸不红心不跳地扔给了我一枚炸弹："阿绿……靠你了。"

"什么？"

"我们排球队上上个星期不是代表学校参加了市排球比赛吗，初赛一路完美杀到决赛，现在大家不就一直在训练等待决赛的到来吗？可是，你看我！"

爱思把她绑着纱布的脚一搁，青猫马上捂着鼻子哇地一下躲开来。

"小鬼蛋，想死吗！"爱思仰着头俯视青猫，"再躲把姐姐的香脚塞到你嘴里哦……在它没受伤之前，姐姐的脚可是拯救世人的国足。"

"好臭哟……药膏味。"青猫捏住鼻子。

"阿绿,你不知道我当时多疼!"

"就是就是,爱思她咬着牙抓过被单的样子真的好像在生孩子。"爱思的话还没说完,王志文就抢了一句。

我笑起来,随后又一脸疑惑地看着爱思:"我不懂你的意思呢?"

"代替我去比赛,帮学校拿冠军!"爱思眼神诚恳,语气认真。

"天啊!我不要!"我头脑一轰,马上拒绝。

曾经想过,世界上最残酷的事情莫过于让你再经历一次几乎痊愈好的痛苦了吧。

最痛的感受不是你经历过一次从来都没有过的痛苦,而是你经历过那种不堪恐惧之后,你又要再去经历一次。

"最近我在忙着生物社的比赛,马上就要初赛了,我一切都准备就绪了,就在训练演讲技巧了。"我搪塞起来,"而且……我也不会打排球。"

因为已经能够预想自己再次经历的那种煎熬,仿佛坐以待毙甚至是等待被送上断头台的心情,所以再次经历就显得非常难受。结痂的伤口再撕开,没有不流血的。

"算了吧,你是在逃避自己。你以前打过躲避球,非常厉害……还有,还记得上次我们经过排球场,你明明就是另外一副样子呀。阿绿,你明明可以,你就是最佳人选,在逃避什么呢?"

[9]

早知道上次就不应该有那样的反应。

上个月有一天,白昼的天空还是穿着一件蓝色衣裳的时候,我跟爱思在午后经过了一个训练的沙地。

场地的中间用竹竿架着高高的纱网,两边的人便在沙尘中拱起排球,拍过去,再拱起来。我和爱思暂时停了下来,休息片刻,坐在凳子上看她们打球。

"这球不应该这样打的,她都已经扶起来还那么用力,这样球会失去方向的。"我目不转睛地盯着她们出神。

好想再打一次球呀,真怀念。可是,已经很久很久都不碰了。

"看不出你还会打排球?"

"没有,只会看而已,小时候打过躲避球。"我微笑。

"骗人,你明明很厉害的样子。我看出来了。"

"怎么看出来的?"

"你看她们和看排球的眼神,就跟看到裸体肌肉男没有穿裤子一样,又羞涩又惊喜,真的是无法言喻的那种澎湃又跃跃欲试的感觉吧?"

"多想再跟以前一样呀,打一次。"这句话我没有让爱思听到,只在心里说。

我怔怔地看着训练的女生们。

"真的,我看出来啦,你的眼神……"

恍惚中，旁边浮起了爱思的声音。

多想再跟以前一样呀，打一次。
再打一次。

"可是……我害怕，爱思。"

如今的自己，跟男生说话会害怕，浑身不自在。如今的自己，站在排球场的中间，想象着一颗球飞过来，骨头都会颤抖起来。

无法碰，不敢碰。

我恐惧地看着爱思，如果上次是心里有期盼，那是因为还没有到真正需要自己披上盔甲上战场的时候，存在于心里的幻想永远都是美好的，端在现实中的盘子上菜后，一切都会变凉。

"这可是为了学校在战斗，而且你是最好的人选了，你每天也都来看我们训练，我猜你几乎都能够知道每个人的打球招数和优劣了吧？我猜你一定有分析。"爱思笃定。

我点了点头，没有撒谎。真的有。

"可是，我很久……"我语无伦次起来，求救般地看向青猫还有王志文。

"怕什么！有我们在！我们陪你一起训练，给你加油！"爱思握着我的手掌，"算是为了我，也为了荣誉。更是为了你呀。"

"好耶好耶，姐姐去打球啦，姐姐打得可好了！"青猫竟然也起哄起来，让我想起了曾经阿泽的小公主妹妹。

"青猫，相不相信我揍你！"我模仿以前阿泽的口气，跟青猫说，突然又觉得有点难受。

"阿绿，我们都会去支持你的！"王志文竟然也笑起来，托了托鼻梁上的眼镜。

"我……让我想想……"

"怕什么——"

这时，体育生们差不多都已经离开，在体育馆开始寂寥起来的安静中，侧门被哐当一下打开——

"还有我！"

"算上我呀！"

侧门里蹦进来一个人，急躁地捧着一大堆设计资料和纸张，支着灿烂的笑脸，朝我们喊了一声……

是同样还在为梦想奋斗着的猫田。

"当然还有我！"

"怎么可能少我一份！我们都支持你！"

## 第八章　水泽腹坚

[1]

上一次站在球场中央屏住呼吸，已经是很多年前的事了。如今再次开始接受训练，才第一天，沉入水底的窒息感又再次泛了起来。

我还没克服任何心理障碍，就被爱思他们生硬地拉到了排球场的一边，像一枚被投掷的硬币哐当一声落在了空寂的下水道。

"好的，那我们就开始啦，时间紧迫。"教练二话不说，就从篮筐里抓起一颗排球。

我傻愣着站在这边凝视着飞过来的球体，一阵恐惧，顿时双腿发软，在排球擦身而过时，整个人瘫软地歪到了一边。

"咦，你倒是打呀，干吗躲？"对面的教练还算耐心。

咻——

直到第三次球体再飞了过来，我还是颤抖着身子躲开球体后，教练的语气则变得严肃起来。他的声音在我耳边挥之不去："许童绿，你不会是根本就不会打吧？"

"啊？"

我扭过头朝看台上的他们露出求救的眼神。只见他们愣愣地看着我，其中还有爱思焦虑的表情。

"不是……我……我怕……"

原本抱着升到喉咙的满满自信，下定决心进行训练，可完全没想到等站在了球场上，整个人还是无法自控地懦弱下来。腿发软，一见到飞过来的排球就浑身战栗地闪开来。

不能躲，站着。

每次都这样尝试着，试了很久，试了很多次了，直到身体开始畏惧到颤抖，鼻子发酸，似乎仍然无法面对——

自己对打球抱有阴影这件事。

"快站起来接球！"教练变得有点严厉烦躁。

为了更好地达到训练效果，爱思特意请了教练来现场指导，可是现在明显出现了尴尬的状况。他朝我扔球的力道越来越重，最后几乎在蛮力地发泄了。

面对这样惨不忍睹的情形，青猫他们也不知所措，正尴尬地盯着我被对面的球击打着，无能为力。

"哎呀！"渐渐地，他们似乎也开始陡生怨气。一声又一声的责怪在排球场上回旋起来，与此同时，是一颗又一颗猛然飞来的排球。"啊——"终于，源源不断的恐惧使得我尖叫，心里发毛地蹲了下去。

已经不知道是第几次了。

梆！

一声排球砸在地板上发出的爆鸣声，我站在球场中央瞬间抱紧了自己的脑袋，转头便看见教练一张黑沉着的脸。他在发火。

我的脑袋开始一片空白。

咻——

又一颗球凶猛地砸了过去。

…………

"阿绿！你看看你干的好事！都是你要继续打球才会让程奕泽离开的！"

"对对对，都是阿绿害的！"

"害人精！"

"害人精！"

咻——

一颗球凶猛地砸向我的脑袋。

我仿佛又看到了八年前，大优子她们用一颗球凶猛地砸向我，飞向我的脑袋！

——阿绿是个害人精！

那一瞬间，无数的声音涌进我的脑袋，眼前还有一颗因为讨厌我而砸过来的球体！

球体不偏不倚地砸在我的胳膊上，继而弹走。

"啊啊啊啊！"终于，我捂着耳朵蹲了下去。胸腔像被棉絮紧紧地堵住，呼吸失去了所有节拍。

"不是！不是不是！"我惊慌失措地蹲在球场中央，无助又心急地扯出了哭腔。

## 第八章 水泽腹坚

"你到底在干什么！有什么好叫的呀！"教练站在球场的对面，克制着怒火，"爱思！这就是你说的好人选吗！你眼睛怎么看的！她以前真的会打球吗？！再这样下去比赛怎么比？！真是浪费时间，你自己看着办吧，要么今天把她的毛病改掉，不然明天就不要让我来了！不行就换人！"

她以前真的会打球吗。

不行就换人。

我缩着身子抱着头，眼泪在眼眶里不争气地打转，蹲在地上听着教练懊恼的喊声，遁入了死寂。教练从我身边走过去，脚步声渐渐消逝，也听不清爱思跟他说什么了。随后他们从看台上跑下来就围在了我的身边。

"我已经尽力了……"

"爱思，对不起。"我吸着鼻子，头低低地埋着，呜呜咽咽地说。大家陷入了沉默，我闭着眼睛，还是汗津津地低着头，然后感受到几只暖烘烘的手掌搭在了我抖动的肩膀上。大家就都干坐着，都没有说话。

"才没有失败，还没开始呢。"

不知道过去了多久，在我稍微平静下来后，听到了这样的话语。

"阿绿不只是学霸！"原本以为恨铁不成钢的猫田还有爱思会对我丧失信心，没想到耳边却是这样的话语。

"姐姐，快拿这个。"

青猫小心翼翼地往我的臂弯里塞进了一颗排球。他别扭地把头弯下来，偷瞄我埋在臂弯里的脸。

"姐姐不哭。"他用手拨了拨我脸庞上的头发。

"阿绿，你握着排球再感受一下吧，我们慢慢来，或许就能找回以前的感觉了。"猫田说。

或许就能找回以前的感觉了。

我抚摸着球体，眼神柔软地看着它，手指用力又隐忍地握了握它的表面。就在这个时候，我似乎在眼角瞄到侧门那里有个身影正在看着我们……

"哐啷。"

大概发现了我的注意，当我猛地抬起头时，一抹身影碰击到门板就消失了，只留下来回晃动的侧门。

"谁呀？跟做贼一样。"猫田蹙起眉头。

我瞪大眼睛，视网膜里似乎还在反复看着那个背影……

是沃野。

那个后背我在教室里盯了无数次，一眼就能认出是他。原来阿泽也有在注意着我吗，仿佛跟以前一样，也在偷偷地给予我力量？

是我花眼吗。

"阿绿！"

我好像又看到了曾经的阿泽，站在我小学教室的门口，匆忙地喊了一声"阿绿"，就匆匆地跑开了。尽管只有一句名字，没有"加油""努力"还有"你可以"，但我就是知道从他嘴里有力地喊出那么一句"阿绿"到底是什么意思。

他仿佛在说，我会一直支持你。

"阿绿！"

脑海里是阿泽的后背，耳边是当初的那一声呐喊。

虽然现实里只看见，那一扇晃动的门。但我仿佛能感受到那像风一样拂碰在肌肤上的，那柔软又有质感的能量。

源源不断，直到我重新站起来。

[2]

一个半月后，市级高校排球比赛决赛现场，排球飞横过来又被拍打而起的弧线，紧紧地吸引着在场屏住呼吸的观众们。

最后，伴随着对方球员因接力失败而发出的唏嘘，场地里的观众因为广播里的一个声音又陡然沸腾了起来，旗鼓高响——

"城园高中一分！"

"耶耶耶！"

一阵长音高亢地涌动起来。轰轰轰，顿时看台上的观众嘣地站起来极力尖叫，我扭头便看向青猫他们四人正站在内场张牙舞爪地冲我大笑，双手扬着彩带，扭着屁股叫我的名字"阿绿阿绿！面瘫妹面瘫妹！"

王志文还有猫田架住青猫的手臂把他高高地托起来，瞧他被逗得哈哈大笑，挥着小旗帜——

"姐姐加油！姐姐最棒！"

市级运动会的体育馆里，今天是排球运动的战场。

作为市级最后一项运动项目，场地里一片喧嚣。馆内四周插满了色彩鲜艳又跳眼的彩旗，分别标着城园高中还有其他高中的校徽与宣言。广播喇叭每打一分便会播报对抗比数，雄壮欢快的乐曲声会在挥洒汗水之后的休息时间里盘旋在脑袋上。

场地四周坐满了时不时站起来的观众，口号声，欢呼声还有鼓掌声此起彼伏。"城园高中，勇夺第一！"

现在是打到中场的时候，城园高中遥遥领先，休息时间我跑到爱思他们那里，便被他们包围了。

爱思一边塞给我矿泉水，一边帮我擦汗："行呀！今天状态这么棒，中场地被你打得熟络，要命的节奏！"

"要是按这个趋势下去，我们肯定赢啦！"

青猫突然撒娇般的声音尖脆起来："姐姐耶耶……"

我们立即盯着可爱的青猫，他害羞地把手放下来，瞬间小了声音，惹得我们哈哈大笑。

哔——

一声口哨声在喧嚣中挤出来，比赛继续进行。

"阿绿！"

青猫他们四人齐声朝我喊了一声，我扭头，他们握着拳头把手臂扣在胸前，喊着"加油"，再一次投以期盼的眼神给我鼓励。我重重地点着头，抿着嘴抹过额头的汗水，再次跑进了球场中央……

体育馆里安静下来，我们目不转睛地盯着场地对面的对手,开球员喘着气抛起了手中的球,整个人跳上去,猛地击打过来——

再一次战斗,开始了。

"一定要对得起这一个月没日没夜的训练。"

那一瞬间,脑海里突然想起这句话,脚步开始挪动起来,投入到了比赛中……

"啪。"

干脆的拍球声响起来,球员弹跳着把球拱起来,把球体承过来。只见排球在空中划着一条弧线飞过,所有女子球员都盯着它。我咬着牙蹭地一个跳跃,死劲地举着手猛地一扣,排球成功地击拍过去。

咚咚咚!

对方笨重的脚步声,有人为了拱球摔倒在地,另外一个人小心地控制力道,把球承了上去,马上就有人要来跳跃扣打过来了。

纷繁的脚步让我的眼神应接不暇地跑着,就在盯着对方拍打过来的时候,我精准地瞄准了球体的大概方向是在右侧的球网,她想要打擦边球……

没错。

就在我断定方向朝右侧扭头跑过去时,身子弹起来的瞬间,我的余光中看见了挤过人群跑到内场里的……沃野。

是沃野,我看得很清楚。

他越过人群站定,慌慌张张地赶来,正紧张地盯着我,眼神跟我在那一刻匆忙地碰上……他的眼神写着愧疚，仿佛刚赶到现场来看比赛，又笃定地告诉我"加油"。眼神里写着，加油。

碰上了。

一刹那，时间像停止了。只有阿野的身影一帧又一帧地在我瞳孔里跳跃。仿佛电影片里的慢镜头，繁杂退却，周遭无关紧要的背景全然黯淡，全部往后退了下去，视野里只有他的身影呈现出来。我的眼睛死死地盯着他，身体停留在空中轻飘飘，又像失去了重心般悬浮着——

是阿野，他赶来看我的比赛了。

## [3]

一阵强烈的冲击感袭击了身体。

"啊啊啊啊啊啊！"

世界里是一片死寂，紧接着是一片哗然和恐慌，现场马上哄然地喧闹起来。

"阿绿！"

迎面过来的队友与我撞到了一起，我的身体失去方向般斜斜地倒下去，重重地被推挤在球网的标杆上。一个踉跄，我的脑袋撞到了标杆的铁口，一阵闷响。就在摔在地上的瞬间，胳膊像刀割一样划过了铁口的尖端，同时手臂像脱离身体般，钝痛瞬间就布满了我的身体。

顿时，我的袖口里渗出殷红的血来。

一阵尖叫充斥着我的耳朵。

"怎么会这样!"

"快!快快快叫救护车!"

现场一片喧闹,在人群把我围簇得窒息之前,我死命地扭动着脖子看了一眼惊慌失措的沃野。他恐慌地看着我,猛然朝我跑过来。

汗水布满了我的额头,伤口流出混着汗水的血,我哇的一声嘶叫起来,拧着身子,铺天盖地的疼痛侵蚀着我,我眼睛霎时就模糊了。

"救护车在外面!护送阿绿出去呀!"第一次听见爱思崩溃的嘶叫声。

"姐姐!呜呜呜!"是青猫的哭声。

"你们都让开!都死开!不要挤!"是猫田还有王志文的叫骂声。

最后,几近晕厥的世界里只留下最后一个声音,敲击着我的耳膜。声线模糊,但我从那三个字就能辨别出……

是沃野。

"我背她!"


"你们让开,我背她!"

我耳边响彻着急促的脚步声,一定是青猫他们一行人在陪着我。我的头倚靠在沃野的肩膀上,眼睛像被凿出了两个洞,开始失控般汩汩地流出泪水。

不知道是因为痛,还是因为我在意。

之前麻醉并控制自己在教室里不去关注沃野的一举一动，强忍住自己泛滥的爱心，假装开心地用运动逃避自己，一切一切都是因为我在意。

仿佛像是终于找到了一个发泄的契机，终于等到了一个可以表明心情的机会般，把所有情绪都一股脑倾倒出来般，我靠在他的肩膀上，止不住地流泪。

"你我，像星球，遥远地对视，仍交汇。"

我一直都在意，接下来……

不是应该邀我起舞吗。

世界失去了触觉。

第二次对话在沃野的肩膀上诞生。

我终于喃喃地在他肩膀上，无力地说，像在控诉："你为什么……就不认得我了？"

眼泪还在窝囊地流着。

"为什么……就不认得我了。"

## [4]

"沃野要负责，快点记起我们阿绿！"

"再不记起来，我用我的蹄子踢他脑袋！"

"不过终于有交集啦，阿绿，快上！"

"把沃野拿下！"

## 第八章　水泽腹坚

小学三年级的那天傍晚，因为大优子的任务我第一次跟程奕泽有了正式的对话，还一起跳了他妈妈教他的舞，那个傍晚仿佛是只属于我们两个人的秘密。

从那之后的几天，程奕泽在教室里仍然都不跟别人说话，包括我。他还不适应别人的眼光，因为，这个学校身边的人不是对他有敌意的就是对他感到好奇。

程奕泽只是在上课的时候偷偷塞给我他的作业本还有纸条，上面用歪歪斜斜的字体写着"快帮我看对不对"。塞完纸条的程奕泽马上佯装出一副无所事事的样子，眼神晃悠悠地盯向其他地方，双腿摇啊摇的。

有时候，是这样的纸条："你快看老师，他是不是在挖鼻孔？"男生的字总是写得很丑，加上是这样的内容，总是惹得我偷笑。

像做游戏一样，这样的纸条每天都要来来回回塞进对方的臂弯很多次。后来发现，程奕泽的字写得终于有点样子啦。至于他塞给我的纸条我也夹在笔记本里，然后藏在课桌肚里，不让别人发现。

就这样在教室一直假装表面平淡无奇，却在私底下"沉默地对话"。直到两个星期后，才又有了第二次正式的交谈——

那天我刚结束完球训，累得直喘气，才突然想起今天是自己的值日。"惨了，要被老师罚了。"我心里惊呼着跑回教室，校园里的人都走得差不多了，来到教室却发现程奕泽的书包还在。

他的书桌旁边还耷拉着一把扫帚，看来他今天竟然没有早早回家,而是在帮我值日呢。可是,人呢。我把余下的值日工作完成,帮他把书包收拾好,拎着走出了教室,就在这个时候,远远就听到了他耍无赖的喊声。

"我不要留在这里!我不想在这个学校读书!"

"为什么?"好像是他妈妈。

"没有为什么,一千个理由!"

三年级的教室门口是一个封闭的场地,场地旁边有一个后门是可以通到操场后方的草地的,程奕泽和她妈妈就在后门外面拉扯着,妹妹在旁边袖手旁观。

他把整个身体半瘫在地上,妈妈双手扯着他的手臂,半空悬着。程奕泽踢着双腿,哇哇地叫起来。

"你不要无赖,说好要听话留下来的!"穿着正式商务装的妈妈普通话说得字正腔圆。

"妈妈才无赖!没有人跟我做朋友!我不要来这个学校!"程奕泽哭丧着脸,哑了嗓子。

"我有朋友,妈妈,我有朋友哦。"妹妹又在起哄。

我暗自咯咯地笑。

原来还有这一面呀,这是我当时的想法,但是也觉得担心还有紧张。神勇的斗球王子竟然因为"没有朋友"而在大人面前哭起来耍赖,在同学面前可是神气得不行呢。一点都不肯在同龄人面前示弱,在大人面前就变成了纸老虎。

"哎,妈妈,她是哥哥的同桌!"

我拎着程奕泽的书包愣在原地,才发现程佳莹正指着我,发出娃娃音喊我的名字。

"哥哥叫她阿绿,哥哥一直说起她。"

我脸红了。

"还说自己没朋友……妈妈,我都有男朋友,哥哥肯定也有女朋友。"程佳莹幸灾乐祸。

"那位……"

程奕泽的妈妈刚要跟我打招呼,他就轰地一下站起来推搡着妈妈,朝我跑过来。他泪眼婆娑地扯过我手中的书包,把我猛地一拉就跑起来。

"程奕泽,我跟佳莹去买东西就回来,你只能跑到后操场,你自己懂……"

我看着程奕泽的背影,刚慢下脚步想要开口说话,就又被他拉着快跑。身后妈妈的嘱咐声一下子就被抛在了脑后……

"程奕泽,你拉着我干吗!"

"喂……你要把我拉到哪里!"

我终于忍不住叫嚷起来,他就是死死地扯着我的手臂,不肯放手,也不说话。

就一直跑。

[5]

河堤旁,夕阳的余晖在河面上一层又一层地晕开。程奕泽莫名其妙地沉默着,一直盯着河面吹风。

"喂,你倒是说话呀。"我摸摸鼻子。

"你怎么认得我出来的?"

程奕泽一副不情愿的样子,头高高地撇过我恶狠狠地说:"正不想看我呢。"

我觉得好笑,问他:"什么意思,你是指认出哭的人是你?因为……因为我看到你书包还在,知道你还没走呀。"

"揍你哦。"趾高气扬的样子。

"啊?"

"说出去就揍你哦。"他更加孩子气地握起了拳头。

"我不会说看见你哭的啦。"我捂着嘴笑起来,"不过为什么要那样啊?"

"妈妈不带我走,之前说过只是暂时让我和妹妹转来这里的。"

原来,程奕泽的爸爸是香港人,跟妈妈结婚后就一直在广东生活。在程佳莹出生的时候还在芬兰住过几年。因为工作繁忙,妈妈跟爸爸重新到香港做生意,留着程奕泽和妹妹在老家上学呢。不过,妈妈这下回来探家,却说可能她跟爸爸要出国回到芬兰去很久。正在考虑要不要带他和妹妹走。

"我再跟妈妈哭一下,再让程佳莹跟男朋友分手,妈妈还是有带我们走的可能的。"

"如果去就不回来了吗?"

"嗯。"

"那个……为什么要走呀。"我还有点置身事外地问,"这里不是挺好的呀。"

如果是我该多好呀,自己是斗球小子,我也爱打球,大家看我的眼光也都艳羡闪着光亮呢。但是我可能看得太简单了。

"不好玩,大家都不理我,都没朋友。"程奕泽说得有点坚决。

我的眼神跟河面上的光泽一样,莫名变得黯淡。怎么说是因为没有朋友才会想要离开呢,难道真的就没有值得留恋的地方和东西吗……难道就……

我没有再想下去,可是嘴巴却没意识地漏了一些话出来。

"我就不是你朋友吗。"我负气地说。我有点伤心,甚至是,气愤。

空气凝固下来,我们都没有说话,过了一会儿,我才故作轻松地说:"如果走了,我会记得你的啦。"

"啊?"

"你不是问我认得出你来吗,我会记得你的。"

"嗯……"

傍晚的光线爬上了他的脸颊。

"你可以叫我哥哥。"顿了顿,他又说。

为了应付我不是他朋友这件事,就说我可以叫他哥哥吗,好奇怪的逻辑。

"啊?"我不免感到奇怪。

"你可以叫我阿泽哥哥的……"

还没等我反应过来,程奕泽停顿了半天,歪着头作思考状,突然咧开嘴笑起来:"哎,对了,我带你去看个好东西。"

程奕泽拉着我朝河堤的方向赶,仿佛再不加快脚步,下一秒夜晚就要来了。也好像,下一秒他就跟着家人到达芬兰。

夏日里，我们在一株又一株茂盛并拥簇在一起的植物前停下。它们躲藏在学校的后墙角落里，贴在墙上。

"阿绿，你看。"拨开植物外部松软繁茂的绿叶，一开始我还被吓了一下，愣了一秒后，肾上腺素就陡升起来。

有一间小屋子，搁架在枝叶里头。泥土上面还有食物。

"哇，是姆明！"

我惊呼，像发现新大陆般盯着程奕泽，兴奋地几乎说不出话来。里头养着的小动物是芬兰著名卡通《姆明一族》里头的姆明呀。

"嗯，是吗？"他傻傻地摸着头，有点不着边际，"姆明是河马，它是长得像姆明的小仓鼠，胖胖的哟。"

"胖姆明。嗯，不是，是瘦了的姆明。"我乐呵呵地笑起来，眼里发着光地望他。程奕泽总是能给我带来惊喜的玩意，总是带来新世界。

"嘿嘿，你说是就是哦。"

"你养的？"

"嗯，叔叔从芬兰带来的，外婆不让养，我偷偷藏在这里，你喜欢吗？"

我猛点头，仔细地瞅着"姆明"，给它喂食："嗯，喜欢。谢谢你，阿泽，带我看这个。"

"那给你好不好？"

"这个……不大好，太贵了，我爸爸可能不让我养。"我遗憾地说。

"那就是我们的,我们一起养它。你练完球也可以多来看它,我不在你就帮忙喂它,我如果去芬兰不回来了你就……"

程奕泽突然停了下来,让我也莫名其妙地偷偷红了下眼睛,心里隐隐有点难受,像被堵住了。

"我就再把它好好养在身边。"

"嗯!"

程奕泽不假思索地用喉咙应了一声,十分用力,很高兴的样子。大概得知姆明终于有人收养而感到欣慰。

"程奕泽!你在哪里?"这个时候,远处隐隐响起了程佳莹还有妈妈的声音。

"我妈妈来了。"他不情愿地说。

"那明天见吧,作业明天帮你看哦。"

"哦。"程奕泽说完转身跑开,顿了顿,在余晖中转过身朝我挥手。我也挥手,然后他就跑开了。

我盯着他的身影有点发呆,突然又想起了大优子的任务,要问他喜欢什么样的女生。

嗯,明天一定要问他,我心想着,不要忘记了。最后,再转过身匆匆地看了姆明最后一眼,心满意足地回家。

[6]

第二天早上,我出门前还特意检查了一下作业本,生怕还有一些遗漏到时到教室无法更正程奕泽的作业错误。

夏末的清晨,空气变得清爽起来,阳光洒在小脸上的感觉就像花的香味扑在肌肤上。"今天放学还要去看姆明。"背着书包走在路上，我这样愉悦地想着，一满足路途就变短了，转眼就到达了学校——

可我怎么都没想到，程奕泽的桌位是空的。

空荡荡的，一点东西都没有。

"程奕泽走了？"我掏出作业本的时候心里咯噔一下，动作都慢了下来。

果然，一个上午程奕泽都没有出现。这一个上午我也莫名心慌，总是感到怪异，却说不上来是什么感觉，只能一直傻里傻气地朝窗外看，偷偷关注会不会出现程奕泽的身影……

"作业还没让我改呢。"我这样嘟囔着，竟有点失望。

熬到中午的时候，终于听到耳尖的同学在说着什么"斗球小子好像跟妈妈去校务处登记离校了，以后没有躲避球王了"。就在这个空当，高高的天空上嗡嗡地飞过一架飞机，响着蜂鸣声，震得耳膜疼痛。耳膜一痛，我眼睛就泛红了。

"都不愿意来跟我告别。"我盯着天空上的飞机，傻傻地想着，像被程奕泽骗了一样。他果然一点都不留恋。

下午放学后，躲避球训练也总是时不时地分心，聚拢起来的注意力一下子就又变成了被打散的沙。"许童绿你在愣什么呀！"大优子还不知道程奕泽离开这件事，仍然精神饱满地对我咂舌，却不知道我今天就跟丧失了练球的动力一样。

"我想先走了。"这句话刚准备说出口，眼睛的余光便瞥见了一个熟悉的身影在低年级的校区门口……

我猛地把眼光紧跟过去，是程佳莹。

恰巧这个时候，程佳莹也牵着男朋友朝这边走过来，眼神碰到了我。我心生开朗，她却主动地盯着我跑过来了，一路"哎哎，阿绿姐姐"地叫。

程佳莹跑了过来，大优子她们也停下了打球的动作，围观着我们。

"阿绿姐姐，我哥哥因为你不走了呢！"

"啊？"我的心脏漏了一拍，不知要作何反应。

原来是这样，原来不是已经离开了。心里一块石头落了下来，我欣慰地想说些什么，却没想到程佳莹自顾自地说起话来——

"程奕泽因为你不走了。我哥哥说他喜欢你哦，他经常跟妈妈说起你，说你很照顾他哦。"程佳莹开着甜嗓，淘气地说。

这一说，我脸色顿时铁青了，我尴尬地看了一眼大优子，发现她正暗沉着脸盯着我……

死定了，我心想。

[7]

"太好了，阿绿！"

"啊？"

我和大优子留在了没有人的球场上，看着大优子惊喜的脸我感到慌张又莫名其妙，只能愣愣地望着她。

"程奕泽说喜欢你呀，太好了。"

"什么意思?"我不明白。

"这说明程奕泽对你完全放下防备了呀,你让他觉得可靠了。这下你能够更快把任务做好,去问他喜欢什么样的女生。"想不到,大优子露出了一张开心的脸庞,"他对你肯定是说那种'同学般的喜欢'呀,你要抓住机会问哦。"

原来大优子是这样想,我松了一口气。

"不能再拖下去!明天放学就得来跟我说!"

大优子虎视眈眈地朝我抬了抬下巴,吩咐完毕后,就留下我走了。

因为被派了任务所以不得不去跟程奕泽说话,这总让自己感到奇怪。难道自己真的就是因为任务而想靠近他的吗,我不明白。

幸运的是,第二天程奕泽果然又塞完纸条然后佯装出一副无所事事的样子,眼神晃悠悠地盯向其他地方,坐在椅子上搁着双腿摇啊摇的。

"好可惜,妈妈还是不愿意带我走!"

程奕泽应该还不知道程佳莹跟我说了他不走的原因了,传过来的纸条里还假惺惺地跟我诉说着他的伤心。

"你喜欢什么样的女生?"来回聊了几句无关紧要的过后,我脑海里想起大优子居高临下的样子,单枪直入地问程奕泽——

"别人问的。"我想了想,还是加上了这么一句。

纸条塞过去的瞬间,我羞赧地低下了头,我觉得耳根发烫。尽管是大优子的任务,但我还是觉得有点难为情,这样一点都不淑女。

接下来是漫长的等待。一秒,两秒,十秒过去了,时间都在变得漫长,可是程奕泽还捧着脸傻傻地盯着纸条,没有动笔。

"你不要想太多哦,别人问的。"

我的头扭向另外一边不去看他,手肘胡乱捅了捅他的手臂,又塞给了他一张,然后又是漫长的等待。

突然,我的胳膊被他推了一下,我惊慌地颤了下,利索地收了他递过来的纸条。

我的手颤巍巍地握着它,小心翼翼地把它摊平了,熟悉的字体便赫然地跑进眼睛……

我盯着纸条,盯了很久,心里是说不出的滋味。

窸窸窣窣地,马上再把它收好。

折叠。

再折叠。

放进课桌肚里。

[8]

短头发,不是我的样子。

爱穿牛仔裤,不是我的样子。

总是被大家围着,不是我的样子。

安静,不争强好胜,不能爱当球队队长,也不是我的样子。

莫名其妙地,心里感到落寞。原来程佳莹是骗我的,或者说,就跟大优子说的一样,程奕泽对我是跟同学那般的"喜欢"。

当天放学后,我在球场上阴着脸偷偷把纸条交给了大优子。

因为大优子说要有证据，强迫着我把纸条交出来了。

她看着纸条，脸上露出了难以掩饰的喜悦，看了一遍又一遍，因为上面几乎写得就是——

类似大优子的模样。

"嘻嘻。"

大优子偷偷窃喜起来，察觉到我的存在后忽而又变回了一张严肃的脸，歪着头："不喜欢争强好胜，不能爱当队长，嗯……"

"那我先走了呀。"我还在发愣的瞬间，正准备跟大优子告别，就听见大优子一嗓子把我叫住了。

"阿绿！"

我小小地打了个激灵，不知所措地看向大优子，只见她诚恳地盯着我，双手搭在了我的肩上："阿绿，你这次做得很好，你一直以来不是都希望把球打好吗……你想不想当我们魔鬼少女队的队长？"

"……"

"其实我也当腻了，为了奖励你，不如我把我的位置让出来给你当如何？"

"啊？"

我突然间呆若木鸡，这一直以来就是我的愿望不是吗。但是我一时又还无法接受这么快的馈赠。

"你不用担心。"大优子对我的态度变得史无前例地照顾，"我来举办一次换届比赛，谁打赢我就能当上新队长，到时我假装被你打败就好啦。"

## 第八章 水泽腹坚

"真的……真的这样吗?"我支支吾吾,还无法理清大优子到底为什么要这么做。

"集合!!!"一声吆喝,在我还没反应过来之际,大优子就利落地转过身,朝球场上喊了起来。

大家都聚拢过来了。大优子正色,用力地咳了一下,接着就十分匆促地宣布了队长换届的比赛通知。

"……下个星期,我们就举行我们少女队的队长换届比赛。"

"大家私底下好好训练,争取打过我。"

"拿出你们最好的实力。"

跑进耳朵的声音越来越小,像被过滤般失去了本质,我站在队员里头,都不敢看大优子和大家。

一场匆忙的恩赐似乎马上就要降临到自己身上,但却因为知道了背后的秘密,心里越发忐忑起来。

乓乓,乓乓——

学校操场后面的水泥墙上,因为躲避球的冲撞而发出沉闷的声音。

从那一天起,每一天放学后,我就自己一个人孤零零地拿着躲避球对着操场后墙击打,一遍又一遍,像个笨蛋。一方面自己因为能够当上队长而开心,一方面又因为自己还没有达到那个水平而心烦意乱,最终导致自己越想越怄气,带着一丝斗志般独自练习。

今天放学前,不知道什么人透露了风声让程奕泽知道了这件事，他在临近下课的时候塞给了我一张纸条："听说你们队长要换人了吗，你一定要当上哦。"

烦死了。不喜欢别人当队长，还祝福我当上。

我撇着嘴盯着纸条，第一次没有回复程奕泽，绑了绑鞋带就跑去练习——"既然要当队长了就不能打得太差"，带着这样的斗志，开始训练下去。直到太阳下山我训练完毕了回去收拾书包，教室里早已经空空，果然已经没有什么人在了。

"阿绿！"

这个时候，突如其来的动静让我在宽敞的教室里吓了一跳。我慌忙地循着声源望去，只见程奕泽逮住机会站在门口匆忙地朝我喊了一声名字，其他什么也没说，就匆匆地跑开了。

他特意等我练习回来，逮到没有人的时候什么都没说只是跟我喊了一声名字，真是莫名其妙。

我憋屈地看着他的背影，最后却还是笑了。心里发甜。

尽管没有"加油""努力"，但我知道从阿泽他嘴里喊出那么一句"阿绿"到底是什么意思。真是笨蛋。

接着，我才收拾书包，趁着天色还没完全暗下来离开。就这样每天重复，时间过得飞快，一个星期很快过去，比赛马上就到来了。

## [9]

"比赛开始！"

一声口令过后，我们的书包往沙地外一搁，比赛就紧迫地开始了。没有观众,没有喝彩声,这一次是队员们自己的比赛,大家只有沉默和紧张。

"唉!"

果不其然,比我先上场的队员们都惨败给大优子,期间,我还看到了大优子眼神复杂地朝我看了一眼,像在跟我打招呼。

"阿绿,加油吧。"

轮到我上场了,我把手中的球一个又一个吃力地发出去,再猛烈地躲开大优子强有劲的冲击。扑通,摔倒在地,还没有喊疼的空当,就得马上咬着牙横着心站起来,再一次激烈地抵抗着大优子熟练的发球。

十几分钟过去后,豆大的汗珠就从额头里渗出来。

"怎么样,阿绿,还继续打不?"大优子向我挤挤眉,暗示我她先打赢我然后让我反败为胜。

"为什么不敢!"我的声音颤抖着,仿佛第一次想要反抗大优子的压迫,实际上心里发虚得慌。

咻——

一个弧线,球体再次飞了过来。我猛地跳起来,闪着身体的瞬间,眼角瞄到了从远处跑来的程奕泽。

"阿绿!"

我心虚地看见了程奕泽。

他根本不知道我和大优子的秘密,像错过了时间般赶过来看我比赛,他一边喊着我的名字,一边担心地看着我……我的头一扭,身子一斜,眼睛紧紧地盯着他,就像时间定格了一样,身体都失去了控制。

终于,一个踉跄,就在我着地的时候脚尖一拐,身体斜斜地朝旁边栽倒了下去……一声闷响过后,我摔在了地上滚了一下。瞬间,小腿处被场地外的大沙石磕出了几道血印。

细沙沾进破皮的皮肤里,血肉模糊,轻轻一吹就生疼。

"啊,没事吧?"

"怎么会这样?"大优子心急又有点后悔地盯着我的小腿。只见程奕泽气得胸腔起伏,也没有说话,眼睛里都是火。他紧紧地握着拳头,激动得手都颤抖起来了。

我尝试着站起来,脚一拐,又倾斜地歪下去。程奕泽扶过来,弯着身子,只说了一句话:"我背你,快点上来!"

程奕泽想要背我去医务室。我疼得不行,咬着下嘴唇眯起眼睛,犹豫着还是趴在了他的背上。

程奕泽踉跄着,用力地把我往上托了托,学着大人的样子背着我离开……留下了目瞪口呆的大优子。

# 第九章　东风解冻

[1]

窗外是入秋后的第一场雨。

水滴从窗户的缝隙里挤进来,滴答作响,雨水还在拍打着窗户,使得透明玻璃外的世界蜿蜒又浑浊。

瘪小的医务室里闷不透气,我迷糊地睁开眼睛,才发现青猫他们一行人正坐在长凳上互相倚着睡觉。

"别睡了,阿绿醒了。"猫田听见我翻身的声音,撞了下爱思的胳膊,大家一下子都醒了,哄闹地围了过来。

"小祖宗,吓死我了,你差点骨折!"爱思蹦过来瞅我的手肘。

"我去给你倒杯水。"王志文跑出了屋。

我迷迷糊糊地看着大家,发现好像哪里不对劲,晃了晃脑袋:"沃野……沃野人呢,为什么不在这里?"

没有看到沃野的身影,我心里咯噔一下,难道这一切只是我的臆想吗,沃野背着我离开比赛场地是真的吗?

"你虽然胳膊割破加上脑震荡也还不犯糊嘛!看你满脑肥肠里塞的都是那个忘记你的事儿狗!"猫田重重坐在床边,没好气地瞪我。

"他有没有说什么？你们有没有给他什么暗示？"原来是真的。

"许童绿，做人不要犯贱！"

"你先别激动嘛你。沃野陪了一会儿，然后赶回你们教室去出黑板报了。听说只有他一个人包揽，这人笑起来也是爽朗，看起来确实挺乐于助人的。所以你也不要想太多，就是纯粹爱心泛滥背了你一程，用不着以身相许……"爱思做出无奈的表情，"虽然你们以前是旧相好。"

"这人什么东西呀，认不出你搞得你那么神经兮兮就算了。好不容易让你把心思放在比赛上，偏偏就在你打球的时候跟赶着投胎一样挤到内场，看把你给吓得摔个狗吃屎……这下好了吧！事儿狗！"

"这下好了吧，事儿狗。"青猫咧着嘴嬉笑盈盈地迎合着，现在倒像跟猫田近乎了。

"青猫，不要乱说话。"我瞪他。

"就专门召唤出来害人，青猫你说是吧？"猫田揽过青猫的肩膀。

"就是就是呀。"青猫乖巧地点头。

"还让我们青猫被误召唤出来受难，我们青猫可是想死了算了的英雄，才不想复活过来呢，冤枉。"

"就是就是呀。"

"青猫你再乱附和我就把你塞回池塘的泥巴里！"我说。这个时候，王志文端着水进来，我接过水的片刻安静了下来。

"我说,阿绿你是何苦呢……"爱思正襟危坐,"总是这么心不在焉,看见他就摔成这样,我说你干脆直接去找他吧,把事给摊开了说。"

我握着杯子,缓缓转动着,也不知道该看哪里。

"好主意!我觉得这样也行,做人再矫情拧巴下去都快成精了,你就直接跟他说你是他曾经的祝英台,好不容易蜕变成如今的野蝴蝶他怎么就跟智障儿童一样失去了记忆。"

猫田一直都不太喜欢沃野,大概也是对我的懦弱感到气愤却没有矛头可以所指,只能投向无辜的阿野吧。

我抬了抬受伤的手臂,望了一眼窗外模糊的景象,心想等到太阳出来天空逐渐晴朗,那个看不清的焦点应该会越发变得清晰,因而一派祥和的吧。

"医生说你伤势不重,估计也是太累,神经太紧绷了。今天周末,他现在也是一个人在教室,趁这个机会把事给摊了吧。"

我突然想起来,眉头紧皱:"对了,比赛怎么样了,接下来呢……"

大家的表情开始变得严肃,突然间大家都不说话了。还是依稀只有窗边雨水的滴答声。

"输掉了。"

良久,王志文应了一声。

[2]

"再热血一次。"

第一次在心里响起这句话时，是最开始训练的第一天。

在学校的足球场里，夏末最后一片苍绿的草地，褪掉了绿油油的外衣，仿佛被最后一次雷雨洗得发白。

在黑炭跑道上跑步的我，晃动的视觉里，是美好的世界——

爱思拖着暂时坏掉的右腿，打着哈欠神神道道。捧着书籍在草地上背诵课文的王志文，手指伸到眼镜镜片后面揉眼睛。对着飞机模型捣鼓的青猫双手拱在脖子后，泄气地朝地上一躺。举起铅笔在眼前比画的猫田，灵感来袭朝自己的素描本添上几笔流苏的线条。

他们就恍若黑夜中央的星星，在我的瞳孔中发着光芒——

陪伴着我度过意志艰难的彼端，在我身边，让我的身体注入力量。

"不要盯着我们看！"爱思眼尖地叫起来。

"学霸快跑！"王志文比画一个戳我后背的手势。

"姐姐加把劲！"青猫举起自己的飞机模型原地蹦起来，露出了自己的肚脐。

"想象你被别人追杀，快跑呀！"猫田浮夸地大摆着手。

天还没亮大家就开始陪着我进行体能训练，督促我在跑道上跑了一圈又一圈。每当喘着粗气慢下来的时候，就马上会有喋喋不休的叫喊声——

"许童绿！跑这么慢早被敌人一刀捅死了！慢狗！"

"注意言辞，不要恶意中伤！"

"不要废话!"四人马上齐刷刷地站起来,不苟言笑,真是一群站着说话不腰疼的家伙。

硬着头皮开始了一圈一圈的征程,早晨的阳光渐渐热辣起来。

一、二、一、二……

迎着风,心里默念着数字,脚下的跑步声便一环又一环地在耳畔回荡着。十分钟,二十分钟,时间一分一秒地过去,直到我喘着粗气停下,汗水从脸上拼命地渗出来,脸颊上也开始沾着潮湿的发梢。

扭过头的时候,才发现那天起得太早,四个人已经强打不起精神,纷纷倒在草地上睡着了,张牙舞爪地挤在一起——

是困倦也坚持陪伴在我身边的守候。

我被教练训斥的那天,体育馆里的白炽灯燃烧了整个夜晚。那天晚上大家并没有睡觉,通宵地度过了在球场的一个晚上。

猫田还有王志文一直传递着球体轻轻地抛向我,让我慢慢练习拍打还有拱球,不急不缓地让我重拾以前的感觉。青猫一直在捡球,屁颠屁颠地把球捡回篮筐里。爱思拖着腿着急地在旁边指手画脚地帮忙出主意……

打到累了就一行人趴在体育馆外的栏杆上望着天上疾走的云朵,偶尔浅浅地瞌睡,再接着起来练习。时间一点一点地过去,直到第二天的清晨,太阳高高地挂在了天空上。

火辣火辣,像把我的身体在青春里炙烤出火光。

"再热血一次。"

仿佛不是自己一个人的事情，不是自己一个人的战争，所以心里才会一直陡生起"再热血一次"的念头。

接下来的每一天便是周而复始的练习，直到一个星期后能加入群体里的练习，身边也总有四个寸步不离的人守候着。

每天太阳一升起便开始了一天战胜自我的征程。

那么多的汗水本以为会是成功的标志，最后却还是辜负了日日夜夜的付出和辛劳。

## [3]

我们从医院里出来，返程回校，夜幕已经降临了。

外面的天空仍然滂沱大雨，秋雨倍凉。校门口，大家一番告别之后，我略沮丧地撑着伞，朝学校里走去。雨中，背后响起了爱思他们的声音——

"阿绿！"

我顿了顿，停下脚步，世界里都是沙沙的雨声。我回头看见他们还撑着伞站在原地，巴士从他们身后呼的一声驰开……

被雨水淹没的世界，雨声像会说话。

"让那个混蛋记起你。"听不清是谁的声音。

一阵风刮过来，雨斜斜地飞舞着，让人不禁拉了拉领口。可是，还是有一股暖流从脚底一丝一丝地爬上来，溜进了心脏。

我微笑着重新走进雨中的校园。抬头愣愣地看着教学楼的方向，仿佛视线能够穿越建筑物，看见教室里正在抹着水彩的沃野。

…………

走着走着，我便跑起来了。

"等等我。"心里的声音伴着雨声，落向了大地。

秋日的植物在雨水中颤抖，校道远处高大的树木在铅色天空下泛着模糊的光影。雨花在脚底下飞溅，很快就湿了裤脚。转眼间，我终于跑进了安静的教学楼，气喘吁吁地登上了楼梯，朝教室的方向赶去。

整幢楼只有那间教室明亮着，像是充满了真相。

沙沙沙，下雨的声音就在世界里回旋。

转眼已经心急地跑上了走廊，我大步流星地推开教室的门，霎时，里头的身影警惕般地回头盯着我……

定睛一看，正是沃野。

多像相望的两颗星球，终于开始在寥渺的宇宙里走上了同一条轨道——

我刚想唤他"程奕泽"，突然却如鲠在喉。

"阿绿？你怎么会来，你的手臂还好吗？"

像是会说话的笑，像是会说话的眼睛，没有特别好看的五官，却是这样爽朗的他。

"沃野……"

"你好，两个人单独第二次见面，请多多关照哟。"

"……才不止第二次。"

"啊？"

才不是只有第二次见面，也不是只有第二次交谈，都不是。

"我说，谢……谢谢你背我去医务室。"我低下头，想象着自己右手绑着纱布站在他面前很蠢的样子，又紧张地开始拧起我的衣角。

"你刚才好像不是这样说的哦，你说我们不止第二次见面，我听得很清楚。"他放下了手中的彩笔，微笑起来。

真糟糕。

"那你还问……"我不知所措，莫名顶了一句。

"看来你也不是那么不苟言笑嘛，一直想找机会跟你说话，可是看你在教室里都是一副不爱跟别人交流的样子，总是低着头……这是不好的哦。"

我的眼睛陡然瞪大了起来，抬起头望着他，心生感激。"一直想找机会跟你说话"，他其实一直想跟我说话吗？

"还不是因为你……"我怎么就又不受控制地说出这种话来。

"啊？"

"不不……不，没没什么。我紧张。"

"我又听得很清楚哦，你说都是因为我，为什么呢？"他笑起来了。

真是个直肠子的家伙。

是的，为什么呢，该到摊牌的时候了吗？脑袋里还在组织着句子，就听见沃野擅自说了起来——

"今天想起你好像有代表学校去参加比赛，我就赶了过去，没想到还是已经到中场了。上次体育课我看见你一个人在东门角那里排练，很认真。你好像都不爱跟别人说话的样子，总是低着头。"

"……"

"再上次有同学问了你前桌一道等差数列题，你前桌不会，你也没有说话只是很认真地把演算答案写在纸上交给了你前桌是吧，我看到了……"沃野见我愣在一旁，顿了顿，"阿绿？"

"我喜欢你，你认得我吗？"

"啊？"

"没，没……没什么，我没说什么，啊，我也不知道。"紧张就语无伦次的毛病什么时候才能改过来呢。

"这次我真的听不清楚了。"

缓过来后，听到这样的对话我好像有点泄气。

"……"

"不过，你……为什么说我们不止第二次见面？"

后脑勺像是被打了一记，我的身子往前一晃，我极力呼了一口气，又把胸腔平复下去。

"还记得我刚转校来的时候，我和你在讲台上那天你好像问过我……是不是记得你？是吗，还是我听错了？"

原来真的听出来了，好像总是听到不该听的东西。

"……"

"你以前就认识我了吗？"

空气凝固，时间停止了。

耳蜗似乎只剩下心脏传达给听觉神经的声响，扑通扑通。全世界，只剩下这个声音。扑，通，扑，通。

胸膛痛起来，迅速被说不出的情愫堵住了。

堵住了。

勇敢一次吧，涨潮起来的沙滩再退却下去，沙地上就被海水席卷一空，什么都没有了。就像现在的语言，再不说出去，等到脑袋空白的那一刻，就被恐慌席卷得荡然无存。

你已经死去，你原名叫程奕泽，你失去了记忆，我失去了你。

…………

却说不出口——

"你也没有说话只是很认真地把演算答案写在纸上交给了你前桌是吧。"脑袋突然以最快的速度回响起刚才阿野那席话。

"没有说话""纸上""交给"。

对了，日记本，我有写满过往的日记本！

"这个！这个……"我慌张地看着他，手忙脚乱，"给你这个。"

我失魂落魄地把胳膊上的书包搁下来，笨拙地往里头摸索着，慌乱中终于碰到了那本日记本。最后一次记录停留在八年前的日记本，它正陈旧地躺在我每日更新的生活里。

我走向他，缓缓地掏出书包里的那本日记，晦涩地伸出手去……

"啪！"

伴随着一阵急促的脚步声，教室门被粗暴地撞开，发出一声刺耳的声响。我停下了手中的动作，跟沃野一起回头看向教室门，还来不及反应过来就被喊声给蒙住了。

"姐姐！出事了！"

是青猫。青猫嘶喊着，迅疾地朝我跑过来。他全身湿透了，头发湿答答地耷拉着，一脸惶恐。

"什么？"

"姐姐快跟我走！"

青猫跑过来把我一扯，心急如焚地推着我。

"啊，青猫，到底怎么了⋯⋯"

"阿绿，你刚才跟我说到一半的，你到底想说什么，我们到底是不是见过？我⋯⋯"

"来不及了！姐姐！"青猫推搡着我，怒指着沃野吼起来，"讨厌鬼，走开啦！"

"弟弟，你先冷静一下，不要急！先让姐姐把话说完！"

"生活处处是危机，人生没有那么多时间可以浪费！死到临头容不得你质疑，再慢一点下一步的人生就错了！"青猫语气飞快。

⋯⋯沃野明显是被青猫如此老成的话语惊吓到，一时语塞说不出话来了。

"不要在意，他说话就是这样，这个⋯⋯"我拱起书包，把手朝里头慌乱地翻着，扯出来。

给你。

"走啦姐姐！"

哐当。

青猫拉扯着我的手臂，书包还有里头的课本包括那本日记全部狼狈地掉落到了地上……与此同时，青猫竭尽全力地扯开嗓门，抗议般地朝着我大叫了一声——

"家里着火了！火灾！"

我这才瞪大了眼睛意识到事态的严重。一时顾不上其他，马上牵着青猫的手一起跑出了教室，冲向了雨中。

## [4]

我搂着受伤的手臂，惊慌地跟青猫跑回家，一路跌跌撞撞。

明明学校到出租房只有那么一点距离，却像跑不完。我的胃像在灼烧，这是我经历过的前所未有的惊慌。

"怎么办怎么办，青猫怎么办！"我惊慌失措地喊着青猫的名字。

"姐姐不要慌！"

我们两人心急如焚地一路踉跄着跑回了书屋，一冲进去我就朝书屋老板大叫"发生什么事了发生什么事了"，随即二话不说蹦上了二楼。客厅里没有起火，我冷静地跑进厕所间提起水桶，猛然冲到卧室里就是一泼……

床铺和被子就湿了。

可是，卧室也没有任何起火痕迹。我提着水桶，一时傻了眼，几秒钟过去后，我才像发现了什么端倪。这根本没有火灾的迹象，怎么回事？

恍然得知这一切都只是恶作剧后，我一声怒吼："青猫！"

## 第九章 东风解冻

我气愤得全身都在颤抖,紧紧地握起拳头,下嘴唇都咬得生疼。我不受控地扳过身瞪他,发现他站在客厅中间,双手交叉着,撇着嘴一脸愧疚又无辜的模样。

让人恼怒。

"你那是什么表情!啊,你那是什么表情!"我握紧拳头,克制住家暴的冲动。

"……"

"你是不是想死!青猫!为什么恶作剧!你知道姐姐多担心吗!还有……"

我抿了下用力过度而发白的嘴唇,深深地埋下头,感到发自内心的失望。还有……差一点就把日记本给沃野了,差一点就能让他知道自己是谁,差一点就找回了曾经的记忆。

原来很多事情都只是一步之遥却怎么也迈不过去。真实与虚幻,绝望与希冀,真相与隐瞒。就差那么一点点。

"真是无理取闹,真是无理取闹你知不知道!"

"……对不起。"青猫认错,像要哭出来。

"你让姐姐很失望!为什么要这么做!这很好玩吗!你知道姐姐在跟阿泽哥哥谈事情吗!你明明知道为什么还这样恶作剧!你知不知道你这样做姐姐很伤心!你说话!不要当听不见!"

我胸腔越发起伏起来,骂骂咧咧,恶狠狠地盯着他。只见青猫傻站在原地,表情越发委屈,也不说话。

"你说!"我甩开水桶,跑过去就把他扯过来,死命摇晃,"为什么要这么做!"

这是我第一次如此凶狠地对待青猫,像是完全失去了理智。

拉扯的过程中,青猫的表情一点一点地扭曲起来,终于,他五官拧在一起,哇的一下就哭出来了。

"呜呜呜,姐姐讨厌,欺负我,呜呜呜。"

他把手臂挡在眼前,整张脸都憋红着,一下子眼泪就流了满脸。

"快说!哭也没用!你以为这样就可以原谅你吗!你知道自己做错了什么事吗!"

"我就不!呜呜呜……"突然,青猫喊破了喉咙般,呜呜咽咽,声音听着让人感到发慌,心生凄凉。

"我就不道歉!怎么样呜呜呜!姐姐讨厌!就因为他是什么阿泽哥哥就很了不起吗!就因为没有让他知道他就是被召唤上来的那个事儿狗就这样对我吗!嗯……姐姐干吗把我召唤上来,干脆不要让我上来呀……"

青猫的声线跌下去,逐渐减弱到只剩哭声。

"……"

我说不出话来,我因为胃部一片灼热而弯着腰,身体也感到焦灼,像站在盛夏的街道上被太阳炙烤得躯壳发黑发臭。

"本以为你懂事,你却学坏了,无理取闹。咄咄逼人,还随便学猫田骂阿泽是事儿狗。"我吸着鼻子平静地说。

"怎样怎样怎样!呜呜呜,我就是讨厌他!我就是不想姐姐让他知道他就是阿泽!怎样!"

"你再说你再说!"

我再也控制不住压抑的情绪，激烈地拍打他的手臂，青猫一边躲着我一边别扭地哭喊着。手臂过于用力，我右胳膊上的纱布开始渗出殷红的血来……很疼，比之更疼的还有——

原来要跟一个弟弟相处好这么难。真让人感到心力交瘁又无能为力，甚至都带上了恨铁不成钢的怨念。

"你根本就只有阿泽，没有理我这个弟弟！我就是讨厌那个事儿狗！事儿狗事儿狗！"

突然，青猫的一句话让我停下了手中的动作，感到羞耻。

"所以你就是因为这个才恶作剧吗！"

"呜呜呜，我是被错召唤上来的那一个，他如果知道自己是阿泽，姐姐就一定只会在意他，不会要我了……"此时此刻，青猫的喉咙已经哑掉了，他索性把手臂放下来，满脸鼻涕泪水地抗议。

"不是这样的，青猫，你怎么会想那么多。"我的心突然平静下来，无所适从，慌忙解释道。忽然不知道我到底该怎么做了，到底该不该教训他。

"你就是你就是你明显就是！"青猫声声抗议。

"……"

房间里只听见我粗重的喘气声还有青猫的哽咽。一阵又一阵，让我整颗心都冰冷了下来。

"青猫？"良久，我轻轻唤他。刚释怀的瞬间，本以为青猫哭着哭着就冷静了下来，没想到他无神地站在原地。

他在愣。

青猫吸了吸鼻子,想起了什么般,自言自语:"我是累赘……"

"青猫!"

"我就是累赘!!!呜!"

嘣的一声,青猫嘶叫着就像只逃窜的猫咪一样转眼朝楼下跳去……

"青猫……"我呆若木鸡,两眼发直。

"青猫……回来。"

瘆人的声音像冲出喉咙,一层层地从屋子里的每个角落里升起来。

慢慢地,胸腔又剧烈地起伏起来,一团又一团冰凉的气体吸进去填满了心脏,呼吸瞬间就变得急促又杂乱。

"回来!!!!!——"

砰——

我转眼就朝楼下追了下去。全身的气力汇合到身体里的泪腺,眼角开始汩汩地淌出泪水来。一股又一股。

感受不到胳膊处从肌肤里层流出血液的那种痛,只是此刻有一种恐惧铺天盖地地袭来,洞穿了身体……

[5]

"青猫!"

下雨的夜晚已经是让人微微战栗的冰寒。漫过脸颊还有皮肤的那些雨珠透着寒气,像被吸收般拢入了体内。

"青猫!"

我失魂落魄地乱跑,拐进学校附近一条又一条的街道,竭力地喊着,头发湿透地揪成一瓣一瓣,狼狈地黏在脸上。

"听到姐姐的话出来!青猫!"

眼前一片漆黑,我站在街道中间,感到前所未有的伤心。

"青猫……呜呜呜。"

终于,我哭出声音来了。

"对不起。"

我双手捂着眼睛,恐惧地哭起来。停在原地像个路边的塑料袋,任由黑夜席卷侵蚀。

"你能去哪里,你这个笨蛋你能去哪里。"不知道哭了多久,直到感到全身都没有了气力……脑海里闪过青猫傻笑的脸还有犯错时委屈的脸,就强制自己振作起来。

"一定……要找到。"

一定要回来。

我深吸了一口气,马上就呛到了喉咙里。再朝远处跑去,直到几乎寻找过了所有的街道。未果,扭头跑到学校里去,再找。

我一声声地嘶喊他的名字,在校道上困倦地跑着,突然心脏感到一阵绞痛。我半蹲着用手扶着胸口,喘着气,开始感到无能为力。

"阿绿!"

就在这个时候,背后响起了两个声音。我弓着身子转过身,看到爱思还有猫田撑着伞的身影时,泪水就又止不住地往下掉。

"面瘫妹你这是干吗?!"

"天啊你怎么这副死德行!"

爱思和猫田跑过来扶住我,我顿时像打开了泪腺的开关,哇的一声就崩溃了。"青猫不见了!青猫他跑走了!"我呜呜咽咽地说,快要动弹不得了。

"啊,怎么回事?我和猫田刚想要去你家看下你的手臂好点没,结果看二楼灯没亮就来学校了,以为你还在教室,可是怎么淋成这样……"爱思看了眼我的胳膊,"靠,你这血流得跟不用钱一样的!"

"青猫出走了!"我哭着倚在爱思肩上,她也没躲。

"阿绿你先冷静,青猫去不了多远的,能去哪里呢?"

听猫田这么一说,我突然愣了一下,心有不甘:"……池塘,会不会去池塘了?那家伙是不是想要死回泥巴里!我去池塘找!"

"你都这样了还怎么找!"猫田厉声说,"我和爱思先带你回家里,你擦干身体好好休息睡觉,我们去池塘找,一定会帮你找到。"

"是的,你别慌,青猫的腿就那么短!"

"他跑很快!"我吸着鼻子,眼神望向远处模糊的天际,想起青猫被召唤上来的第一天,拉着我去找爱思的样子。他跑在前面扯着我,像要飞起来。还有很多次扯着我的手回家的时候,也像要飞起来。可是青猫现在飞到其他地方,离家出走了。

"好了啦!"

猫田和爱思安慰着我，立即搀扶着我，朝家的方向走去。眼前又被雨水淹没了视线，直到看到了校园门口的灯光还有书屋二楼赫然亮起来的窗口……

亮着。

于瞳孔中浮出水面般，明晃晃地亮着。是寒夜里暖烘烘的家。

"青猫回去了！"

我欣喜地朝猫田和爱思笑起来，一拐一拐地加快了脚步，很快就赶到了楼下。

我沿着扶手，一边抹过脸上的鼻涕还有雨珠，一边咯噔着跑上去……

"青猫！"

我喜笑颜开地看向他，声音里藏不住高兴的情绪，突然整个人就僵死在了原地。随即，身后是猫田还有爱思两个人的窃笑声。

客厅里，青猫盘着腿，头上正裹着一条大毛巾，跟旁边的沃野一起坐在笔记本电脑前，两人握着游戏手柄，正失控地抖动着身体。估计到了游戏的高潮阶段，他们还不舍得扭头过来看我一眼。

"哎呀！又赢了！耶耶！"青猫拍起了双手。

"青猫真棒呀！"沃野把手亲切地揽在了青猫肩上。

我的拳头瞬间就握紧了起来。

"青猫！"

良久，青猫才像从梦境里走出来，懒散又不屑地盯着我：

"……嗯?"

"……"

"干吗?"

猫田还有爱思的笑声明显大了起来,声声像在嘲笑我的自作多情还有寻找青猫时崩溃的嘴脸,包括雨水冲刷在脸上时那副又丑又狼狈的样子。

一辈子估计只有一次。

嘻嘻。

刺耳的笑声也像是我内心深处暗涌般的自我嘲讽——你到底是怎么死的,才会拥有这样的死德性!

## [6]

"哈哈哈哈,救命,被点了笑穴停不下来!"

"看阿绿你那张绿得发紫的茄子脸真是好好笑哦!"

"你们说,有这样的弟弟很累人吧?"

"不会呀,让生活有了惊喜,哈哈。"

"拜拜。"

大概四十分钟前,青猫跑出家时,不知道在哪里恰巧碰到了沃野,也不知道怎么被沃野蛊惑着就被带回了家。并且认定我找累了就会乖乖回来,所以索性就在家里玩起了游戏。

"姐姐,你怎么啦?"

晚上,猫田和爱思等我洗完澡,重新帮我包扎完伤口后就先行离开了。此刻,我盘坐在茶几前打喷嚏,用大毛巾在擦拭头发,一脸疲倦。

刚吃过胃药,所以胃部的灼热开始有所退减。

"走开,离我远点。"我没好气地说。

青猫撒娇地蹭了过来:"姐姐最美,姐姐最讨人喜欢了。"现在,正在胡乱编造着令人恼怒的理由哄我开心。

"我不美,也一直不讨人喜欢,走开。"

"对不起,我错了。"

"心安理得地玩游戏不怕遭雷劈吗,不顾姐姐死活不怕遭雷劈吗?"我揶揄着他,"你知道姐姐找你找得跟拉稀一样吗,浑身没有力气!腿软!你如果被坏人拐卖走了怎么办?你干脆被坏人挖走肾脏去给姐姐买一部智能手机好了!走开啦你,不要蹭我大腿!"

没完没了。

突然不知道是喜是怒地说着,停不下来,甚至……

"那个……没事我先走了哦。"

我甚至忘记了家里还有沃野的存在!这下真丢脸丢到家了!

我顿时瞪大眼睛,突然意识到刚才的话全被他听见了,我的耳根一阵发烫:"啊……啊,刚才,没事,嗯好。"

见我这副德行,沃野嘿嘿地笑起来,朝我走近了一步。

"不好意思,忘……忘记你还在这里。"我猛烈地往后退了一脚,比着"离我远一点"的手势躲开。

沃野见势不明意味地笑起来,摸了摸后脑勺:"哦哦,我的东西还在教室里要去整理，你的书包也在那里，我待会先给你整理哦。"

日记本。

心里回响了一声。

"好的，那就麻烦你先帮我整理下笔记本什么的了。"

我特意在"笔记本"三个字上面加重了语气，随后尾随着沃野的脚步，送他下楼目送了他离开……

随后，我立马扭头蹿上楼，拽起一把扫帚就揪着青猫喊打。青猫恐慌地捂着脑袋往后逃，大声叫嚷——

"啊！姐姐我不敢了！"他跑起来。

"青猫你死定了！呀！你知不知道姐姐很柔弱！找你很辛苦！我要把你的头拧下来当篮球打再泡在马桶里！"我大声又锐利地尖叫着，露出盗匪的姿势。

"那个……"

突然，我的后背一凉，缓慢地收紧了双腿后，才确认楼梯处确实是沃野的身影……我脸上的表情瞬间僵死了，只见青猫幸灾乐祸地做了一个滑稽的鬼脸。

"那个，我钥匙忘记带了。"沃野小心翼翼地越过我，蹲下去拿起了钥匙，补充了一句，"我这下真的走了……你确实挺柔弱的，呵呵。"

他的意思是说我"正正相反一点都不柔弱你就不要装了"吗？

沃野又是不明意味地笑起来，转身离开了。

我听到了心碎的声音。

"姐姐。"

"姐姐?"青猫摇晃了一下我,用手戳了一下我的大腿。

"……嗯。"我一动不动。

"我们一起来玩电脑游戏吧?"

"不要,告诉我你是怎么死的,是不是得罪了什么人然后被砍死了。"

"哼。"

"为什么就不讨厌沃野哥哥了?"我突然想起来,朝他眨巴着眼睛。

"才不是,还是很讨厌他啊!只不过他说给我弄一个新的飞车游戏,我才跟他回来的。"

"那就是不讨厌咯!"

"不是,很讨厌,还是很讨厌!"青猫倔强地说。

"你怎么这么孩子气,转眼就变脸。你知道沃野哥哥多好吗,姐姐受伤的时候还背着我去见医生。你呢,你只会添乱。还知道姐姐曾经背过你吗?姐姐能体会,背一个人才不是那么容易的事情哪。"

"有什么了不起,我也会!我也要背你!姐姐现在手臂坏掉了,就算你还在受着伤,我也要背!"

"不要闹。"我面无表情。

"不要屁话。"

青猫鄙夷地喊了我一声,又朝我蹭过来,撅起屁股弯下身板。口里喊着"来来来",像只会说话的猴子。

"快来啦。"

直到他扭过头不高兴地瞪了我一眼,我这才翻着白眼陪他玩这个游戏。我意兴阑珊地把双手放在他的胳膊上:"好好好,压死你这只蠢蛋。"

双手撑在青猫的肩膀上,感受着弟弟身体的温度,突然好像又有一种家的幸福感溢上心头。慢慢地适应后,我的双脚就缓缓地抬起来了。

"好咯,准备好咯,姐姐飞起来咯。"

"嗯!"听得出青猫的声音非常吃力,被压着喘不过气只能憋着出了一口粗气,惹得我偷笑。

"飞起来了。"我发出命令。

"我……我迈步了!"

"哈哈,你怎么像在憋屎呀!"

"不要吵!"

青猫吃力地往前一迈,成功了,再往前一迈,身体就歪歪斜斜地往旁边一倒,两个人就倚倒了下去。差点没把我摔死。

"哎哟……"我摸着腰叹出了一声,"好啦好啦,算是背过姐姐了,不过……"

我盯着他憋红的脸,语速慢下来——

"不过,下次不准再这样了……"

"啊?"

"下次不准再离家出走了,知道没!"

青猫没有说话，若有所思地点点头，好像有点不大高兴。

"没事的，沃野哥哥知道他其实是阿泽之后，姐姐也不会不理我们青猫的。"

那些记忆本是属于他的，就只属于他，跟别人无关。那本日记本，终究会被阿泽看到，被他带走。才对。

青猫还是沉默，倔强地把手握在膝盖上，抱了抱腿。

"青猫？"

"姐姐为什么一定要让沃野哥哥知道他就是阿泽呢？如果我是姐姐，我才不会让他知道呢，姐姐是笨蛋。"

"咦？"我饶有兴趣地打探道，"为什么呢？说说看。"

青猫这才揉了揉眼睛，单手撑着下巴，有模有样："姐姐不是说过这个怪谈的召唤秘密都是那个何颖雅学姐告诉你的嘛，而且只有她真正尝试成功过并且知道来龙去脉……不是说，被成功召唤出来的爸爸后来不是消失了嘛。"

嗯，在雨季到来的时候无缘无故就消失了。

"那么，姐姐为什么要告诉他呢。"青猫抿了抿嘴巴，一脸诚恳，"反正都是要消失，都要离开。告诉阿泽哥哥让他知道真相，让他知道自己就要离开的期限，不是徒增烦恼吗……这样就算记起，姐姐也会不开心地生活着，会有拘束，不会像现在这样自由自在地过日子。那跟姐姐重逢有什么意思，为什么就不能安静地陪在他身边，像重新开始一样，重新认识，让他最后开心地消失，不也一样吗？或者等到雨季来的那一刻再让他知道呢？"

青猫的一字一句，就像卡带跳针时一帧又一帧地跳过去，却都仿佛长着胳膊和拳头般真实又有力地打在我的脸上。

灼热。

脸颊发烫，身体却无限地冷却下去。

"那你也是被错召唤上来的，你会消失吗？"

"我应该不会，我又不是属于愿望里的，我是无辜的。"青猫吐舌头，"所以我看，阿泽哥哥应该也不会想知道这件事吧，因为这样姐姐也会过得不开心。"

…………

"是的，为什么比我小的孩子都懂得这些我却不懂呢。为什么……那么重视结果却不重视这段旅途的过程。"

旅途应该要美好才对，而不是充满着随时要离开的惆怅。

当我在心里说起这番话的时候，我已经拿着雨伞跑下了楼，站在书屋前望向远处漆黑的天际……

今晚，没有星星。

可是星星总不会一直都乖乖地待在天上等着自己去摘，我必须去主动寻找自己的星星。不在天上，却一定是在人间里存留在心底的、最亮的那一颗。

想让你知道，又不想让你知道，很矛盾。

想让你记得我，又不想让你记得我，真的很矛盾。

可是这次真的下定决心，认定了方向，勇敢地跑出了家门——

"再等等我。"

所有的顾虑都抛在了脑后，突然，已经十分地肯定……不想再让你知道我就是阿绿，而你就是程奕泽。

因为就算是这样，我们也是两颗终究交汇了的星球。

[7]

"我觉得要让沃野知道！"

"我觉得不要让沃野知道！"

"海龟先生和鲸鱼先生，我到底该怎么办啦！"

"要！"

"不要！"

"死给你们看。"

跟沃野见面的时候，已经接近夜晚十点了。我火急火燎地撞开了教室门，正目睹阿野手里拾着我的那本日记，好像在埋头端详。因为外皮过于老旧并且是以前最不气派的日记本款，放在如今一眼就吸引了沃野的眼球。

"等……等……等一下！"我夸张地叫了一声，把他吓了一跳。

"啊？"

我大步流星地跑过去，一个踉跄狼狈地撞过去，手忙脚乱地夺过了日记。

"这个，这个……不能碰，不要看。"我的眼珠子到处乱瞅，盯着黑板上的值日生的"生"字后脑袋一片空白，"因为这个……

因为这个写满了我的生理周期记录！对！写满了我的生理周期表，不雅观，不能看！"

教室里鸦雀无声，安静得让我感到心悸。"呵呵。"我试图打破僵局，却见他脸上憋得通红，终于忍不住扑哧一声嘲笑起我来。

"哈哈。"笑不停。

我的脸不情愿地暗沉下去。

"你那个样子实在是太好笑了。"

"……"

"挺可爱的。"

"关你屁事啦。"我的声音减弱下来，无意识地说着什么。手里摸着那本日记本，像抓住了救命稻草。

"那……我们收拾东西走人了，教学楼几乎都没人了，我东西搞好咯。"沃野开朗地说，虽然是黑夜，但他好像随时都会像太阳那样笑起来。

真是个爱笑的直肠子。

对他的新印象还有新标签，多了个"爱笑的"。长大后的阿泽，嗯，挺加分的。

循着他的眼光，我把视线投射到后黑板上，看见了黑板上工整地画着图案，画着格局线，写着各类科目信息。是完整的一幅板报。

"哇哦，心灵手巧，真贤惠。"我暗暗地说着。

"我说过我耳朵很灵哦……"

"……"

"骗你的，走吧。"

耳根有点发烫，愣了一下，我马上跟上沃野的脚步。走在他后面，盯着他那熟悉的背影，与他一起迈过漆黑的楼道，走出了只有两个人的教学楼。

"你倒是跟上来呀，不要老在我后面，嗯，像……背后灵？"

听着他平和又打趣的语气，我赶了上去，终于别扭地与沃野在同一个平面上走着。

多想时间停下来呀，虽然夜晚是漆黑的，可是两个人好像不约而同地放慢了脚步。宛如幻觉。

毕竟也不是很熟，气氛有点尴尬。

"我正好有事情需要你帮忙，一直没有机会跟你说，你可要帮帮我呀。"

"什么忙？"我受宠若惊。

"不过在请求你这件事之前，你能告诉我另外一件事吗……虽然这样问有点不礼貌，但就是觉得不知道我能不能也可以帮到你。"

"嗯，你你你问吧。"

"身边的人大家好像都知道你……我也看出你，那个……"

"……"我疑惑地瞅着他。

"嗯，你，为什么不愿意接触男生？"

时间真的凝固了。

一瞬间，我打了个冷战……沃野的那句话，就像一把刀抵在了我的心上。我抿了抿嘴唇，极力告诉自己，不要再回想那个曾经——

可是心里的话音刚落，回忆一下子铺天盖地，还来不及制止，就将我一口一口地吞没了。

# 第十章　獭祭鱼

[1]

一切的分崩离析,都是在八年前的那个夏天,从那次竞选队长的比赛开始的。

比赛受伤后,程奕泽在众目睽睽之下背着我来到了医务室。医生为我的小腿涂完味道很浓的药水,幸好没有伤到骨头。可是程奕泽看着我的小腿,突然心生愧疚似的说了一句让我头脑发蒙的话——

"阿绿,我不应该那样说的。"

什么意思。

"嗯,说什么?"我不解,又感到隐隐的不安。

"说我喜欢那种女生。"他挠头。

"啊?"

"你不是问我喜欢哪种女生吗……我知道是大优子派你来问我的。"程奕泽犹豫着,露出内疚的神情。

"你说什么,怎么回事呀!"

"我……我早听到了。"

原来那天大优子在学校后面跟我谈话时,程奕泽刚从河坝边给"姆明"送食物回来,在后门听到了大优子跟我说的话。

原来阿泽早就知道了。

"我知道你梦想有一天能成为球场上的主角。我说我喜欢文静不爱打球的女生,大优子肯定会自己想要退出队长,然后你就有机会比赛然后当上队长啦……"

程奕泽真是个笨蛋。他猜到了大优子会举办换届比赛,却猜不到大优子为了奖励我,已经安排好了队长给我,比赛摔倒是因为我心虚呀。

"嗯,原来都是你安排的,你为什么要这样做呀!这下不好了。"

"还不是因为想帮你哦。"

"……"

"没想到你却受伤了。"

我一时说不出话来,感到气愤又感到羞耻,心生窃喜又感到沮丧,很矛盾。窃喜的是原来他不是真的喜欢大优子那种外形的女生,沮丧的又是大优子为自己策划了这场比赛。说到底,做了这么久的任务其实都是阿泽在乱捣蛋。

"我想要当队长,可是不是现在。"我心里五味杂陈,还无法接受他的好意,"程奕泽原来你一直在搞鬼。"

"我只是想帮你……你生气了?"

"……"

夏天入夜的间隙,天气骤变,天空开始轰隆隆作响。我看着窗外的天空,远处的天际一直在闪电,似乎一场暴雨即将来袭,不禁担心起自己回不了家。

这时,医务室的门突然被猛烈地撞开,我忙不迭地打了个激灵,心脏猛然地跳动着。眼前果然是大优子一张通红的脸。

"大优子?"我害怕起来,慌张地看着她,"你……你听见了?"

没想到大优子会前来关心我的脚伤,然后听到了程奕泽搞鬼的真相。我结结巴巴地唤她的名字,但她压根就没有听见那般站在原地。

"大优子?"

原以为一向大大咧咧又粗暴的大优子会跑过来把我狠狠地压在地上,可此刻的大优子像丧失了所有的气力,跟个小丑一样站在那里。

我宁愿她过来打我,可是大优子就是一动不动地呆在原地,身体像在发抖,脸颊憋得通红。

一片死寂。

"你太过分了!"

良久,带着哭腔的一个声音从大优子的喉咙里蹦出来。过了几秒,她的眼睛也跟着红起来了。我感到窒息,刚想尝试着打破沉默,却看见大优子在哭出来的瞬间转过身,猛地一下跑开了。

"大优子!"

我心急如焚,可是受伤的腿根本不允许我追出去。我埋怨般地盯了一眼程奕泽,只见他无辜地望了我一眼,也没有表态。

大优子一句话也没有说就跑开了,这意味着什么呢——

她可能要把我开除出球队了,这是我最糟糕的预想。

"怎么办？我……我明天可能就要被大优子开除了。"我恐慌起来。

"没事，有我在，她不敢欺负你的。"程奕泽竟然还咧嘴露出灿烂的笑容来，根本不像刚闯了大祸。

我惴惴不安地低下头。远处的天际又闪着电光，医务室里的白炽灯忽闪了一下，就恢复了正常。

"我背你回家吧。"

"……"

"为了接受惩罚，我背你回家好了。"

爸爸工作很忙，从来都不会来学校接我回家，多半是我回到家写完作业爸爸还没有下班。一路上，程奕泽小心翼翼地驮着我走——

"……阿绿你原谅我了吗？"

"没有。"我不服气地在他肩膀上说着。

"我可是'哥哥'。"自从程奕泽说我可以叫他哥哥后，我都没有这样叫过。

"也无法原谅。"

"那你为什么要同意让我背你回家，这样就是原谅了。"

"没有，因为我脚瘸了。"

"……"

"这个不算，我会还你的，以后你生病了或者你需要的时候我倒背你，但是这个不能算作原谅你搞鬼的条件。"

"真小气,那我们打钩。"

"好,打钩。"

我艰难地用手往后面晃,笨拙地勾到了他托着我身体而吃力地腾出的一只手指。轻轻地碰了一下,然后就马上触电般收回来。

"好了。"

程奕泽其实不知道,当时被他背起来的那瞬间,所有的闷气还有顾虑早都在他的背上消失了。消失掉,只剩下片刻的心安。

虽然头顶的天空总是一副随时都会有一场暴雨来袭的模样,但那个时候还是会想着——

今天回家的路再长一点就好了。

[2]

熬过了一个惴惴不安的夜晚,第二天课间操的空当,大优子就集合了所有魔鬼少女队的队员——

"现在,我有件事情要宣布下,听好了!"大优子锐利地盯着我,我死死地低下头,一阵羞耻感像血液般布满了全身。

不祥的预感袭击了我的身体。我感到难过,就在那一刻我才明白我有多么不愿意退出少女队,我是多么喜欢打躲避球,我甚至可以用其他东西来交换它。

那些训练的日日夜夜,被球体砸疼胳膊和脑袋的傍晚,还有在沙地里脏掉的衣服,都让我鼻子发酸。

在大优子即将说出我被开除的结果前,我闭起眼睛等待她的宣判……

"我本人退出魔鬼少女队,退出队长这个位置。从此以后……"

顿时,大家一阵哗然。怎么回事?我猛地抬起头,看见大优子面无表情,站在人群中间无所谓地摆摆手——

"从此以后,由许童绿来当队长!由她负责少女队!你们要么听她的话,要么少女队就此解散,一切都跟我没有关系。就这样!"

如同投掷了一颗炸弹,轰的一声,议论声就在耳边炸开来。

大优子竟然宣布这样的结果。最后三个字几乎是用抗议式的语气喊出来的,她两眼哀怨地看了我一眼,说完话就撇开我们走了,拦也拦不住。

"怎么回事!许童绿!"

"都是因为你吧,早上我就听说了,你联合程奕泽一起玩弄大优子!"

"吃里爬外,真让人讨厌!你当得起队长吗!"

我当不起,我有很狂妄的梦想可是我现在还当不起。

我终于明白大优子看我的眼神意味着什么了,她在给我难堪,这个决定比让我退出少女队还糟糕一百倍。我捂着耳朵,惊慌地说着:"不是这样的,不是这样!"

"我们队就这样完了,你要负责!"一名高年级队员斩钉截铁地给我定了罪,其他人便也开始受到启发般频频点头一起起哄。

"不是……不是的。"我语无伦次,呼吸纷乱。

"你在自欺欺人,许童绿,你要负责,不然躲避球队谁来带!"

大优子的威信早就被确立得十分坚固,大家怎么可能离得开大优子,让我一个低年级的队员担任她的职责。我又惊诧又害怕,指责声一直在耳边充斥着,我拖起受伤的腿想要挤出去,又被人拉着围堵了起来……

"休想跑!"

巨大的吼声把我吓得呆若木鸡,紧接着我被推了一下,我不知所措地捂着耳朵,突然就对我的梦想感到了一阵恶心和羞耻。

她们的谩骂声都变成委屈还有愧疚,强势地灌入我的耳朵,前所未有的无助袭击了我的脑袋,所有说不清楚的话都变成了一股寒流,哗的一下就从我眼睛里奔出来。

"你们干什么,合伙欺负一个人!"

这时,我恍惚中听见了程奕泽的喊声,他哐的一下拨开人群,一把就扯住我的手。"阿绿,我们走!"瞬间的拉扯让我的鼻涕呛在了喉咙里,只听他骂骂咧咧一边用力地把我往外推。

"程奕泽你干吗?"我带着哭腔,瞬间的温暖过后又被我的潜意识填满,委屈地喊他。

"我们先走!"

在一阵推搡中,程奕泽把我拉了出去,一直往河坝的方向走去。恰巧这个时候,上课铃打响,大伙一同撤出操场,只能不约而同地咂嘴讽刺道——

"王子救公主哟。"

"不要脸不要脸。"

其中还夹杂着这一句话——

"就是他们逼走大优子,都是他们害的。"

"真是讨厌。"

# [3]

一路上,程奕泽拉着我的手,又一边偷瞄我的腿是不是跟得上,就在我崴了一脚的空隙,他终于慌张地停了下来。

"你放开我啦,都是你!"我抽开手,哇的一声就哭出来了,"呜呜呜,都是你……"

看见我猝不及防地大哭起来,程奕泽也只是摸着头无措地绷紧脸,嘟囔着:"你别哭……"

"……"

"求你了,你不要哭了啦。"

我抬起头迅速地擦了一下脸,恶狠狠地盯着他,没过两秒只能又无所适从地再抬起手遮住眼睛狼狈地流着泪。

"你这样哭看着好心酸啦。"他不合时宜地想说点什么。

"你怎么不去死呀,讨厌鬼,呜呜呜。"我被他这话给刺激到了,哭着深呼吸了一下就呛到了。

"呜呜呜……"

我猛然吸了下鼻子,只能一点一点地移动自己的脚,然后往后退了一步,再一步又一步地从缓慢到快速,转过身跑开了……

我不知道我为什么要跑开,可能我觉得只要跑开就不尴尬了,因为……怎么可以让阿泽看到我被别人欺负和大哭的样子呢?太狼狈了。

漫无目的地四处乱窜过后,我最后选择了在学校附近的一家养老院待着,坐在一张冰凉的长凳上,望着远处正在打牌的老人家们,自己小声地啜泣着,也不敢回教室去。

我就一直干坐着,失焦地盯着自己的鞋带发呆,又听到了遥远的一声下课铃后,才恍然一节课过去了。

"我错了啦。"

忽然,不远处的树下发出了一个声音,把我吓了一跳。正眼一看,又是程奕泽。也不知道他是什么时候找到这里的,只怪我光顾着哭,连他的身影出现我都没发现。

我嘟着嘴拍打着屁股上的灰尘,然后自顾自地往回走,程奕泽就跟犯错接受惩罚一样跟在我后面。直到回到了教室,我都没有理他,回去就趴在了桌位上。

我偷偷地在臂弯里瞄见了旁边的队员,平时常常一起训练的好朋友,竟然也跟同桌交头接耳地对着我和程奕泽指手画脚。像在说——

"阿绿这次出糗出大咯,被踢出我们队了。"

如坐针毡地熬到了下午放学,这一天我没有接过程奕泽的任何纸条,放学后马上就冲到了训练场上。

"不行,你们不能这样冷落我!"

我跑到队员们跟前,心急如焚地喊了一声,可是她们压根不愿意理我,都自顾自地来回传球。她们就一直躲球弹跳还有嬉笑,视我如同空气。我用泪眼盯着她们,越想越气愤,心里着急,终于又抹掉眼泪十分不甘心地呐喊起来:"你们不能这样对我!大优子说过了我是队长!"

"你们就这样对待队长吗!"

我坚定地揽过她们的球,站在球场中间,一边颤抖又心虚地说:"这是命令,你们要听我的指挥,因为大优子让我当队长,我是队长,我是我是!"

我像疯了一样咬起牙来抗议着,却看见她们都一脸鄙夷地笑起来,向我高高地抬起下巴——

"你以为我们会认同吗?一听就知道大优子是在气头上,大家又不是傻子。"

"你敢不敢比一比。"我说。

"算了吧,许童绿,你除非跟我们一起恳求大优子回来,否则你就滚蛋。"

"没错,大优子没回来你就别回来了。"

"不然我们会讨厌你的。"

尝试沟通失败。

"算了今天不训练了,看到你就心烦……"

有人拍了拍衣服,准备收拾走了。看我一副说不出话并且一脸难堪的表情,她们不约而同地推了推我的肩膀,比了个散场的手势——

"最后说一下,很简单,大优子现在那么讨厌程奕泽,只要你站在我们这边,同一个战营,不要跟程奕泽来往,大优子自然就会回来,这不是很简单吗,除非你真的对他有意思。"

"才不是呢。"我的语气慌乱。

高年级的一个队员突然朝我走近,莫名露出怜悯的神色,像在说悄悄话:"阿绿,我们曾经都是队员,我们也不是故意要这样对你的,只是大优子谁敢针对她呀。她当了那么久的队长,少女队都是她一手带起来的,也是真的打得好。"

我咬紧嘴唇,落寞地低下头,她继续细声细语:"难道你真的没有做错吗?如果你能想明白,跟我们一起让大优子回来,不才是应该的吗?"

是的,我错了。

我应该单枪直入地去完成大优子的任务,而不能跟程奕泽有过多接触,还接受他的好意。

好像就是这样,我错了。

我的头更加沉重地低下去,头皮都内疚得发麻,我傻站着反省,可是脑海一直出现程奕泽带我跳舞的样子。恐怕,再也无法有这种机会了吧。

她们轻轻地拍着我的肩膀,像是无声的安慰,随即就抱着球离开了。我直直地望着她们的身影,循着傍晚的光线,视线延伸到学校门口的栅栏边……竟然发现程奕泽牵着程佳莹站在那里,正望着我。

多像程奕泽转校过来的时候呀,那天放学我也是在大优子的苦练下捡着球吃着灰,偷瞄到那幅画面。程奕泽牵着程佳莹,程佳莹举起手指着我们这边像在撒娇着问哥哥你在看什么,但是程奕泽没有说话,就只是呆呆地看着这边。

此刻的他看上去有点战战兢兢，像是犯错得不到原谅的小孩。他们也根本不知道刚才队员们跟我说了什么话，以及我做了什么决定……

"阿泽哥哥，不要过来找我了。"

我吸吸鼻子，第一次在心里这样叫他，恳求他不要再跑过来叫我不要生气，不要再跑过来跟我说话。

就趁着他还没走过来之前，赶紧走吧。

赶紧走吧。

夕阳下山前，我胡乱地拾起球场边的书包，夹紧在怀里，朝另一条回家的路跑去。

扭伤的脚疼起来，也无所谓了。

只是在漫长的路上，无数次在心里希望程奕泽能原谅我突然坚硬起来的心脏，以及还没有亲自说明白的告别。

[4]

从此我再也没有接过程奕泽在课堂上给我的纸条。

下定决心后，每天都像是顶着无法释怀的罪名，和被冷落的风险来到教室，然后闷闷不乐地躲在三八线的这边，情绪一直陷在低谷中。

"阿绿，不要不理我好不好。"最开始，程奕泽只是不好意思地看我，迟疑地在三八线那边偏头保持距离。他是生怕正眼便看见我冷漠的表情，后来索性不敢看我了。

"你为什么不理我,因为妹妹跟你说了那句话吗?妹妹跟我说了,我揍她了。"

"是因为大优子吗?我去找她算账。"

"不要生我气了。"

"……喂。"

没有了纸条,程奕泽倒是终于在教室里跟我说话了。起初他独自一人说很多,然后渐渐地就越来越少,到最后只剩试探性的语气词了。最终,他只能哀伤地看着我,时不时看一眼,惴惴不安。

我余光里全都能捕捉到。这些举动我都看得到,但是我就是心里生刺,强忍着不要理他,身边有很多人等着看我的笑话呢。

"许童绿,那你跟袁菲菲换位置吧。"

终于有一天,我跟老师提说我眼睛近视加深,看不到黑板上的字,再说医生不建议这个年龄戴眼镜,老师同意我换座位了。

那天,我在座位上收拾书包,程奕泽假装若无其事地托着腮帮,不去看我,等我准备走的时候他突然就趴在桌子上,把头扭向了另外一边。

他在掩饰自己的在意,假装没事。

"哼。"尽管如此,我还是在心里冷冷地回应了一声。从此就再也不是同桌了,我坐在前面不再往后看,无聊的时候就看窗外。

直到有一天,听到老师跟程奕泽说话,我才不得不好奇地回过头去看他们。

"程奕泽你最近的作业怎么做成这样?"老师站在他的课桌旁边,有点严肃。

我转过头的时候,刚好迎上了他看我的眼神,彷徨又无助。他抓耳挠腮,急得火烧火燎,也没有什么理由能顶撞老师。

"你考试也考得很糟,怎么像没心思读书呀,这样我可要叫家长了。"

"啊,不,不。"

老师的一席话把程奕泽吓得语无伦次,听说他最怕的就是被告知家长他学不好,这样妈妈和爸爸就又会带他转校,他以前想走,现在已经不想走了——

这也是我的猜测吧,就算猜错了,可是他的眼神确实是惊恐的,像布满了冰霜。

"嘻嘻。"开始有人向他投以怜悯的目光,估计在笑斗球小子是学渣。

我心里有块生硬的地方抖动了一下,就又被我擒住了。下一秒,我马上就回过头,我不敢看程奕泽,就像他此刻也不敢看我一样。

我多想帮他完成奥数题目,帮他完成他最讨厌的作文作业,可是我都忍住了。

队员们每天都去大优子的教室里求她回魔鬼少女队,还让我写了一封文绉绉的道歉信给大优子。

我都照做了,但是我发现我开始讨厌自己。

## 第十章 獭祭鱼

让自己躲在三八线这一边，两个人自觉地坐在桌子两侧，那么近又那么远。又让自己跟同学换座位，再也没有辅导过他的学习，因为大优子的任务我已经都完成了。

这样的代价过后，我终于重新被魔鬼少女队接纳，她们再也不冷落我了。

"嘿，阿绿你来啦。"每一天放学后，心烦意乱地冲到球场接受过她们的招呼，然后就强颜欢笑地投入到训练中——

训练也没有目的。

我讨厌这样的自己和傍晚，再金黄色的夕阳也变得不再漂亮。

直到有一天，一个队员心急如焚地跑来操场，朝我们大喊了一声："又有比赛了！又下战书了！"

"程奕泽原先那所学校又要来跟我们比赛了，这次可是洗清血耻的时候！听到这个消息，再加上我们的恳求，大优子终于同意回来了！"

"太好啦。"

球场上开始变得喜笑盈盈，充满了生气。因为大优子愿意回来了，也终于又可以恢复躲避球队的浴血训练，又可以找回和队友们一起拼杀的感觉了。

后来有一天，我训练完跑回教室收拾书包，刚走在安静的走廊上，就发现楼道的阴影里有个人在偷偷地看着我。

我吓了一跳，猛然一看，是程奕泽。

扑通扑通。

看见他奇怪地站在空荡荡的楼道里,我的心脏剧烈地跳动起来。突然,我发现我不生气了,看见他的时候我突然就知道自己其实已经不生气了。

楼道漆黑,看不清表情,他就朝前走了一步,仍然离我很远。我盯着他,还是高高的鼻子,毛发有点拱上去的飞机头,在光线下清晰地印入我的眼睛。

远远地看着我。

"姆明死了!"

良久,他只跟我喊了一句话,转身就跑开了。

我傻站在了原地,忽然才意识到他生气了。说好他不在的时候,我就去照顾好姆明的,明明说好的,可是姆明死了——

或许他故意不去照顾姆明,看我是不是已经原谅他而去偷偷照料过姆明。可是我几乎忘记那个承诺,我是笨蛋。

姆明死了。

我的心被刺了一下,愣了几秒,拔腿就跑过去,折弯下楼,再跑出学校,却都没见到程奕泽。

"对不起。"我想说这句话,可是他消失了。

我马上借着余晖跑到了河坝边的那丛植木边,顿了顿,撩开了树叶……

里面什么都没有,小屋子也不见了。

我这才眼睛泛红地确认,程奕泽真的反倒生我的气了。

他或许讨厌我了。

**[5]**

那个夜晚狂风大作，天空聚集了滚滚的云朵，终于在极其闷热过后，下起了大暴雨。一下，下了整整一夜。城镇上的水坝还没有修工，洪水来不及退散，一下子就淹没了小镇。

第二天，发洪水了，街道上都漫着到膝盖的积水。积水不便，学校也放了假，等到两天过后，我重新回到了教室，才听班里的小灵通说，这次程奕泽真的转校出国了。

我的脑袋轰的一下就蒙了。

我不相信，我想起那天程佳莹说哥哥因为我，他不走了。可是我现在又得相信，程奕泽走了，因为他讨厌我。

不知道怎么度过的那一天，书本上的字全部都在乱飞，中午吃饭的时候扒了两口，就没有了味道。

我很后悔。

"阿泽哥哥，再出现一次吧。"我这样祈求着，可是直到放学还是没有他的身影。而就在这样心乱的情况下，今天大优子回来了，顺便带着我们的新口号。

她把我们重新聚拢起来，让我们挨个在球场上训练给她看，指出我们的不足，然后一个个按她的方法练。

大优子好像也听到了程奕泽走了的消息，但是她并没有太难过，只是都不太情愿搭理我，骂我也没有以前那么狠了。我这才知道，最狠心的惩罚是不理睬。

"过几天就要比赛了！抓紧起来！"

耳边马上就充斥着大优子的喊叫声，一直在给耳膜挠痒，声声刺耳。那一天，我以身体不舒服为由就提前离开了，我伤心地跑回教室坐在座位上发呆。

不知不觉中我掏出了课桌肚里塞着纸条的文件夹还有我的日记本，写完日记后，颤巍巍地翻开了文件夹本，猛然发现，它变厚了。

变厚了。

我瞪大眼睛地发现，程奕泽原来每天都在我去训练的时候把他今天没有被我接受的纸条都塞到了里面。转眼，已经这么厚了。

我一张一张地掏开它们，认真地端详着，直到看到了最后一张纸条上面的字，我的眼泪唰的一下就掉了下来。

我趴在课桌上哭起来了，呜呜咽咽的声音在教室里一点点蔓延，我知道这次无论我在心里怎么喊阿泽阿泽，他都不会回来了。

两天后，比赛当天，河坝里水流湍急。

比赛前大优子改变了战略，让我们到河坝边的一块水泥地上练习，这样重新回到沙地上才站得更稳。随着大伙的意思，我也只能埋头陷在里头训练，尽量不去想程奕泽的事情。

"哎，那不是程奕泽吗？"

就在训练完毕，我们就要前往比赛场地之际，有人疑惑地说了一声，我惊讶地循着大家的方向看过去，果然是程奕泽。

他正朝我们走来，旁边跟着屁颠屁颠的程佳莹。

"是阿泽。"我不可思议地看着他，惊喜的情愫塞满了我的胸腔。程奕泽特意来看我，手里揣着一个用美丽的丝巾包裹着的盒子。

"阿绿，我来找你。"他站定着，眼神恍惚地看着我，"这个东西给你，我就要走了。"

原来还是要走。

我迅速挤开人群跑出去，站在他的面前，有点难过又尴尬地看着他的眼睛，落寞起来。

"这个给你。"

他往我手里慌乱地一塞，我就不知所措地接了过来，鼻子一酸，说不出话来。"这个是哥哥的宝贝哦。"程佳莹在旁边嘻嘻地笑起来，哇哇地叫着。

"许童绿！"身后陡然响起了大优子粗暴的声音，我回过头，看见她的眼里都是火焰。

"许童绿你不要忘记你在给我的道歉信里说过什么！是你求我回来的！"

再也不跟程奕泽说话，永远站在我们队这边。

"我现在就告诉你！许童绿！你如果不把手里的东西给扔到河里，你就被踢出队，从此以后休想在学校碰到躲避球！还有，这里所有人都不会接受你这个叛徒！你以后再也不会有朋友了！"

以后再也不会有朋友了。

为什么偏偏是这个时候要让我做这种选择，就在他就要走的时候。

我的心里有很多个声音在对抗着，让我喘不过气来，只能站在原地颤抖着身子。"阿泽……"我求救般地看了他一眼，只看见他愣愣地看着我，跟站在校门口的那个傍晚一样，仿佛在等我走向他。

可是我的脚挪不动，我一阵心乱，根本不知道怎么做。

"许童绿！"

"许童绿！"

一边是一直给我施压的大优子，一边却是沉默的程奕泽。我的胸口越来越堵，心乱如麻，脑袋一片空白。

"许童绿！你现在就被开除！"

——"不要！！！！"

嗒……

一声闷响，条件反射般，我把手中告别的礼物用力地抛向了河坝。那一秒钟，仿佛慢镜头般，我看见了他失望的表情，他那张微妙变化的脸。只有一秒，空洞，寂寥，恐惧，全部都爬上了他的脸。

也在那几秒，我忽然意识到河坝里的水涨得那么高，一旦抛下去马上就会被洪水冲走。害怕和无助的感觉像触电般袭击了我。

阿泽用手慌张地承接着，可是没有成功，礼物还是抛着一条弧线被扔了出去，却从河坝边的树梢上哐嗒几下掉下来，摇摇欲坠地卡在树枝上。

"啊!"程佳莹吼叫了一声,跳了起来,"那是哥哥的宝贝!"

恐惧擒住了我的心脏,我难过得像要哭出来。我颤巍巍地转过身,仿佛只听见呆若木鸡的程奕泽低声地叫了我一声"阿绿……"又好像没有。

余光中,之前期待的表情僵死在他的脸上。

我捂着脸抛下他,走向队员们,跟随着队伍走了。直到走了很远,我还没缓过神来,一直扭过头瞅程奕泽,看着他远远地站在那里一动不动,妹妹就一直拉着他,他就跟冰雕般,充满寒气。

视觉拉远,他越发变得渺小,一个拐弯,就看不见了。

一直走,再一直走,不知道过了多久,队伍里的声音我听不见,耳朵嗡嗡作响。我不会被开除出球队,我不会被冷落,我不会没有朋友,我安全了。

可是我的眼睛像被活生生地凿开了两个洞——

我哭了。

[6]

我没想到,第二天,程奕泽的同桌袁菲菲会来我家找我。

"阿绿!快跟我来!"她二话不说就拉着我跑了出去,一边哽咽着,像被风呛出了眼泪——"阿绿,出事了!"

袁菲菲是我的邻居,也是平时相处得比较好的同学,所以她才肯跟我交换桌位。当时她把我的手捏得生疼,死死拽着不放,一直把我拉到了学校附近的河坝。

河坝上围满了人,还有警车。远远就响起了一阵又一阵的哀嚎。

"菲菲，发生什么事了！"我疑惑。

"阿绿阿绿，你还不知道！"袁菲菲抹了下鼻子，指着河坝的方向，我看过去，几乎班里的同学都心急地围在那里。

我的眼皮剧烈地跳起来，越跑近河坝我就越感觉不对劲。终于，我看见了两个熟悉的身影——

仍然是蓬蓬裙的程佳莹，还有她商务衬衫的妈妈。

她们抱在一起，凄烈地哀嚎着，每一声都像针刺般穿破了我的心脏。

"阿绿……呜呜，阿绿，程奕泽掉下水了！"

"掉水里了！"

…………

程奕泽，掉下水了。

"怎么可能！怎么可能！程奕泽！"我停下了脚步，哇的一声就哭出来了。我声嘶力竭地尖叫起来，无法置信地看着这一切。

我感到害怕，全所未有的恐惧笼罩着我，像黑夜一样把我吃了。听着河坝上空旋的警鸣声，我蹲下去拉住了袁菲菲的衣袖，悲凉地哀叫起来。

"你骗我的你骗我的！"

"阿绿你冷静下！"

突如其来的恐惧铺天盖地，我一下子就瘫软地蹲在了地上。袁菲菲拼命抱着我的胳膊，试图扯着崩溃的我。

"不可能不可能不可能！"

"你骗我的呜呜呜呜……"

我突然失去了理智,疯狂地站起来,跟跟跄跄地往回跑,我不敢再踏近河坝一步,上气不接下气地跑回家里……

我全身颤抖蜷缩在床上,冒冷汗,一边咳嗽着哭到眼睛红肿起来,仍然停不下来。

"呜呜呜呜……"

城镇的夜晚沸腾了。

那一段时间,邻居们终于找到了话题,七嘴八舌地聚在门口咋舌——"就是呀,河坝水那么深,一定要教训孩子放学后不要去玩。"

听说,学校附近的河坝发生了一起溺水事件,尸体还在打捞中,那些天河坝还被围得里三层外三层,满满都是人。冷清的河坝从来都没有这么热闹过,那像是有史以来最繁华的一次盛宴,以血为酒,饮水割喉。

听人家传言,那户人家的妹妹说,哥哥一定要去爬树,好像是什么东西掉在了树上,结果人连同东西一起掉在了河坝里,洪水猛兽般吞噬了他。

河坝上只留下了一只鞋子。

有人说,那个人并没有死,在河坝下方被人救起来了。有人说,确实捞到了一具童尸。也有人说,救起来的时候还有呼吸,可是在抢救的过程中死亡了。

从那之后很长一段时间,河坝边被学校拉起了长长的警卫线，操场后门也关得死紧，并且到处都在宣传安全知识。

一切都不一样了。在那之后的很长一段时间，我天天做梦梦到那只留在河坝上的鞋子——

因为我见过那只鞋子。

那天，其实我回去找过阿泽。

在通往比赛场地的路上，我哭了，我无法抑制地哭，然后不知道跟大优子她们争执了多久，我跑回了河坝去找程奕泽……我发现我不应该再任由其他人摆布下去，我明明舍不得程奕泽。我第一次有了勇气，跑了回去。

尽管从此我就被踢出了魔鬼少女队，但那又怎样呢？

"程奕泽！"

我跑回了河坝，却一个人都没有，只看见地面上有一只鞋子。我想要跟程奕泽道歉，想要跟他告别，然后一起取回卡在树上的礼物。

因为我喜欢那个礼物。

那个趴在桌位上哭起来的傍晚，我发现程奕泽把很多我没有收到的纸条都偷偷放到了文件夹里。

我一条一条看过去，小心翼翼。

"阿绿，你不要生我的气了。"

"我作业又写不好了。"

"我妈妈说要让我转校，这次是真的了，你再跟我说下话好不好。"

"你是因为妹妹跟你说了那句话而生气吗?"

"我已经揍过她了……可是她说得没有错呀,我喜欢你,我跟妈妈说我对你有好感,你总是帮助我,你是唯一肯跟我做朋友的人,妈妈说有好感就是喜欢。"

"妹妹说得没有错呀,我喜欢你,你为什么生气?"

"我要走了,想给你留个礼物,你拿着好吗?"

"……音乐盒,水边的阿狄丽娜。"

[7]

"医生,知道是怎么回事了吗?"

"她就是不肯接近男生,还有不敢打球?"

"她以前不是这样的,她以前很开朗,也很喜欢打球。可是突然间就变得不爱说话了,很孤僻,也很胆小。"

过不久,爸爸带着我到了诊所,我低着头缩在一旁,怔怔地听着他们说话。

咻——

傍晚走在回家的路上,一颗球凶猛地砸向我的脑袋。

"阿绿!都是你!都是你要继续打球才会让程奕泽离开的!"

"对对对,都是阿绿害的!"

"害人精!"

可是我明明已经回去了不是吗,从此我已经不属于少女队了,但是程奕泽也消失了。很多次在路上,想着想着眼泪就会掉下来。

遗憾的眼泪。

并且那段时间,妈妈吵着跟爸爸离婚,她从大城市里回来拎着行李,指着我的鼻子:"都是因为你害我走不了,你是克星!克星!"

"你不要乱骂我们阿绿!"

"她就是克星呀,你看她一副阴沉的脸。哪一点像我?"

"你滚,你快滚!"

一直吵架,最后家里的温情终于跟心里的一块渴望和柔软分崩离析。

"是心理阴影。"

半晌,医生托了托鼻头上的眼镜,跟爸爸说。

"是心理阴影,有点麻烦的。"

## [8]

这么多年后,阿泽重新站在了我的面前,以另外一个身份到来,重新跟我认识了一遍。

上天应该是眷顾我的吧。

但我该如何跟他提起这些往事呢?我该如何跟他提起,我心里一直惦记着的那个人是他?我又该如何用轻松的语气跟他说"其实有一部分原因是因为你啦,因为你离开了我,只是……你不记得了"?

统统做不到。

我全都做不到，但如果上天能再给我一次开场白的机会，我想变得更从容地，像个旧相识那样地跟他打招呼说——

"你好，我叫阿绿，第一次见面，我们好像在哪里见过？"

我应该在原地出神站了很久，直到沃野用手在我面前晃了晃，开玩笑说："喂，哈喽？怎么可以在别人问你话时直接发呆？"

我盯着沃野，有一秒钟像在盯着阿泽，我情不自禁地说："你还好吗？过得还好吗？"

"什么？"他愣。

我摇了摇脑袋，为了逃过那个话题，我又头脑一热，用力地一巴掌拍在了沃野的后背上——"哈哈哈！什么男性恐惧症嘛，你好奇怪哦！哈哈哈，没有的事！没有的事！"

沃野被我一掌拍得趔趄了一下，两眼发傻，还没缓过神来。

此时，夜雨已经停下了，四周安静得几乎只听见植物上的雨珠，忽轻忽重地砸到了泥土上。嗒，吧嗒，嗒。

见我也绷紧身体，全身石化，沃野还是打破了沉默，挠了挠头——

"那个，如果可以，我想要帮助你摆脱'男性恐惧症'。"

"哈？"换我愣了一下。

真是爱笑的，像太阳的男生。

也是爽朗的，正义凛然的，又有爱心的直肠子男生。

原来这就是长大后的阿泽所拥有的气息。

但此时此刻的我,再次听到"男性恐惧症",又开始在心里打鼓,绷紧了身体。

"如果行的话,我可以帮忙。"他眼神笃定。

我紧张地捏着衣角,顿时尴尬地大笑,赶紧打哈哈:"哎呀,我想起来青猫还欠收拾,我先走了,拜拜!"

"啊?"

我随即迅疾地拽着书包,以闪电之势拐出楼道。落荒而逃。

"喂!喂!外面黑,你小心一点!"

身后传来沃野的喊声,但我早已捂着脸,宛如百米冲刺跑进夜里。不到一分钟,我就遁逃到了老远。

世界都退到了耳后。

## [9]

"许童绿,你也太荒谬了吧!"

果不其然,猫田在得知我的德行之后,招呼大家来到家里,一行人把我按在桌子前拷问,美其言要出谋献策。

"这么大好的相处机会,你就这么跑了?"爱思饶有兴趣地看着我,像在看一个笑话。

"你真是太不中用了!"猫田使出我爸的语气,恨铁不成钢。

而我半死不活地趴在桌上,披头散发,犹如死人。良久,我才苟延残喘了一声:"又被我搞砸了,怎么办嘛。"

"不行,我这么捶胸顿足也没有用。"我突然挺直腰背,握紧拳头,一副胸有成竹的样子,"我要再接再厉,安慰自己只是一个迷糊的小可爱!"

话音刚落,猫田一巴掌就劈过来,朝我后脑勺重重地砍下去。

"嗷!"我大叫了一声,惹得王志文暗暗偷笑。

"我能怎么办嘛?你们这些事后诸葛亮!"我不满,转眼问青猫,"弟弟,你快发表下意见!"

青猫捏起下巴,作认真思考状,看着像要发表什么金玉良言,结果他点点头说,你们这些大人好无聊哦,还是游戏好玩。

我叹了口气:"看来是没戏了。"

说时迟那时快,我的手机突然在口袋里震动着,我点开屏幕,瞬间就跳了起来。

"大家速速停下!"我大劈着双脚,单手叉腰,"你们看!阿泽给我发消息了!"

他们面面相觑,所有人纷纷凑了上来。

"我不敢点!"我说。

"快!"

猫田操控着我颤抖的手指,点在沃野的那条短信上,只见弹出来一句——"明天放学等我一下!"

大家沉默了两秒,随即,房间里爆发出一阵尖叫声。

"啊——"

他们像自己收到了什么天大的好消息般，朝我扑过来，将我抱成一团，还拉着我起来转圈圈。我甚至还看到，爱思的眼睛都红了。

哭笑不得的同时，我又因为拥有这些可以共通悲喜的朋友，感到前所未有的幸福。

爱思紧紧地抱着我，在我耳边说着，太好了。

我差点听出眼泪。

"幸福来得太突然了，不会是公事吧？"喜笑颜开之际，猫田率先清醒。

"不知道。但也有可能，他说过有事情需要我帮忙。"事到如今，还不知道沃野表明的"保护我"是什么意思。

"不过，管它去死，去了再说！"

我抱起手机，把它像宝贝般小心翼翼地捧在怀里，犹如痴汉地露出傻笑。猫田重重地摇了摇头："唉，少女情怀总是诗！"

我随即止不住地雀跃，嘶叫着，在地上打起滚来——

"我的妈！阿泽终于约我了！"

## 第十一章　草木萌动

[1]

第二天放学后,爱思在走廊上给我梳头,说是要好好打扮一下。她轻轻地梳着,随即从裤兜里掏出了一个红色的小熊发夹,帮我别在了头上。

"快去吧。"她笑了笑,嘱咐道。

"嗯。"我重重地点了下头,朝约好的地点走去。

根据短信里的提醒,与沃野会合的地点就是校园里的情侣们最热衷的相约地,东北门最高耸的香樟树下。那棵香樟树的树身,刻下了许许多多只能让大树知道的暗恋情话。

"嘿,阿绿,这边。"

大老远,我听到了沃野的喊声。

视野里迎面而来的正是香樟树下的沃野,他一只脚蹬着自行车的脚板,另一只脚踩在地上的树叶上。

黑色的修身裤把他的腿拉得老长,见到他挺拔的身板,有那么一刻我晕眩般地联想起自己坐在自行车后座,依偎在他肩膀上的那种画面。

"想什么呢?"

"没,没什么呀。"我尴尬地干笑。

"我们一起走吧。"沃野左顾右盼着,突然说。

"嗯你说什么……啊,啊,好呀。"我结结巴巴,心里还在恍惚着他邀请我一起回家这件事。

"要不要上后车座,我载你?"

"不不,不用了。"难道今天想什么都会实现吗。

如今,十九岁的阿泽已然成为了我的克星。

以前没有跟沃野深入接触,所有的关注只停留在他的背部形状还有客观地关注他的一举一动,每次一旦有对话机会也是紧张兮兮到瞠目结舌。

自从那晚跟沃野有交谈对话后,才了解到现在十九岁的阿泽站在我的面前,我不仅会说不出话来,还会有一种暗恋般的羞涩感布满全身,身体紧张到发颤,他俨然成为了我致命的脑门短路克星。

单车推上了校道,两个人就这样安静地走着,好像有种难以道明的情愫在空气中发酵起来。

"你怎么了,之前说有事需要我帮忙是吗?"我扬起脸注视沃野,发现他的神情有点凝重,感觉心事重重。

"嗯,那个呀……你就别问了,从今天起我们放学都一起走,你都跟我一起走了行呗?"

我微微瞪大了眼,心里坍塌了一块,外表还是故作冷淡着,但神经已经又紧绷起来:"怎么说呢,为什么……"

"这个的话,"沃野歪着头犹豫了半天,这才纠结地说,"嗯那好吧,阿绿你一定要帮我保密哦,我可是把你当成亲近的人。"

话语一出,我便受宠若惊地点点头。我终于能跟沃野有秘密了吗。

"阿绿,你知道咱们班的同尔岚还有凌偲影吗,就是我的后桌。"

"嗯,同个班的,知道一些。"

"最近她们很奇怪,老是跟我走得很近,放学后也都黏着我。"

"你在班里本来就比较受欢迎呀,这不是挺好的嘛,大家都说你很有爱心呢。"我说。

"刚开始我也觉得没什么,可是最近我发现有点不对劲了。"

"啊?"

"她们说跟我处对象。"

"……"

"她们那天还要强吻我,吓了我一跳。"

沃野笨笨地说,有一天同尔岚还有凌偲影在放学后拦住了他,有说有笑地走到拐角的时候,同尔岚突然扯住了沃野的手臂,然后凌偲影见势险些就把嘴成功给堵上去。

"什么!"

我哇的一声弹起来,又马上顺了顺脸颊旁的头发,强压住自己的情绪:"我不是特别惊讶……我真的不是特别惊讶和在意,但是，这好像有点不太好？"

"她们现在每天放学都拦住我要跟我一起走，然后在教室也总是在我后面搞鬼……挠我背什么的还给我传纸条。大家是同学，我又不好说什么，可是有点困扰。"

"这明明就是耍流氓呀，这，这就是爱的劫持！"我恶狠狠地咂嘴，"你真是脾气好过头了啦，笨死了，一块那么好的猪油就任由她们宰割？"

嗯，我发现自己好像又说错了什么。

"那那那你为什么要……要让我跟你一起走呢？"我又问。

"她们谁都不怕，只怕你。"

"……"

"阿绿，我发现自己跟你是有共同点的，我们都喜欢帮助别人，这一点，我关注你很久啦。你可要帮我哦。"沃野小心翼翼地看着我，"我说这些希望你不要太在意，同尔岚还有凌偲影很讨厌你，还有班里很多人都很讨厌你，他们一直说你坏话，说你外表阴森可怕，是灵异少女，跟你一起就会倒霉，让他们很害怕。"

我的心脏还有脊背一片冰凉，沃野跟小时候的阿泽可真是没改多少呀，说话如此直白，性格就像铅笔一样笔直。

"……"我怎么可能还说得出话来。

"阿绿？"

"你的肠子跟观光楼梯一样直吗？"我倒吸了一口冷气，觉得沃野的性格爽朗真是过头啦。

"什么？"

"你的意思是她们很怕我,所以我们一起走她们就会对你罢休?"

"嘿嘿,就是这样哦,你好聪明。"沃野雀跃起来,"阿绿,我呵斥过那些对你有偏见的人不要说你的坏话了,我说我可以证明你跟大家说的不一样……我跟你一起回家,我们在一起,她们很怕你就不会再骚扰我了。接着,我们一起回家也正在用行动告诉他们,你不是她们说的那样难以亲近。这不是两全其美吗?"

似乎有一点点矛盾和牵强,但是好像也无法拒绝,大概也可以试一试。

"啊?"

这样真的就能两全其美吗。

"阿绿,我要用我的行动告诉大家,你并不可怕。班里很多人都听我的话的,到时我就可以说'喏,看到没,我跟她每天一起回家,一点事也没有'。虽然这种做法很幼稚,但是也很好用。"沃野换了另外一副语气把那句话说给我听,朝我灿烂地笑起来。

难怪沃野那么受欢迎,因为大家看到他的笑,就能沦为他的士兵。他吩咐什么,大家就去做什么。

"可是说不定我真的有让人倒霉的魔力哦,我真的很可怕呢。"我自嘲地笑起来。

"那你能帮我教训我同桌吗,他很讨厌,哈哈。"

这个时候,冷风一扫而过,我们掖了掖领口,笑完过后气氛又莫名冷却了下来。良久，耳旁缓缓地响起了沃野温柔的一句，带着温度的一声——

"阿绿，我要保护你。"

说完这句话的时候，我们刚好走到了校门口，多像一个完美的句子，最终功成名就地画上了句号。

"我要让大家知道你不是他们说的那样，不是他们说的那么难以接近。"

入冬的傍晚，夜幕很快就降临了，远远地就看见家的窗户已经被点亮。暮色里，沃野扶着车，高高地摆起手，冲着我笑。

"进去吧，明天见。"

沃野转过身，跨过长腿骑上了车，朝男生寝室的方向骑去。这也是我第一次，光明正大地凝视着沃野的后背，不再以偷偷摸摸的姿态……

看他。


曾经想都没想过，有一天自己那奇怪的性格能为自己帮上忙。就是这样让同学们感到害怕的性格，竟然也有了用武之地，让自己跟沃野有了进一步的交集。

全靠它，一直以来被自己所唾弃的性格。

但是我也坚信，这只不过是沃野拿来"保护我"的借口而已吧，主动提出想要保护别人是多么奇怪还有难为情，如果加上对方也可以帮助自己从而扯平的条件，一切就都顺理成章了。

所以什么利用我的性格吓跑同尔岚还有凌偲影，都只是借口。

想要保护我，才是真的。

我相信。

[2]

当晚，我回家就跟爱思他们汇报了战况。

猫田抱着一本无厘头的教条式恋爱范本，在我们的出租房里，深情地传授着人类的恋爱守则——

"泡妞一百招之第十一则要领——护花使者绝对是世界上最美的一门差事，在保护女主人公的同时，发挥雄性独特的本能与魅力，仿佛浑身散发着浓浓的雄兽荷尔蒙的味道，叫人窒息！

"自古以来，护花使者令世人称道，王子总是要救出被劫持的公主最后两个人才能幸福地生活在一起，幸福到疼痛，幸福到泪流满面而死！采花大盗最后都会成为众人唾弃的炮灰，但他的功劳也是如此的庞大，没有采花大盗怎么能出现护花使者！

"采花大盗功不可没！"

实际上，猫田是在帮我分析如何应对沃野的甜心攻略。

客厅里响起了热烈的掌声，我们盘坐着围成一圈，正襟危坐地听着猫田的演讲，露出期待的眼光投向沾沾自喜的猫田。

"青猫你怎么看？"我歪头朝青猫看一眼，只见他耷拉着脸，一副不想理睬我的样子，"干吗一副不开心的样子嘛，也不帮姐姐参谋。"

"哇哦,看来阿绿跟沃野应该有戏了?"王志文发表言论。

"虽然听上去就像二十一世纪盗版的葵花宝典,但是好歹得实施一下!"爱思若有所思。

"那么……"

我托了托腮帮,有点惊喜地盯着猫田:"那么意思就是说,沃野开始履行保护我的责任了,而我只要名正言顺地化身为公主就好了?听着好棒!"

"你们的脑筋都打了结吧?你想得美,考拉懒死还得爬树,当然没那么简单,你必须自食其力!"猫田浇了我一头冷水,一脸猥琐。

"啊?"我们一脸疑惑,压根不知道猫田葫芦里又在卖什么药,但是他一向观察力敏锐,按他的说法就是完全可以把我们的人生交付给他。

只见猫田啪地一下合上《泡妞一百式致死范本》,满满当当的奸诈开始沿着脖颈爬上嘴脸——

"这事情没那么简单……我觉得事有蹊跷,难道同尔岚还有凌偲影是变态吗?两个人一起分享一个男人?就算是其中一个人帮助另外一个人跟沃野处对象,也不可能每一天都一起黏着他,这太奇怪了。"

"你的意思是……"

"调查一下明细,这事不是沃野在骗你,就是同尔岚跟凌偲影有问题在搞鬼。"

猫田用坚定的眼神看着我,一番细想,觉得猫田说的好像也对，索性就调查下吧。

原先按我跟沃野的约定，为了不引起班里人的注意，放学后都是沃野先到香樟树那里等我，然后我再下楼会合一起回家的。

第二天放学后，我尾随着沃野的身影，就在前往香樟树的路上，沃野果然又被同尔岚跟凌偲影拦截了。

"你们拦我干吗，我今天约好阿绿一起回家咯。"

"什么？跟许童绿？那个怪胎？"

远远地，好像就听着他们在争执着什么，我马上就打电话给已经吩咐好在教学楼里待命的青猫，叫他过来。

"青猫，听姐姐说，你等下就跟随那两个女的，有没有看到，对，就长得不太好看的那两个女的，看她们去哪，然后打电话给猫田哥哥还有爱思姐姐，让他们瞧瞧去。"我吩咐青猫。

"我为什么要帮我最讨厌的沃野哥哥？"青猫仍然看上去不高兴的样子。

"快去啦！揍你哦！"

我吩咐完毕，青猫就意兴阑珊地走了。我便整装朝沃野他们大步流星地走去，然后高高地扬起手，喊起来："嘿，我来了。"

同尔岚和凌偲影闻声转过身，愣了一下，然后惊恐般地退了一步："啊？许，许童绿？"

"嗨，这么巧，你们也……"

我的手指直直地举起来，指着她们想要跟她们打招呼，却见她们嘣地一下撒腿就往外挪："啊，我想起还有点事情，我们先走了……"

有那么夸张吗,我是瘟疫吗,我生着气嘟囔着。还没缓过神,同尔岚跟凌偲影溜得相当迅猛,落荒而逃,眼前就只剩下在我跟前捧着肚子哈哈大笑的沃野。

"干吗呀!烦人!"我看着他的笑感到莫名其妙。

"没,没什么。"他憋着笑。

"有那么好笑吗!"我皱着眉没好气地盯着沃野,让他见到了别人如何排斥自己的一整个过程,心情有点差。

"是太好笑啦,哈哈,你果然厉害。"他笑得还直不起腰。

"再笑话我我就自己走了!"

"啊啊,别呀。"

沃野推着车追了上来。我在前面走着,他就在后面慢慢地跟着,没有我的命令好像就一直蠢蠢地落在屁股后,也没主动上来。

我看着校园远处的行人还有建筑物,一点一点地体会到了青春校园的味道。心里想着自己让沃野笑得那么开心,竟然感到有点欣慰,轻轻咬住下嘴唇微笑起来。

"你是猪吗?"

"啊?"

"你不打算跟上来了吗?"我朝背后不好意思地说了一声。

"啊啊,好。"

沃野这才笨拙地跟上来,然后两个人再跟昨天一样,推着车从香樟树的下面朝家的方向走去。

一路上仍然有说有笑,唯一不同的是,似乎今天比昨天能够聊到更多话题了。

回到家里后,我才在心里雀跃地盘点了下今天的进展——今天博得了沃野的捧腹大笑,并且并肩走在了一起,似乎没有那么紧张了。

不急不缓,但一切都正在有序地,朝最好的方向进行着。

我马上准备饭菜,等青猫回家。不久,跟踪同尔岚和凌偲影的一行人便轰轰烈烈地回来了。

咚咚咚,把楼梯踩得贼响。

"大事情大事情,简直就是瞎了我的狗眼!"猫田扯着嗓门,一边高扬着手中的手机。

"阿绿,我跟你说,这简直就是一部宫斗戏,原来幕后有操控者,为何女人们如此狠毒!"爱思咬牙切齿。

青猫看见饭菜就跑到饭桌前吃起来了,压根没有理会我们。爱思拿着手机像递炸弹一样塞给我:"你快看你快看!"

我点亮了手机屏幕,一眼便认出了同尔岚和凌偲影,接着又看见了另外一个人的正脸,惊呼了起来:"怎么回事?!"

"我们跟踪过去,发现原来同尔岚和凌偲影只是被这个人所用呀,听到的内容大概就是让她们去骚扰沃野,然后她再出动去打抱不平赶走她们,然后跟沃野近乎。"

"怎样,这番剧情是不是跟你很像!这明显就是剧情重演呀,就是要抢你的位置!这世上怎么可以有这么凑巧的事情,你们两人可要开战了!因为今天你出现后这两人就把这事给告诉她了。"

"可是这个人我认识，上学期跟我同班的呀。"我露出了尴尬的表情。

"谁？"

"校董的侄女，爱惹事的……梁元琪。"

"就是搬宿舍时，偷换了你的寝室号的那个人？"

## [3]

事情发生了大逆转。

分班后就在我们隔壁的梁元琪一向就是惹事风暴的中心，除了上学期打过几次照面以及被她更换了何颖雅学姐的寝室，平时并无往来。

梁元琪为什么会喜欢上沃野，仔细想起来才发现沃野跟梁元琪都是学校摄影社的社员，摄影社好像也帮助文学社负责过校刊的内页，或许就是在那个项目上有过交集。

原本以为帮助沃野隔绝同尔岚还有凌偲影的骚扰就万事大吉，谁料半路蹦出一个梁元琪。

新一轮讨论再次在出租房展开。

"听闻梁元琪就是个天生娇贵的心机鬼，都不知道玩弄过多少男生的感情了，肯定也是找沃野麻烦，阿绿这次你要扛起重任？"

"啊？"

猫田一本正经地说："你才是护花使者，梁元琪才是采花大盗，你才是那个要保护别人的男人角色！"

我愣了愣，盯着大家，他们也呆若木鸡。

"这个世界怎么了！不是说好我才是被保护的那一朵鲜花吗！怎么就变成了我是护花使者，怎么就变成了我是保护沃野的女强人！"我抗议。

弄明白过后的我痛定思痛，到最后，事情怎么演变成我才是保护别人的那一个，还是女生。

"阿绿，为了你的男人，你一定要像个男人那样保护他，并且不要让他知道，还要假装出一副被他保护得很好的样子哦，嗯。"爱思说。

青猫置身事外，王志文咯咯地笑起来。

"没关系，世界上很多事情都是相辅相成的，同尔岚还有凌偲影那么怕你，梁元琪肯定也很怕你呀，你又不需要出什么天大的力气。"王志文的语气都是一股书呆子的味道。

"如果是这样，好像也不费劲。"我稍稍有点释怀。

电视机在这个时候转入了音乐电台，摇滚乐在一片金属声中换成了主调，以不可抵挡的姿势冲击在耳膜上。

有那么一瞬间，我忽然才意识到，青春真的是一场大闹剧。

在跟沃野放学一起回家的几天后，梁元琪终于在晚自习下课后给我传来了一条简讯："许童绿，你以为我怕你吗！"

梁元琪让我到高年级的教学楼层碰面，说有急事要跟我商量。此时我们一起站在走廊里，只见她站在离我大概三米的距离，身后的教室因为过了夜间十点，已经开始持续地灭了光亮。

果不其然，猫田这只妖孽精明成精，一切都在他的把控之中——

前些天王志文随口猜测之后，就被猫田给驳回了。

"才怪！"猫田笃定地眯起了眼睛，"你现在反而得好好演练一番，对着镜子演练，装得越恐怖越好，语气越阴森越好，最好能控制身体微微颤抖起来那样让人毛骨悚然！反正你本来也阴森，也不难嘛！"

"啊，为什么？"我困惑。

"梁元琪就是个见风使舵的人，同尔岚还有凌偲影很怕你，能够轻易地就被你吓跑，梁元琪呢？"

"啊？"

…………

"许童绿，别以为其他人怕你，我就会怕你！"此时的梁元琪满口不屑地重申了一遍，抬起下巴，高高在上地盯着我。

冬夜的教学楼不仅冷清，夜空中的月光凛冽地照在走廊里，仿佛透着冰凉十足的质感。吧嗒吧嗒，宛若能发出结冰的声音。

"呵。"我微微低着头，刻意让两边的长发垂直地盖在两颊。我想起猫田和爱思两人的主意，千万不要说话，不能紧张露出破绽，在其他人眼里我不是胆小可是透着瘆人的气质。

"我就直白点说吧，你们班那个叫沃野的我喜欢他，能麻烦你放学不要老缠着他吗？否则我就告诉他关于你的所有传闻。"余光中，她盛气凌人地把双手交叉在胸前，语气凶狠。

## 第十一章　草木萌动

"呵。"

"……"

黑暗的走廊里,我低着头站在原地一动不动,头发直直地垂下脑袋,盖住了我的脸。

"你干什么,你,你倒是说话呀!"梁元琪有点受不了。

我一顿一顿地歪起头,长发贴在我的脸上,猛然地怒瞪起眼睛,目光锐利地看着她。左脚僵硬地往前迈了一步……

一阵穿堂风从走廊那一边扫过来,我的身体一点一点地发颤着,猛烈地抖动了一下脑袋,长发滑过脸颊的瞬间,朝她翻起了眼白。

"你!你不要吓我!你以为我不知道你在装吗!你以为你你你这样我就怕你吗!"梁元琪往后缩了一步,语气有点急促。

我歪着头,仍然瞪着眼,又朝前走了一步。

"同尔岚、凌偲影你们给我出来!"梁元琪紧张地叫了一声。

走廊那一头的拐角突然蹦出来急促的脚步声,吓了我一跳,害我身体猛烈地抖了一下,随后又被我控制住了……"啊!啊!我先走了!""我也先走了!"明明是同尔岚还有凌偲影把我吓了一跳,却反而见到我发抖就吓得屁滚尿流。

梁元琪慌了,她又往后迈了一步。

"呵。"我开始站在原地强烈地颤抖着身体。

"啊!你干吗!"

"梁,梁元琪……你今天……是不是摔倒了……"我冷冷地说,想起今天吩咐青猫跟踪梁元琪,青猫给带到的情报。

"你你你怎么知道!"

"因为……是我诅咒的,呵……"什么烂理由。

"……"

"梁元琪……今晚十二点……你在寝室里……"

我斜着眼睛用嘘声说着,声音在寒风中禁不住轻飘飘起来,一只手猝然举起来,手指直直地指向她。我使出了全身的力气战栗起来,开始朝她走去,一步,两步,开始加快了速度……

"啊!不不要!啊!"梁元琪惊慌失措地往后慢慢退着,月光下,她的脸一片苍白和惊恐。

"梁元琪!"我猝然大叫一声正了脸,我的脸在月光下肯定也像是抹了一层白霜。

"啊啊啊!"

这下,梁元琪彻底崩溃了,拔腿就朝走廊的另外一头踉跄着奔跑,丢下我形单影只停在原地。

"嘻嘻嘻嘻嘻。"

身后拐角的旮旯里,传来了猫田他们忍俊不禁的笑声,声声压抑,终于是憋到了极限,几个人歪歪斜斜地扭倒在地板上。

"我的妈呀,看梁元琪那张吓到的脸都笑尿了。"爱思捧着肚子还不愿意停下来。

就在这个时候,我的脑袋又沉重地沉了下去,全身像被电击般疯狂地战栗着,不受控制。"救,救我……"我嘶哑地发出声。气氛死一般就沉寂了。

"……姐姐?"青猫试探地问。

"阿绿?"

"哈哈哈哈。"我突然停下了战栗,大笑了起来。

"要死了你,敢骗我们!"

几个人朝我扭打过来,我的余光恍惚还看见了一个身影,惊慌地以为梁元琪回来了,惶恐地盯着才发现是角落的黑影。

我打了个冷战。

"算了算了,大冬天也挺吓人的,我们赶快走吧。"

"嗯,总之……"猫田憋了一声。

"胜利!"

大家异口同声,这才胡闹着走下了教学楼。

# [4]

十一月底,市级生物科研比赛的初赛在市区的科研博物馆里举行,收到决赛消息的时候,是在周日晚上。

那天我照例回家跟爸爸吃饭,然后回到出租房时,便收到短信说,我们生物社在初赛中获得很高的分数。虽然听说存在着另外一组的题目跟城园高中的论题还有论据非常相似,但也有小道消息传出,如果不出意外我们的论题将会在决赛中稳拿一等奖。

我立马给沃野发消息,约在香樟树下见。

我兴奋地扔下书包出门,跟书店老板借了辆单车,却被青猫给拦住了。

"姐姐,你要去哪里?"青猫大鹏展翅。

"去见……"我顿了一下,转溜下眼睛,"去买东西。"

"你是去见沃野哥哥对不对?"青猫一针见血,果然是小大人。

"哎呀,哈哈。"我摸摸头。

"去见他干吗?"

"有个好消息要跟他说。我不是给你做好饭啦?你吃过了没?等姐姐回家。"我捏了下青猫的脸,结果被他甩开了,他说,不行,本人也要去。

说完,青猫马上跨上了车后座,不依不饶。

"好好好,拿你没办法!"

我这才载着青猫往学校里骑,半路上,青猫突然从后面抱住了我的腰,将脸贴在我的后背上。

"哟,今天怎么跟姐姐撒娇了?"我不以为然。

"别跟我开玩笑,我不开心。"青猫听上去闷闷不乐。

"你怎么啦?"

青猫环抱在我腰上的双手攥得更紧了,嘟囔着说:"你以前有什么好消息,第一时间是跟我说的。现在不是了。"

我的心颤了一下。

不知道为什么,这次的喜悦想与之分享的第一个人,脑海中蹦出来的竟然是沃野——连自己都没有觉察这件事。

我放慢了车速,微微侧头去感受青猫的依靠。

"青猫不高兴啦?别不开心啦,你跟沃野哥哥在姐姐心里是一样重要的。"我认真地说。

"真的吗?没有骗我?你哄我是没用的。"

"当然啦。"

"你发誓嘛。"

我感到头大，但也欣慰地挂上了笑容："姐姐发誓，绝对绝对绝对没有骗你。"

青猫埋在我后背上突然咯咯笑起来，双手在我腰上挠痒痒。我们的单车摇摇晃晃起来。

"哎呀，别闹，要摔了。"我尖叫。

这时，不远处传来了沃野的吆喝："阿绿！"

我一个刹车，回头看到沃野也骑着单车，从薄薄的夜幕中出现，半路相遇。"真默契，我刚好也想约你，就收到你的短信。恭喜你啊，进决赛了。"

"你知道了？"我惊讶。

"之前一直看你下晚自习了还在生物科研室，有在关注是怎么回事。"沃野挠了挠头。

我感到自己的脸在发烫，刚想说什么，却被青猫一把抢了话头。

——"多管闲事！"青猫不屑地喊了一声。

"喂，青猫！"我一惊。

"青猫你也来啦？真乖，还抱这么紧？"沃野不以为然地问，没放在心上。

结果青猫紧紧地抱着我，不肯松手，恶狠狠地说："我又不是三岁小孩，你怎么说话这么幼稚，干吗用哄小孩的语气！"

我刚要发火，想指责青猫没礼貌，结果沃野却被逗笑了。

"你别听他的。"我说。

"哼。"青猫冷哼。

"你想跟我说什么?"

"我想谢谢你,多亏你放学跟我一起回家,我收到同尔岚还有凌偲影的消息,说以后不会再纠缠我了。"

——"那你以后别纠缠我姐姐啦!"青猫插话。

我跟沃野默契地当作没听到青猫的话。沃野继续说:"但她们也给我发了消息,说了你过去的一些事……"

"她们说了什么?"

沃野欲言又止,掏出手机给我看,上面赫然写着"你不知道,许童绿以前跟生物社陈老师搞师生恋!"

我一时语塞,正想着怎么解释,沃野试探性地问:"那个陈老师……是怎么回事?"

——"关你屁事!"青猫继续叫嚣。

"青猫,你再这样姐姐要生气了!"我心乱如麻。

"我们去奶茶店说吧。"沃野提议。

## [5]

奶茶店里,沃野给我和青猫送上了抹茶味和芒果味的热奶茶,我这才跟他说起那段谣言往事。

"我刚入学的时候,碰上新校长上任,因为校风整顿还有学风改革,学校兴起了一波社团活动。"又苦又甜的抹茶味溜过我的喉咙,"生物社就是在那时候加入的。"

## 第十一章　草木萌动

当时，学科类的社团社长暂由老师担当，而生物社的社长则是我的生物科老师，陈老师。

班里有人传言，生物老师曾经坐过牢，有过强暴女生的前科。

谣言来得不明不白，是否有这样的前科我们不知道，只是起初大家对陈老师的到来非常抵抗。

"为什么要被一个坐过牢的人教呀。"当时经常听到大家这样抱怨。

可是没多久，大家发现陈老师性格开朗，上课时神采奕奕，能把枯燥的生物课上得生趣盎然，便彻底被陈老师独特的气息给感染到了。完全靠魅力，同学们从一开始的抵抗到最后喜欢上陈老师，他自始至终也没有表明过任何谣言的立场。只不过他跟女生总是保持着适当的距离，大概也是为了避免谣言吧。

有一次，我抱着一大摞作业本走在走廊上，跟迎面而来的陈老师相遇，没料两名同学嬉笑着跑过撞到了我的胳膊，手中的作业本都掉在了地上。

陈老师蹲下来帮忙拾捡，就在我拾起作业本数数量的时候跟慢慢靠过来的陈老师互相撞了下脑袋。我一个趔趄，猛地往后挪。陈老师那么大的个头也慌张地一个趔趄，迅速往后倒去。

"不要靠近我……"

"离我远一点……"

两个人惊慌失措地说了类似的话，缓过神后，我们就蹲坐在地上笑起来。我笑是因为陈老师此刻又慌张又可爱，竟然跟我有同样的毛病。

也或许就是那一次，陈老师发现了我不愿意接触男生的毛病。

不久后生物社便迎来了第一轮活动，要参加市科研比赛，很枯燥，但陈老师苦口婆心跟我说："阿绿，生物社虽然冷清，可是招进来的学生都是有着重任的，我们要为我们学校争光。获得生物科研专项论题比赛一等奖，是我的梦想。"

起初我并不是特别在意，也对自己感到没有信心——在我第一次进入科研室时，看到那些显微镜还有各种试剂和粉末，满满当当的都是做不完的实验。并且很多实验都是高一的书本水平所无法达到的，我退缩了。

直到一次放学，我来到科研室门口，正在犹豫着要不要进去，突然就听到陈老师喊我："阿绿，不要做胆小鬼。"

他摘下口罩朝我灿烂地笑，一脸开朗的光芒。"不要总是担忧，想到就要去做。"他召唤我进去，试图改变我的胆怯。

后来，连续一个星期晚自习下课后，我经过科研室时，总会透过光线看见陈老师印在窗户上的身影。像蜡烛的亮光，摇曳模糊却总是温暖的色调——

为了实现愿望而坚持不懈的陈老师，似乎在向我传达着梦想的力量。仿佛一次又一次在跟我说"退缩和胆怯的人总是会失去人生很多机会"。

这让我又想起曾经阿泽还在的日子。

就是在那个时候，我决定要跟陈老师一起完成他的愿望……从那之后，大把大把的课余时间都花在了生物科研室里，忙碌充实。好像又找到了血液流动的真实感。

"直到有一天，我被一个人跟踪了。"

我还记得那一天，周末的班车啪地关上门，在我身后飞驰而去，只剩下我在路灯昏黄的夜色里。夏夜清凉的空气混合着一丝忧郁进入到我的肺，将我的整个胸腔涨满。

那个人又跟来了，我当时心想。

我扭头用余光瞥到了那个身影，那个男生已经跟了我很多天了，无论是周末回家还是现在从家里回校。

我看着路灯下自己的影子，一直往前走，开始加快了脚步。另一个细长的影子一点一点地向我移动，直到影子的位置与自己的影子相同时，我尖叫着拔腿就跑。

"啊！"

"等一下！许童绿，我是高一（5）班的班又帆，就在你们隔壁，想和你交个朋友，可以认识一下吗？"

我紧紧地拽着书包，别扭地转过头去，脑中迅速地响起一句话——"不要随便再跟男生接触。"

我一愣，看见鹅黄色的光线下，对方正在等待自己的回答，强扯起嘴角看着我。

我摇摇头。

"不，不……不想认识。"我小声地应了一声，不知所措地转身离开。

临走前好像看到他还停在反射着冰冷黄光的水泥路面上，就像这条路上的一处景物，无关紧要，但却真的存在着。

后来，周末的一天，陈老师准备带我到市区观摩生物实验，就在校门口，之前那个叫班又帆的男生又将我拦了下来。

"许童绿，我喜欢你！"

"你……不要再来找我了。"我气急败坏地说，"我我不喜欢你。"

这已经不知道是第几次偷偷跟着我了，让我感到很害怕。我快速地跑开，自始至终连他的脸都没有记住。"对不起。"我小声地说着什么，心想像我这样的女生怎么可能轻易就遇到这样温暖的对待呢，可是——

"许童绿……你听好！"

背后响起了巨大的喊声，像一阵风，甜丝丝地包拢了我。我回过头，愣愣地看着他，只见班又帆一脸不满——

"再给我时间！我会让你喜欢我的！"

"许童绿，你听好了！"

"无论怎样，我会一直保护你！"

"谁都不能欺负你，我会一直暗地里保护你！！！"

暖流溜进了心脏，咯噔，滑进了喉咙。

多么好听的话，我不知所措地往前走，赶着跟陈老师一起出发。一路上心情一直无法平复。到了市区，陈老师带着我先去餐厅吃饭，我心里还是一直惴惴不安，麻成一团。

"怎么了？不合口味吗？"

"不是。"

"那快吃，还让你出来跟班，辛苦了。"

在陈老师亲切的谈话下才渐渐地又恢复了味蕾，慢慢平复了心情，接下来便是一天紧凑的实验调研。

再后来，日子还是平淡无奇地过下去，直到生物科研比赛的前几天，学校爆发了一起老师的受贿事件，资金庞大，轰动了校园。因此学校进行了一场调研活动——

"大家匿名填好，下课后交上来。"

班级里分发了师生调查问卷，需要填写对每一个老师的综合评价。原本只是一次普通的调查活动，却没想到把我卷入了一场纠结的纷争。

第一次被校长传呼，是在填写了调查问卷后的第二天午休，我被班主任莫名其妙地带到了校务处。

"校长，许童绿平时很用功，您要多宽恕。"班主任语气担忧，让我摸不着头脑。

"这怎么行？我刚上任，一定要把我们学校的作风摆正！"校长挺了挺背，直勾勾地盯着我，"同学你老实交代，我会从轻的，你看看这个，是你的吧！"

他移交给我一张纸，我接过来一看，上面赫然写着"我喜欢生物科陈北老师，是真正的喜欢"。

一定是有人恶作剧。

"匿名的，这不是我写的，这不是我的字迹。"我委屈地摇头。

"你一定胡乱写，故意让字迹跟自己的不一样对吧！如果没有证据我不会随便冤枉你的……是有人举报！"

校长把一个信封拍在了桌子上，我颤巍巍地拆开来……是照片，我跟陈老师并肩走进餐厅还有一起吃饭的照片。

"不是这样的，我跟陈老师是去进行实验调研活动。"

"你知道陈老师有前科吗？你知不知道你这样很危险！师生恋！"仿佛没有听到我的解释，领导们自顾自地说着。

"不……不是这样的，那天我……"

"有证人。"

身后响起了脚步声，我怔怔地转过身去，呼吸失去节拍，跟我此刻的脑袋一样，轰然空白起来。

我死死地盯着那个人，良久，从他憨屈的脸上，终于认出了是那个说要保护我的班又帆。

"这就是你所谓的保护吗？"

我心里嘶叫起来，眼眶瞬间就红了。

生物比赛的前一天，我终于跟陈老师一同站在了校务处的办公室里。这些天，陈老师没有去上课，被其他老师给调换了。此刻的陈老师，看上去无能为力，眼神涣散，有点憔悴。

"不行，不能这样对陈老师！"

我终于在一番冰凉的对话后,听到校长要调陈老师到其他学校去,憋着气笃定地顶了一句。

"人证物证都在,你敢保证吗?!"校长生气站了起来,"许童绿,如果你敢保证你跟陈老师没有师生恋,犯过前科的陈老师可以留下来……但是,如果还有其他人作证,那么你就得被勒令退学。"

"不可以!"陈老师气败地喊了一句,"这可是她的前途呀!"

"你还好意思说耽误她的前途?你们这样……"

"不要说了,我转校就是了。"

我抬起头,看见陈老师为难地看着我,眼神充满了焦虑。

这个时候,只要我站出来就好了,只要我勇敢地站出来就好了。可我就是那么孬,我就是猫田说的那样,我就是个孬种。因为,我进退两难地觉得,我什么都不会,我只会读书呀。

遁入安静后,我站在原地狼狈地小声抽泣起来。身体一片冰凉,强压住气愤的身体因为过于用力而颤抖着。

时间就像停止了,留下了空白。

"许童绿!"

"许童绿!"

听着领导们的声音,我仿佛听到了曾经大优子们的咄咄逼人。

"你不要自欺欺人了。"

你不要自欺欺人了,少女队队员们的声音。

"许童绿我再问你一次,你能保证吗!如果还有其他人作证,那么你就得被勒令退学!这是留下陈老师的条件!"

"许童绿你能保证吗!"

"你能保证吗!"

能吗。

我能保证吗。

…………

"对不起。"

我哭出了声音。

[6]

软弱。孤僻。自闭。可怕。师生恋。灵异少女。怪人。

这是属于我的,所有的标签。

原本以为离开了曾经有阿泽的那座城市,就可以摆脱一切的担忧改变自己,结果却还是陷入了旁人的冷落,变得越发自卑。

这就是属于阿绿我的,目前的人生。

[7]

奶茶杯见底了,我望着沃野和青猫笑了笑,用吸管戳了戳杯里剩下的珍珠。相对无言之下,青猫突然蹦起来,乖巧地说:"姐姐不难过,以后我来保护你!"

沃野刚要说什么,青猫指着沃野说:"没有你的份!"

我无奈地苦笑起来。

"这可是陷害。"沃野不甘,"没事,以后绝对不会再有这种事发生了！"

我对我过去的软弱感到后悔，如果换作是现在，我一定不会再沉默，不会再善罢甘休。

"你现在跟以前已经不一样了！"沃野突然振奋起来。

"嘿嘿，都是你帮忙的呀，都是你跟我一起回家，这是你保护我的成果。"我一阵心虚，脸微微泛红，心里的那个秘密和真相让我暗自偷笑起来。

这可都是沃野的功劳呢，止不住这样揶揄。

但自己确实也在慢慢改变着，好像是这样没错。

自从有了身边这些朋友的帮助，自从每天都跟沃野在放学后走在短暂的校道上回家。似乎靠自己有缺陷的性格完成了一件恶作剧的大事，成功保护了他，开始感到自己也是个有力量的人。

"阿绿现在好像性格改变了不少呢，好像开朗很多了。"渐渐地，似乎身边走得近的人都说自己跟以前相比，好像变得比较善谈，都这样评价道。

我捏了捏奶茶杯，像是给自己打气般，用力地说："所以，今年的生物科研决赛……我一定要为陈老师拿到一等奖。这对我非常非常非常重要！"

"那我可以有个请求吗？"沃野又开始挠头。

"什么？"

"我看你每天晚自习之后都自己一个人在科研室，挺危险的，我可以陪你一起……"沃野突然结巴,随后又忙着解释道,"当然!我是因为想让你顺带帮我辅导下功课,我功课太烂了,之前老师不是说了吗,我有不懂的都可以找你!"

我又惊又喜,还没缓过来,青猫立刻叫嚣起来:"不是说没你的份了吗!姐姐有我保护!你滚啦!"

沃野还没等我回应,立刻慌张地起身,撞到了桌子的一角:"好了,就这么定了。"

"我不要!不准你靠近姐姐!"青猫朝沃野扑过去。

我傻了眼,突然心里荡起一股暖流,笑弯了眼角。

沃野抱住青猫的脑袋,用力摩挲着他的头顶,狡黠地说——"这可轮不到你说了算,小鬼!"

# 第十二章　桃始华

[1]

这是我度过的最开心的一个冬天。

跟沃野约定了之后，每个晚自习之后的科研室里，从此多了沃野的身影。我做实验，他就在科研室最前面的座位上学习。所谓"最前面"的距离，其实是青猫规定的——

青猫最近可能玩腻了游戏机，也可能一个人在出租房里无聊，开始变着新花样，当起了监工。

"我说过我要保护姐姐的！晚上很危险，有坏人。"这是他的说辞。

"有沃野哥哥在啊。"我私下跟他说。

"他也是坏人！"他犟嘴。

"你是说，阿泽哥哥是坏人咯？"我揶揄着说。

"哼，反正他又不记得你！"

"你这个小孩还真是别扭，你是不是吃醋啊？哈哈。"

我捏起青猫的脸，他不满地将我的手甩开，心虚地跑开了，逗得我暗暗偷笑。

日子一天一天过去，时间也在一点点消逝，终于在这样的背景下，我跟沃野成为了名正言顺的学习上的"好朋友"。

我的学习成绩比起以前是有所下滑，但是比起让自己的性格变得开朗以及帮助沃野提高了成绩，这样的失去或许也是一种收获。

每一天在科研室里，沃野坐在我跟青猫的前面，第一次如此亲近地靠近着他的背部，而他一有不懂的题目就会笨拙地转过身来，佯装不在意地点点题目。

"喏，这个你帮我看。"他说。

"我还是不太懂，你帮我看。"有时候，也会莫名无赖起来，惹得旁边的青猫皱眉。

"这不是在撒娇就是在傲娇！"很多次，青猫去跟猫田告状，猫田都会这样说，"我说阿绿，你们好像又重新认识了一次，挺不错的。"

听到这样的话语，多少会有点安慰。有时候也觉得安静地待在沃野身边，好像也挺不错的。

为了犒劳我辅助沃野的功课，有时候早上来学校上课的时候，还会在课桌肚里看到沃野已经买好的爱心牛奶，我捧着牛奶有时候不舍得喝，就会惹得旁边的猫田一脸嫌弃，啧啧称道说闻到了空气中的酸腐味。

这样的时间过去了一大半，直到有一晚在科研室里，青猫惯例监督着沃野，让他在离我很远的桌位上学习，美其言曰不打扰我。他交叉着双手坐在中间的位置上，一番眼皮打架，最后在冬日的困倦中睡着了。

我正做着实验，突然听到沃野嘘声喊我"阿绿"，我一抬头，他用手指比在唇前，又打着手势，想让我跟他出去。

我们蹑手蹑脚地出门，沃野轻轻地关上了科研室的门……我正想问他什么事，沃野突然拉着我就往楼下跑。

"你慢一点！"我气喘吁吁，跟他一起停在了二楼的走廊上，两人突然笑了起来。

皎洁的月亮挂在天空上，白色月光如同糖霜洒满了走廊，我们站在栏杆前，就静静地站着，像在感受当下的静谧、遥远和甜。

"嘿嘿，阿绿你说我们这样算不算在假装情侣？"沃野突然将身子伏在栏杆上。

"啊哈，啊，是吗。"我瞬间支支吾吾，摸不到头绪结巴起来。

"对呀，每天一起回家，一起学习，别人都还以为我们是情侣呢。"

"……"

心脏扑通扑通地跳，根本说不出话。

就在这时，我听到楼上传来了一声关门声，像是科研室的门被风吹得关上了。那一刻，我没来由地担心起青猫来——

要是青猫醒来，发现自己一个人在里面，一定会害怕的。

"要不然……我们真的试试吧。"

要不然我们真的试试吧，我是不是听错了。我的心小鹿乱撞着，但我又惦记着青猫。

"嗯，你，你说什么，试试试什么。"

"假装情侣呀，来真的。"

"这个，这个嘛。"

如此老套和恶俗的戏码是在演电视剧吗，心里虽然这样想着，但是脑袋已经紧张得发白。

"哈哈，不用紧张啦，开玩笑的。"

"……"是自己过于紧张让他感到不自在了吗。

白开心一场，还是挺期待恶俗的戏码发生在自己的青春里的，我瞬间泄了气。

"开玩笑的啦，不要放在心上，我们学习还来不及呢对吧，我懂你的。不应该再玩啦，我们也好准备数学竞赛了，明天记得把那本作业带给我哦。"

假装情侣原来也是在"玩"的范畴，一点都不诚恳。

"知道了啦。"

过些天就是生物科研比赛的决赛了，在那之后还有数学竞赛，接下来的日子应该会特别忙碌吧。

"我很担心青猫，我们快回去吧！"我终于忍不住说。

话音刚落，楼上便传来了一阵砸门声和哭喊声。

"不好了！青猫！"

我们匆匆跑上去，走廊里早已充斥着猛烈的声响，一打开门，青猫便泪流满面地扑了上来，朝我一阵推搡："姐姐你怎么可以这样，怎么可以丢下我！呜呜呜！"

"对不起，对不起。不是故意的。"

"我恨你！"青猫的肩膀剧烈地抽搐着，我揪心地抚摸着他的后背,却被他一把推开。

"是我的错,是我拉你姐姐出去透下气。"沃野说。

青猫恶狠狠地瞪着沃野,用力地吸着鼻子,随即憋红着脸,破口大叫:"你们背着我干吗去了!你这个讨厌鬼!"

"青猫!姐姐跟你道歉!"我怕青猫胡乱说出什么来,赶紧跟沃野道别,"时候不早了,我跟青猫先回去。"

"好,注意安全。"

随即,我讪然地收拾东西,牵着青猫的手逃出了科研室。以往这个时候,青猫总会一副得胜的样子朝沃野做鬼脸,但今晚他只是颤抖着肩膀,落寞地抽泣着,不再说话地转身。

回到家里,青猫独自坐在客厅,抱起双膝生闷气。

我逗青猫开心:"青猫,你猜刚才沃野哥哥跟姐姐说了啥?"

原本想跟青猫分享未来如果真的有假装情侣那么一天的情景时,那种蠢蠢欲动的心情。结果青猫面无表情地看了我一眼,没有理睬我。他扭过头开始拆飞机模型,没有想要理我的样子。

"你怎么就那么讨厌沃野呢?"

我无奈又狐疑地停在原地,思考这近一个月来的事情,才发现青猫似乎很久都是这样不开心的脸了,才发现了原来发生了微妙的地方是——

以前放学后都是青猫等自己一起回家,一起学习,现在每一天都多了沃野。青猫一直在怄气,我浑然不知。

[2]

周末的时候,我良心发现果断带青猫到处乱逛,逮着任何一家他看上的满意的动漫店或者餐厅就砸辛苦打工赚来的钱进去,试图让这家伙开心起来。

晚上回到家,我早已经累瘫,颓然不已。结果青猫呲牙咧嘴地从口袋里掏出了一张券塞到我手里:"姐姐,你看。"

青猫在我白天去买饮料的空当,不知道从哪里带了一张活动券回家,现在想逼我明晚一定要陪他去。

我摊开纸,扫了一眼:"赢取家庭旅游基金,亲属两人三脚活动大赛!"

"什么东西!"我大叫了一声,"现在什么年代了还玩两人三脚!"

"我不管我不管,人家想跟你去!"青猫又开始拉起又骄又躁的长音。

"后天姐姐要参加生物科研比赛决赛,所以不能跟你去,没有时间。"

"你要复习?又不用复习!"

"是的,不用复习,但是已经说好跟沃野哥哥去老师办公室培训数学比赛专题。"

"……"

"怎么了?"

经过上次青猫出走的教训,我这次一马当先,跑到楼道间把门给关牢。随即转过身就看见青猫憋屈地站在原地直勾勾地瞪我。

我忍不住笑起来:"这次你跑不掉了。"

"你胡说八道!拐来拐去没有逻辑!就是为了不跟我去!就是要跟那个讨厌鬼沃野在一起!哼!"

"姐姐是真的忙,你根本不懂现在21世纪的学生有多么痛苦,没有好成绩一整天都在被别人排斥,被家长说没有未来!"

"你又在扯什么东西!不要转移话题!"青猫现在真的好聪明,都知道我的用意。

"……"

"你不陪我去我就死给你看!"

青猫一声怒吼,蹦起来屁股朝地板重重地坐下去,臀部像一个落地的南瓜般发出啪的一声。

"青猫,不要无理取闹,无理取闹以后长大会没有女朋友。"

跟青猫生活到现在,我也学乖了,懂得了现在对付青猫的无理取闹就得语气平静,然后胡乱调侃。不然情绪越激动两人就越像此起彼伏的交响乐,终究惨败收场。

"哼!"

"……"

"哼!"

"哼你妹呀!"我怪腔怪调地说。

"我不理你了,我说真的,你可以去死了。"青猫扭向一边。

"哎呀,居然叫我去死!"

铃铃铃。

这时,我的手机在口袋里闷闷地响着。我看了一眼屏幕,再瞅了一眼青猫，良久，才尴尬地接听："喂，沃野？"

"明天带作业本给你是吧？嗯，我记得的，好，明天见。"

等我接听完电话，才发现青猫瞪了我一眼，识相地跑进了卧室。一场说不定会逐渐激烈起来的争吵才暂时停歇了下来，坠入了冷战。

"小崽子，听话一点会死呀。"

我骂骂咧咧地朝卧室骂了一句，才起身收拾衣物洗衣服去。

## [3]

跟青猫的争吵升级是在第二天的夜晚，也是生物科研比赛决赛的前一天。

我气冲冲地拽着书包，横冲直撞地回到家，朝他大叫了一声："青猫你自己看看你做的好事！"

今天傍晚吃过晚饭，跟青猫仍然在冷战着，看他有些心事的模样我也没有多想。直到我跟沃野到数学老师的办公室里准备数学培训时，我把沃野提醒千万要携带的奥数纠错本抽出来给他，然后两个人就开始听老师讲课。

"沃野，哪里听不懂吗？"

直到老师关怀起沃野的时候，我还没有发现什么，等到开始重复之前的题目练习时，才发现沃野盯着奥数纠错本如坐针毡。

"怎么了？"

"没有。"

我探过头，他把本子往远处挪过去，这举动让我觉得哪里不对劲，便猛地拉过他的手，瞅了一下作业本。

顿时，身体里的一团火焰马上就腾烧起来。

作业本上满满都是青猫趁着我不在时，用彩色笔胡乱涂画上去的图案。各种乱七八糟的图案还有写满了"去死呀""最讨厌你了""蠢蛋蠢蛋"的大字。

青猫是在报复。

"你怎么这么幼稚！你知不知道姐姐多丢脸！你知不知道沃野哥哥还在袒护你！"

我气得浑身都在发抖，开始失控地把本子摔在他的面前，发泄得不够，再蹲下去把废弃的本子全部都撕了："去跟沃野哥哥道歉！"

青猫继续低着头摆弄着完成了一半的模型，一声不吭，压根不想理我。我蹲下去，抢过了模型，他瞪了我一眼。

"你为什么一直都针对沃野！快去道歉！"我尖叫。

青猫绷着脸，继续死勾勾地瞪我，然后不屑地站起身，走到平板电脑前，按下了电源，拿起了游戏手柄。

"啊啊啊啊啊啊！"他的不理睬着实让我的愤怒到达了喉咙口，我咬牙切齿地扑过去就把游戏手柄给扯起来狠狠地摔在地上。

青猫安然无恙地撇着眼皮，朝那边挪了一步，拿起另外一个游戏手柄。

"你说话呀！"我尖叫着扑过去跟他抢起来。

"啊啊啊啊啊啊！"青猫嘶叫起来。

"死回池塘里去死回池塘里去！啊！！！"

看见这样的青猫，我心力交瘁，忍不住鼻子一酸，毫无意识地就举起手朝他的脸上扇了一巴掌……

瞬间，出租屋里一片冰凉，我的眼眶马上就红了起来，青猫和我都陷入了沉默。

"你打我！！！"忽然，青猫哇的一声冲过来，一把扯过我的头发，我愣了一秒然后就开始还手，结果变成两个人纠缠着厮打在一起。

"啊，放手！"

"你打我了你打我了你打我！"

两个人就语无伦次地叫起来，咬着牙扭成一圈，开始胡乱抓对方的脸和扯对方的耳朵，没完没了。

直到猫田帮我从生物科研办公室里抱来了真空玻璃罐时，我和青猫才被他给硬生生地拉扯开。

"哎呀你们两个在干吗呀，多大的仇恨呀姐弟俩！搞得像两只抽搐的狗是作甚！"

我和青猫各自平躺在地板上，胸口起伏，脸上被挠破的伤痕还生疼得厉害，猫田就呆呆地坐在我们两人中间，怕我们再扭打起来。

"青猫的错！"我说。

"到底是什么天大的事呀？"猫田不耐烦。

我刚要说出"青猫做错事我打了他他就打我"这件幼稚到无趣的原因时，却闻见地板的另外一边瞬间传来了青猫呜呜咽咽的哭声，十分可怜……

"姐姐让我回到池塘里去……呜呜呜……说让我死回池塘里去，呜呜。"

青猫以最快的速度哭了，呜呜咽咽的，听得我的心揪成一团。猫田马上侧脸给我露出难以置信的表情，张着"你这下死定了"的口型。

青猫憋红着脸颤巍巍地站了起来，扳着手挡在眼睛前擦眼泪，"呜呜呜"地哭着，自个儿朝卧室里走进去。

"姐姐让我……呜呜，回到池塘里去，呜呜呜。"

"姐姐自私，姐姐讨厌鬼。"

青猫就这样自顾自地小声啜泣着，留下一个寂寥的背影然后就擦着眼睛走进房间，呜呜咽咽，一直没有停，又小声又凄恻。

我的心像长了刺，疼得眼泪都忘记流了。

[4]

呼——呼——

下雪了。

清晨弥漫在窗口的光线一片浑浊，被云朵里逃出来的光层，恹恹地聚成暗灰色的一团。轻轻地拨开窗帘，才发现窗外的世界，雾蒙蒙地飘舞着初雪。不大，一点一点地，意犹未尽般地落下了人间。

今天是市级生物科研比赛的决赛日期，临走前看见青猫还躺在床上，脸朝着墙壁的那头，还是用背影冷冷地对着我。

原先说好要带着青猫到比赛现场的，可是此刻的青猫明显还在冷战中，根本没有想要一起去的意思。

"青猫，我知道你醒了。"

我坐在床边，盯着他的后脑勺，轻轻地叹了口气："知道你还在生姐姐的气，都是姐姐的错。"

"姐姐跟你许个约定吧，以后，无论什么时候青猫都有一次机会，让姐姐留下来陪你。你要姐姐跟你玩姐姐就跟你玩，你让姐姐干吗我就干吗，但是只有一次哦，绝不食言。"

青猫仍然一动不动。我轻轻地推他的肩膀，他还是像一尊冰雕。

"早餐起来吃的时候如果冷了就去楼下书屋的微波炉热一下，中午的时候不想出去就叫外卖吧……"

"姐姐把比赛地点的地址写在纸条上，如果想要过来了，再打王志文哥哥的电话让他带你过来，志文哥哥今天下午才会去。"

我起身再看了他一眼，愣了愣，就拧起了昨晚选好包好的真空玻璃罐——

"无论怎样，你都是姐姐的弟弟呀。"

"对不起。"

我最后再说了一声，转身就出了门。

刚出门不久，从嘴里、鼻孔里喷出来的团团热气便凝成了一层层霜花，冻结在衣物的四周。

初雪随着寒冬降临，飘着细雪的街道白茫茫的一片。大老远就看见猫田还有爱思抱着双手在街道边弹跳着，呼出的气体一下子就变成了缕缕小白烟。

"阿绿,这里。"他们在朝我挥手,会合后,并一同前往市区的生物科研博物馆。

决赛场地里挤满了各个学校的学者还有很多生物科研爱好者,早上九点钟,比赛就正式开始了。

分组进行,各组人员都不知道其他组成员的研究课题还有论据,各自进行论述以及采样。我胸有成竹,对论题烂熟于心,在猫田和爱思的鼓励下,满怀希望地进入了实验采样室。

第一轮就必须进行论题的论据采样,所以我必须当着研究者们进行各类植物叶的细胞数量变化采样。

"早上时间六点整植物叶,"我心里默念着,小心翼翼地取出了真空玻璃罐中的叶子,切片放置在显微镜下,"晴天的好了,到雨日的植物叶。"

"早上时间七点整植物叶……"

…………

就这样一直顺利地进行下去,直到采样过去了半个多小时的时候,我才发现了异样。

"夜晚时间六点整植物叶……"

"夜晚时间六点整植物叶,六点整的植物叶呢?"

真空玻璃罐取错了!

当我意识到这个严重的错误时,晴天霹雳般怔在了原地,脑袋轰响。我马上跑出了实验室,抓住了猫田和爱思的衣袖:"猫田,爱思,怎么办,真空玻璃罐明明没有拿错!我昨晚明明已经确定是这个了的！怎么办呀！"

"怎么回事，你先别慌！"猫田说。

"瓶子拿错了！"我心乱如麻，几近崩溃地喘着粗气，忽然想起什么，"……是青猫，是青猫调换了瓶子……是他！"

青猫又一次报复我了，可是此刻的我完全没有了力气去追究，我几乎瘫软般抱着爱思的肩膀，突然鼻子一酸，眼泪就砸了下来。

"阿绿？"

"我努力了这么久，就是为了补偿陈老师的心愿。"温热的泪水从我的眼睛里冷清地流下来，也不愿意去擦，"爱思，我们当初许的愿望没有一个成真！没有一个成真呀！"

"阿绿，说不定还有机会，打电话让青猫赶来。"猫田心急地说。

"来不及了，已经来不及了。"我绝望地在爱思的肩膀里哽咽起来。

这时，一阵急促的手机铃声在走廊里猝然响起，尖锐地划破了此时凝固的空气。猫田手忙脚乱地掏出手机，大声喊起来："二楼二楼走廊！"

紧接着，走廊的楼道里响起了匆忙的脚步声，一阵又一阵。爱思抚摸着我的脑袋，握着我手臂的手心安慰般渐渐地用了力气，也不说话，只是听着我哽咽。

"姐姐！"

突然，我仿佛听到了青猫的喊声。抬起泪眼朝走廊那头无神地看过去,只见拐角处如同慢放般一帧一帧地出现了两个身影。泪水滑进了脖颈,一片冰凉。当我吸着鼻子恢复了视觉后,才发现青猫抱着真空玻璃罐,正从走廊的那一头竭尽全力地跑过来,王志文在后面赶着。

雪花布满在他们的身上,还没来得及融化,就在奔跑中被寒风刮得掉落。

是真实的。

我擦掉了眼泪,确定这一切都是真的,一抹笑意还没来得及浮上脸颊,耳边就响起了刺耳的尖叫声⋯⋯

"青猫小心!地滑!啊!!!"

"啊!"

砰的一声巨响,傻眼了一秒,时间再次像是停止了般,失去了温度。

真空玻璃罐在青猫踩滑的一瞬间,重重地砸在了地上,顿时碎了一地,植物叶纷纷撒了出来。

就在那一刻,几乎听到了青猫哇的一声哭喊,直刺心脏。

"青猫不哭!没事!"我一边跑过去一边喊着。

大家终于跑到了一起,我手忙脚乱地在玻璃碎渣中把植物叶捧上手心,破涕为笑:"或许还可以用,没事。"

"快进去吧!"

"嗯。"

我捧着叶子大步流星地走到了实验室的门口,愣了愣再回过头看了他们一眼,只见一行人站在原地眼光一直投在我的身上。

他们朝我摆了摆手,我这才安心地跑进了实验室。

## [5]

初雪过后,寒冷开始遮天蔽日。

没有看过雪花的青猫对世界感到无比的新奇,但在生物科研决赛之后的几天里,为了惩罚青猫偷换了真空玻璃罐,我选择对他的任何要求进行冷淡处理。对他的态度也是冷冷的。

"姐姐你不要不理我,我错了。我想看雪人。"

青猫又来这一招,可是这一次我再也不心软。

就这么过了几天,后来一天半夜,青猫缩在床上朝我哎哎呀呀地哼了几声,起初我不以为意,后来听着语气察觉不对,往前凑近一看,差点把我吓傻了。

青猫发烧了,浑身滚烫地蜷缩着身子,侧躺在一边一直呢喃地叫着"姐姐,姐姐"。

我顿时心急如焚,整张脸都绿了,连忙帮他加了很多衣服,吃力地把他背了起来。

"青猫,不要害怕,你是幽灵!"

我其实是在自我安慰,其实着急得手忙脚乱,却还是佯装冷静地对青猫说些安慰的话,半夜背着他朝郊区唯一的一家医院跑。

冬日的郊区是最漂亮的,特别是城园高中附近的那片荒地,包括池塘还有大树都被飘雪温柔地涂上了一层白色。再过几天,远远望去的平地上,就会宛如盖上了一层厚厚的大棉被。

"青猫,你看看,到池塘了。还记得你从池塘出来的时候一直哭吗，胆小鬼。"经过池塘的时候，我吃力地托了托变沉了的青猫，提醒他不要睡着。

"怎么你身体还这么弱呢？"我又没好气地补充了一句。

"姐姐最笨了，姐姐不要离开我。"

我的心咯噔一下，青猫的脸颊贴在我的脖子上，一片滚烫，身体还在持续腾烧着，已经开始说胡话了。

我知道青猫又在担心我跟沃野的事，这小鬼的心思怎么就这么多。

"说过的，不会因为阿泽哥哥就不要你，傻蛋。"

"姐姐背我了，真好。"

"当然啦，你当初从池塘里起来见到陌生人就一直哭晕过去，也是姐姐背你的呢……"

我的话说到了一半，突然，我感觉脖颈上有温热的液体流下来，着实被吓了一跳。

"青猫？青猫，你在哭？"

"姐姐，我难受。"青猫孱弱地说着，有声无力，发烫的皮肤似乎让青猫忍不住了。

"马上就到医院了！"我突然有点哽咽，加快了脚步，感到害怕。

"姐姐，下雪了快许愿，会实现哦。"

远处的天际，细雪轻轻地飘着，被远处星星点点的光线映照得像森林里出来的萤火虫。飘雪落在我的睫毛上，瞬间就像冱住了，冰凉冰凉。

"傻子，都是骗人的。"

"我许了……"青猫吸了吸鼻子，在我脖子上蹭，"曾经都不想长大，长大多烦呀，我都许愿不要长大。可是遇到姐姐后，我第一次想要快点长大，长大才能保护姐姐……才能把阿泽哥哥打败，让姐姐永远对我好。"

"你许什么愿了？"

"姐姐不要离开我。"

"笨蛋！不要说了！马上到医院了青猫！"

听着青猫生病中的胡话我感到十分恐惧，我可没有想过青猫也会生病。

雪花飘满了我们全身，因为紧张，后背流出了汗水在冬日里十分难受。不知道焦虑了多久，我背着青猫终于到了医院。

在去医院的路上，我想起了八年前的夏末。

洪水来袭的一星期过后，小镇又恢复了往常的模样，宛若什么都没发生过。妈妈拎着行李跟爸爸在家里吵得天翻地覆，所有邻居都来家里劝阻着。

"她就是克星！"从城市里回来的妈妈还在抱怨我不是男孩，以及让她的身材甚至生活变得糟糕。

"怎么可以这样说自己的女儿呢？"邻居们议论纷纷。

"你快点滚，离，马上就离！"爸爸扯出了那张皱巴巴的离婚协议。

就在那个时候，我跑出了家门。

朝远处漫无目的地跑去，身边所有的声音还有身影都恍若穿堂风，失去了实感般的存在。我就一直跑着，然后开始流泪，直到我被一辆猛然刹车的卡车撞上后，痛觉洞穿了身体，世界才又被拉回了现实。

我开始听见人群的声音还有爸爸的哀号声。

就在我被送往医院的时候，爸爸一直跟我说："爸爸不会离开阿绿的，妈妈走了，但爸爸不会离开阿绿的！"

所以我多么理解青猫说出"姐姐不要离开我"的那种感觉，苍白无力又充满了渴望，叫人心疼。

那年在医院里，我确诊轻微脑震荡，脑袋轻创，医生跟爸爸说："她的脑部神经克制了一些记忆和画面的出现。"

跟医生所说的一样，从那以后，我似乎对于打球比赛的事情很模糊，也对阿泽的脸感到模糊，只剩下大概能一眼洞悉的轮廓。

很多事情，包括阿泽的脸，重新出现在眼前能一下子就辨别出来，否则便只能是模糊的一片。常常梦见球场上的画面以及梦见阿泽的一切，可是醒来，又是渐渐遗忘。

跟波光粼粼的水面一样，阳光下清晰，却又荡着晃眼的波纹。

毕竟，也那么多年过去了。

[6]

下过雪的清晨，瞳孔里的世界开始明朗起来。

"姐姐，我要看雪人哦！"

第二天，果不其然，打过点滴吃了药，青猫又恢复了神采奕奕的样子。幸好没有什么大碍，虚惊一场。青猫就是发高烧，大不了就是往他屁股上打退烧针时听见他嗷地叫了一下，病好烂情绪又消失了。

早上，青猫恢复了元气，嘣地一下从床上跳下来，跑到了窗边，把脸贴在窗上凝望雪景。雪花一片又一片。

"小心脸被冻贴在窗玻璃上摘不下来！"我扯住他。

"我要看雪人，姐姐我们出去外面堆雪人！"

"你还在生病，反倒被雪人堆吧？"

"人家想要！"

"我不会堆。"

"……"

"等你身体好了，我们叫猫田爱思王志文还有沃野一起去堆雪人。"

"你好笨哦，连雪人都不会堆……明年我要看雪人，你快去学！弟弟要看像叮当猫一样的雪人！最胖最蠢那种！"

"好啦，知道了。"被羞辱的感觉真不好，我笑起来，心想原来叮当猫的样子是最胖最蠢。

所以最终，我终于败下阵来，向青猫许诺，在来年的春天到来之前我要学会堆雪人。好在明年的冬天能给弟弟堆叮当猫。

哗啦啦。

漫天飞舞的奶白色雪花纷纷扬扬，白茫茫的一片，飞翔盘旋，然后铺落到了人间。

外面的世界粉妆玉砌，四周像拉起了白色的帐篷，大地变得银装素裹。气氛安详下来，仿佛能听见窗外落雪的声音。

"哇哦，死后第一次看雪哎。"青猫扭过头傻傻地看着我，红嘴唇里露出小虎牙，像海豚的一对幼鳍。

"真漂亮。"我也跟着笑起来，只有在这样的氛围里，才能感受到家的温暖，仿佛爸爸也在身边，猫田，爱思，王志文，还有沃野也都在身边。

"从此以后你听话，不要再胡闹了，不准无理取闹，你知道生物科研比赛对姐姐多重要吗，竟然偷换瓶子。"我指责。

"谁要你打我！"

"因为你不听话！"

"我不管，以后姐姐要记住自己说过的约定。我让姐姐留下来陪我你就得陪我，让你去死你就得去死，失约就要去吞粪。"

"哎呀，你这个死……"

话语说到一半被打了岔，手机震动起来，我低头掏出手机，接到了沃野的电话——

"喂，请问青猫生病了，好点了吗？"

"好多了，现在正在看雪。"我低声说，不敢让青猫听见。

当沃野问到说这几天怎么样，心情是不是放松了很多时，我的心还是悬着的："比赛结果得寒假之后，下学期才会出来了。"

"我觉得这阵子过得太紧绷了，你说我们要不要大家一起商讨下，寒假之后去郊游一下？"

这个冬天似乎没有什么不同，青猫仍然喜欢猎奇稀奇古怪的游戏还有模型，猫田还是在设计社里画着设计图给杂志投稿，爱思再也没有疯狂地喜欢上哪个学长,只能每天认命地跟王志文一起补爸妈吩咐的家教,偶尔还是会去设计社当模特。沃野还是在冬日的香樟树下等自己回家,生活里的目标大概只剩下每个月的月考。

"郊游?"我转溜着眼睛,心想也是该散散心了。

青猫听我说了一声,突然惊喜地回过头,跳上了病床蹦跶:"好耶好耶,我要去!"

我被青猫叫得捂住了一边的耳朵,犹豫着问沃野——

"那时间定在……"

"时间哦?我想想。"沃野沉默了一会儿,提高声贝,"我知道了,我们不如玩个游戏!"

## [7]

经过一番商讨,我们决定寒假的时候要一起挣钱,在来年的春天出发去郊游一次。也是唯一的一次,所有人能齐聚在一起。

就在这样的期盼下,皑皑白雪一下子就被抛在了脑后,河水恢复知觉,植物苏醒。我们只管给自己穿上厚厚的衣物,备好温暖,转眼春天的街道,已经开满了花。

出发郊游的那一天,所有人在大巴前集合,我们备好了两条路线——如果生物科研比赛的结果如愿得了一等奖,就走海路。如果失败了,就走山路。

我握着手机,大家围着我,都在焦急地等待着。终于,叮的一声,生物科研比赛组委会的短信来了。

"加油。"大家轻轻唤着。

爱思捏紧了我的手臂,我深呼了一口气,刚要点开,突然又畏惧起来,自己往后退了一大步:"我自己看吧!"

说完,我迅速地点开短信扫了一眼。

大家紧张地望着我,沃野试探性地问道:"结果怎么样?"

我笑了笑,拖着行李,走到了大巴前回头跟大家说:"走吧,该启程了……山路。"

一路上,大巴里的气压很低,我坐在窗边,将脑袋抵在车窗上。脑海里还停留着刚才的手机短信的画面——

"城园第一高级中学的负责人您好,经过科研组的最后一轮综合评比,现恭喜该校的论题获得了此届生物科研比赛的二等奖,更多消息以及颁奖盛典请登录市生物科研官方网站……"

二等奖。

我再次掏出手机确认,视线停留在这三个字上面,无法移开。手指就像是被冻住了般握着手机,半晌,便失去了知觉。

窗外已经是春天了,世界开始冒新芽,只是当下这一刻又是严冬冱寒,滴水成冰。青猫坐在我身旁,突然开始暗暗地哭了起来。

"你这小子,怎么哭了?"我吓了一跳。

"都怪我,我一点用都没有,你们没有一个愿望实现了。"青猫脑袋一时当机,说了这些话。

猫田一听，猛地扫了沃野和王志文一眼，扑过来捂住了青猫的嘴巴。

"青猫不哭，二等奖已经很不错了，你姐姐撑起了学校生物社的一片天！"猫田说。

"实话说，无法完成陈老师的愿望，我难过得要命，但我想哭却哭不出来。我到现在才知道，背负着别人的梦想行走，一旦跌倒了就是辜负，跟失望或者难过已经都无关了。所以，以后我们都要为自己的梦想行走，千万不要背负别人的。这是我学到的道理。"

这是我第一次为了一份梦想的成绩单，在很多个冬夜里，因为软弱而在被窝里频频掉泪。每天在寒冷的空气中吐着气，绕过生物科研室，走另外一条校道去上课。但如今我才明白，我走错了，我总是为别人而战，却很少为自己。

"没关系，明年还有一次。"我扬起笑脸，"不是说好出来玩，大家要放松吗？你们这样会让我觉得是我害大家不开心。"

"才没有！"青猫和爱思异口同声。

"我知道大家为什么不开心了！"沃野开始发挥他的阳光属性，逗大家笑，"因为我们都以为会拿第一名，所以都做了海路的郊游攻略，没有人做山路的，该怎么办？"

"哈哈哈。"

这下，气氛终于融洽了。

就在这个时候，大巴驰上了高速，车窗因为积攒雾气而流下了如同雨水的水滴，我注视那蜿蜒的小水柱，心里突然咯噔了一下，联想起今天出发前看到的一则新闻。

我心想，大事不好……

雨季很快就要来了。

## 第十三章　鹰始挚

**[1]**

"XX 早报消息，今年的气温变化异常，现今春天花季减少了半个月，受全球气温变暖以及城市尾气排放等影响，3 月春天出现酷热天气。今天最高气温 29 摄氏度，最低气温 10 摄氏度。

"市气象台预计，随着高温的提前，我市今年的雨季也将提前。往年一般在 6 月 22 日至 25 日进入雨季，今年预计会提前在 5 月底进入雨季，比往年提前大约一个月。"

看到这则新闻的时候，正是启程去郊游的当天清晨。我在电视机前等待青猫收拾衣物的空当，盯着屏幕就安静了下来。忘记了去催促青猫的慢条斯理，几乎是傻呆在了原地。

今年的雨季会提前到来，到时阿泽就要消失了。

第一反应陡然升起后，这一天的心情都不踏实。因为电视机里的这则新闻，从此让我几乎每天都会关注气象预报栏目。

"阿绿，你怎么了？"

大巴继续在公路上行驶，大伙正在玩"杀人游戏"，游戏正掀入高潮的时候，我回想起早上的新闻，在其中盯着沃野的笑脸突然又陷入了呆滞的状态。

"你是跟沃野一起出来太兴奋了吧?"爱思推了推我的肩膀偷偷挪揄道。

就在惴惴不安的情绪下,大巴终于开到了林区郊外的旅游景点。轰隆隆,一行人便背着烧烤器材还有露宿帐篷,嬉闹着朝山林走进去,探险般一直深入。

傍晚时分,终于到了山顶。

平旷的山之顶端,像是能触及到夜的尽头。大伙先是休息了好一会儿,才开始起身生火,准备起今晚的晚餐。

哧哧哧哧。

烧烤架上炙烤的声音伴随着火花的光亮尖脆地跳动着,大家围在一起讲故事还有吃海鲜,山顶越夜越明亮。

"来来来,拍合照咯,相机就剩一点点电了。"王志文在拍了一天的风景照后,开始在这个时候提议要拍合照。

"要把我拍美一点呀,美如天仙那种范儿。"爱思把头靠在我肩膀上,凑了凑镜头。

"阿绿你拿啦,自拍,所有人入镜头。"猫田说。

"青猫快点进来,你都还没拍照呢。"我喊他。

"哦哦,来啦。"

我举着相机,青猫的一个头蹿到了镜头前,故意把脸撑得特别大,咧开着嘴大笑着。身后的猫田、爱思、王志文还有沃野只能不满地露出自己脸颊的三分之一,惹得大家频频笑场。

"哎呀，按了没啦。"

"还没哈哈。"

"快按啦。"

"大家不要笑场。"

这下大家憋着把脸恢复平常了，我开始数拍子："好嘞，一，二，三……"

嘀——

按下按键的那一刻，相机发出一声声响就彻底黑了屏幕，也不知道有没有拍成，白忙了一场。

"咦咦咦咦！"

大家嘘声一片，我只能悻悻然地把它收回到包里："没关系，以后还有机会吧。"

"嗯。"

"不如我们来玩捉迷藏吧，互相找到的人今晚就住同一个帐篷！"紧接着，猫田提议。

"好像不错的提议哦。"

"好呀。"

"我要跟姐姐住，猫田哥哥脚臭！"青猫突然好笑地捏起鼻子。

"你放屁，青猫的嘴才臭呢。"

猫田揽过青猫的胳膊，暗自朝我和爱思挤了挤眼，我们这才弄明白猫田的用意——

大概是想要制造我跟沃野单独相处的机会吧。

[2]

"咻——"

一声哨响,大家轰地一下就消失了身影,蹿入了漆黑无边的山林。夜晚的树林神秘幽深,像时间般古老,又跟当下的春天一样年轻,到处弥漫着淡淡的植叶味道。

我手持手电筒,在规定的范围里行走着,头顶是一顶挨一顶的郁郁苍苍的树冠,仿佛搭了天篷,枝叶蔓披。每当微微透凉的春风吹拂而过,沉睡了一阵的山林便又立刻从甜梦中苏醒了过来,接着便相互地争吵起来。

沙沙作响。

忽然,视野不远处的枝叶缝隙里传来了光亮,手电筒的光亮一闪而过。"阿绿!"我的背后突然被猛拍打了一下,吓得我差点在原地跳起来。

"啊!"

"嘘,是我,王志文。"

"你吓死我了。"我轻轻摩挲着胸腔的领口,安抚着心脏。

"那我继续躲起来啦,找别人去啦?"

"啊?"

"不是说遇到谁就跟谁一个帐篷吗?"

原来大家都对这个游戏的用意心知肚明呀,我会心地笑起来,借着微弱的光芒看见王志文的脸庞,他正在诚恳地笑着。

"快帮我找到爱思哟。"

"哦呀?"我瞪大了眼睛。

"阿绿，我喜欢爱思，从小喜欢到现在。她还不知道，你也不要告诉她。"王志文嘘声说。

我愣住了，然后猛地点点头。

"难得单独跟你说话，谢谢你一直照顾爱思，她以前总是被欺负，跟你一样，所以才会把自己变成类似男生的样子，其实她很脆弱。真的，遇到你真好。希望你成功，阿绿，你和沃野还有机会，不像我，爱思永远都不会喜欢我的。希望你们最后能在一起，沃野能知道你的心意。"

我的胸口堵住了。

原来王志文一直默默地待在爱思的身旁，待在我们的身旁，偶尔会跟空气般没有存在感，甚至让爱思觉得烦透了，原来也是一直都在用自己微弱的力量保护着爱思，用自己微弱的力量喜欢着爱思。

原来大家都一样。

平凡的人们都一样。每个平凡的人都在散发着自己的力量默默地站在别人的背后，用心去喜欢着去接受着自己的处境。

我对沃野何尝不是呢。

"嘘，我先走啦。"

又一阵光亮从树林的另外一头透过茂密的枝叶缝隙闪过来，黑暗中的真相又被活生生地隐匿下去，我们心虚地缩着身体蹲下来，王志文打过招呼就又像山猫一样蹿进了草丛中……

看着他的执着，那一刻，我想快点找到沃野。

## 第十三章 鹰始挚

循着微弱的光源,走到了一处草木稍渐稀少的地方,外面便是平旷的山地。我小心翼翼地靠近着,直到看到了两束光亮在地面上延伸,以及听到了青猫他们的声音,我才确定了方向。

"你知不知道你很讨厌!"

"你到底是谁!"

"听说过学校的怪谈吗,你到底是不是池塘里……"

我瞪大了眼睛,心慌地朝前奔跑了过去,倏地一下蹿出了草丛——

"青猫!"我惊慌失措地大叫了一声,弓着背大喘着粗气,没好气地盯了青猫一眼。

"阿绿。"

"姐姐。"青猫还不知死活,朝我甜甜地叫了一声。

"嘿嘿,抓到你们咯,呵呵,青猫你快点过来,姐姐跟你说个话。"

我嬉皮笑脸地指着青猫,实则内心一团火在腾烧,揽过青猫的脖子往后一勒,只听他"呃"了一声:"死青猫,你想死吗,你到底跟沃野说了什么!"

"没……没呀,放开我的脖子啦姐姐。"

"你如果让他知道什么,你就死定了知不知道?"我嘘声跟青猫说着,朝他狠狠地使了眼色。

"你们玩,我先去吃鱿鱼啦,拜拜。"

最后,青猫从我的手臂中挣脱出来,挠了挠头胡乱说了一声就跑开了。临走前还朝我做了个鬼脸,吐了个舌头。

"小心点看路,找到猫田哥哥让他给你的烧烤弄熟点,不要吃到生的了!"我盯着他逃跑的身影吩咐着。

"知道了啦。"

"死小鬼!"

我骂骂咧咧地说了一声,然后转过身发现沃野正看着我,突然傻笑起来,我的脸一下就红了起来。

"那小子没跟你乱说什么吧?"

"没呀,能说什么?你刚好过来了。"

我松了一口气,谢天谢地。

"那边可以看夜景,我们去那边坐坐吧。"循着沃野手指的方向,我扭头看过去,山下的村庄在夜里斑驳地发着亮光,星星点点,像被瓶子聚集起来的萤火虫。又像生长在土地上的银河,在人间璀璨。

"阿绿,在我心里,你已经很棒了。"沃野安慰着我说,"你看,其实山路的风景也不错。"

沃野就坐在自己的身旁,一起望向那座正在发光的村庄,喝了一口手中的汽水:"很多事情努力了很久很久,中间拼命奋斗的过程好像经历了一个光年,结果是成功还是失败我们根本无法掌控。我们只能负责努力,不然连失败的经历或许也得不到吧。"

"嗯,一直一直付出,或许还能获得一点小成功,不努力就只能吃屁咯。"我释怀地笑笑。

所以,能跟沃野这样单独坐在山上俯瞰夜景,也是这么久以来的小成功了吧。

"我们怎么就聊了这么沉重的话题,这次郊游不就是为了放松吗?"

"哈,也是。"沃野呼了口气,"这次郊游挺赶的,下次会更好。"

"没办法呀,因为……"

因为时间就要来不及了吧,时间很快就会过去,很快就会到告别的时候。因为预知了告别的时间,这一次,绝对不要再没有珍惜和没有告别就分开了。

"因为零花钱不够呀,寒假的时候没放多少假还得去打工挣的。"

"青猫有帮忙吗?"

"帮忙刷盘子。"

"这让人头疼的家伙,偶尔还挺乖。"

"哈哈,无理取闹让人头疼,有时候又听话得不行,让人捉摸不透。"

就这样跟沃野坐在山顶的磐石上,欣赏着夜景,一边聊起很多事情。他的存在像是当下的晚风,亲切又安然。

借着夜晚灰蒙蒙的光,天空浅浅地灰蓝着,像是被染了颜色的画布,灰一块,青一块。四周微微亮堂起来,身后的山林也宛如坚决地抖掉了身上残余的夜的黑暗,浑身苍绿,威风凛凛地在夜幕中呈现出来。

"时间要是能停止多好呀。"

这一刻的心情,无法言喻。

夜空，静谧的景象，喜欢的人，想象的未来，一切都凑齐了。

"嗯，很晚了吧。"沃野抬手看了一眼手表，"我再去他们那边弄点烧烤过来，你可以先在这里休息下哦，躺着看看夜空……嗯，虽然今晚没有什么星星。"

沃野离开后，我一个人躺在大磐石上，眯着眼睛看着漆黑的夜空，陷入了沉思。

春天了，夏日好像也是转眼就会到来的事情，雨季也会如期而至。

大概又是想着沃野能够留下来的画面吧，想着想着心里不禁悲伤起来——如果沃野不会离开，那么以后每一个晚自习，他的后背都还会在自己的面前晃动起来。还会转过身朝自己说"这道题帮我看"，还会在每一个傍晚在香樟树下等自己一起回家，还会一起高考，一起生活……

就这样反复地冥想着，一直重复，直到自己浅浅地睡了过去。

## [3]

春日的山林，身后那擎天巨树与梢头的碧叶一起，连成一片，摇曳万里，把林海上淡淡的灰云赶得疾走。

我在山顶做了一个梦。

我和沃野站在了大海中央的一座阳春小岛上，在放风筝，海上的海豚为我们合唱，像要用它们美妙的声音把我们的风筝吹得更高更远。风筝在晴空上飞呀飞呀，透着光亮，恍若一盏永远不会熄灭的纸灯。

忽然，光线特别强烈，刺伤了我的眼睛，再次睁开眼睛的时候一场倾盆大雨莫名从我的头顶上浇下来。原本应该飞到海角的风筝断了线掉在了海上的礁石上，颤颤巍巍。我一个人站在了小岛上，奔跑起来，身边没有了沃野的身影，我一直被迫奔跑着，因为身后的小岛被海水淹没了。

我一直跑，海水就要淹没我了。我哭起来，一直跑，海水开始接触到我的身体，我的肚脐，我的脖颈，我的耳朵……

"啊！"

我惊醒了过来，发现自己在哭。

滴答，滴答。

有雨滴滴在了我的脸上，从夜空中滑落，轻吻了浑身颤抖的我。一滴，又一滴，我明显感觉到，是雨水，滴在我的鼻头上，一下子就把我给碰醒了。

我惊慌地坐了起来，四周一片漆黑，山下的村庄暗掉了一大片。

"下雨了……雨季来了……"

"下雨了！"

"下雨了！"

"沃野！"

原先的山林,似乎被所有蠢蠢欲动的寂静笼罩着,好像在预示着一场暴风雨的来临。

我的身体像被掏空了,风穿过了我的身体。我冰凉地颤抖起来,越发激烈,崩溃般地开始大叫起来。

"沃野!阿野!"

我惊慌失措地流下了泪水,在山顶上无助地跑起来,朝身后的林木丛漫无目的地冲进去。手电筒的光线在我的手上上下浮动着,一阵刺痛感在我的心脏滋生出来,我失魂落魄地叫着,脚步纷乱。

"阿绿!"

突然,背后被猛烈地撞了一下,有人扳过了我的肩膀,用力地捏着我的皮肤。像在提醒我,这都是真的。

一束光亮划过我的眼睛,仔细一看,愣了一秒,确定是沃野之后,身体才酥软地半瘫了下去。泪痕还没有干,狼狈地弄花了脸。

我大喘着气,呜呜地哽咽起来。

"阿绿,你怎么了?"

"沃野,雨季来了!"我仿佛用尽了全身的力气,"下雨了,雨季来了!"

"啊,现在还是春天,山里夜间会下点雨的呀?"

"不要走。"

"什么?"

"……"

"阿绿，你没事吧？你怎么了？"

"你怎么不在了？"我吸着鼻子，让自己极力地冷静下来，吞吞吐吐地说，"我还以为你不在了……"

"我看你睡着了就想着不要打扰你，跟猫田他们搭好了帐篷，我不是刚好来找你了嘛。不要怕。"

我没有说话，惊魂未定。

"做噩梦了吧？没事，我在呢。"

沙，沙，沙。

这个时候，山林里开始响起了雨水敲打树木的声音，滴答滴答，沙沙沙地回旋成一片。我们像站在了黑洞的中央，我马上抓住了沃野的手臂，怕他消失掉。

"现在才3月底呢。"良久，沃野又说了一句，这才带着我走出了幽暗的树木丛。我回过头，盯着幽深的看不见底的山林上空，雨水细细地打在了我的脸上，还有万籁俱寂之下的雨声，分分秒秒地在耳旁回荡起来。层次分明。恐惧感爬上了心脏。

"雨季不要来。"

我在心里祈祷般地说着。

我讨厌下雨。

希望雨季，永远永远永远都不要来。

[4]

"阿绿，是时候行动了。"

"我和海龟先生永远支持你。"

"你们终于不取笑我了。"

"因为爱是正经事。"

我决定向沃野表明自己的心意。

八年前的一场洪水带走了阿泽，如今绝对不能再来不及告别，决不能还来不及表明自己的心，就让雨水再次带走你。

那次山林郊游回来后，彷徨还有焦虑就塞满了心脏。

成绩单，好吃的事物，漂亮的衣服，热播的韩剧，全部都被喜欢的你填满了脑袋，代替我原先庸俗的世界，占据得满满当当。似乎也变得更有意义，更加明亮起来。

很多次都盯着电视机出神——

"市气象局表示，高温持续维持着，夏天预计会提前到来。不仅春天，包括今年夏天我市总体上看温度会比历年略高，降水也可能比历年要多，特别是6月雨季到来之际，降水将比较集中，极端降水天气包括暴雨、冰雹等可能会比较多。

"具体高温天气还有降水量尚在观察中，一切以雨季提前到来之际为准。"

雨季提前的预测还没有被打消，那是唯一一次渴望气象台的天气预报成为胡说八道的狗屁猜测，希望总有一种力量与之背道而驰。

就在每天关注着气象台之后，心也跟着悬乎了起来。

"是时候,让他知道了。"

终于,在心里滋生了这样的念想。

让我实现吧!

无限地祈祷着,无限地祈祷下去。

[5]

久违的出租房商讨会议在冬天过后,再次在春日里隆重举行了。

"表白计划现在开始。"

仍然是由眼光锐利,通晓人间七情六欲的猫田拉开序幕。此刻他正站在我们一行人中间,歪着头注视着我,看得我毛骨悚然。

原本以为作为讨厌自己跟沃野过于亲近的青猫会跳出来反对我,可是就在我每个夜晚对着电视机焦虑起来后,青猫似乎也看出了事态的严重性。

此刻的青猫竟然也开始加入了帮姐姐跟沃野告白的行列。他正盯着我,朝我乖巧地眨眼睛。

第一步,是自我性格剖析。

"与一年前相比,你改变了很多,阿绿。"

猫田拿着记事本抱着双手,第一次像要把我吃掉般注视着我,洞察我的过往与现在,煽情起来:"你貌似跟男生说话可以不用那么结巴了,这点在你跟王志文说话,还有在生物比赛的现场跟其他学校的男生认真讨论时可以看出呀。"

"性格好像好转了很多，以前俨然就是孤僻的肢体瘫痪者，多说一句话就会死。你看你现在有了个弟弟，经常吵架，嘴皮子都磨滑了，一巴掌拍着贼响。"

"耶耶耶。"青猫高兴地笑来，用手指着自己，"我的功劳我的功劳哟。"

我不耐烦地推开了倒过来撒娇的青猫。

"然后，你好像腰挺直了，也因为一整天总是盯着沃野的后背看都习惯抬头了……不要脸红，你别以为我不知道你一天都在看什么！"

"去死啦你。"我骂。

其他人咯咯地笑起来。

"阿绿，你现在就只差跟沃野表白了，是不是感觉无论如何都无法说出口？没错，就差这个毛病。"猫田自顾自地说着，俨然一副人文专家的模样，"你们其他人是什么看法呀？"

"我也觉得阿绿好像受欢迎一点了，上次听到有人称赞阿绿学习很用功，以前总是说她是拥有了灵异能力才会成绩好呢。"王志文说。

"怎么办，老子的美人地位就要被阿绿夺取了吗？"爱思捂着胸口焦虑地说。

"所以，大概更开朗就好了，然后……进行外形改造！先把沃野迷得七荤八素是首当其冲的事情！然后再进行表白攻略！"

"好棒！"

"吆吆吆!"

"耶耶耶!"

出租屋里又滑稽地响起了响声,莫名其妙地热闹起来。

这样真的能成功吗,我不仅问自己,似乎觉得一场青春的闹剧又要开始了——

从那天起,除了学习,我被关在家里看了一个星期的时尚杂志还有瑜伽影碟。

"好痛苦呀!"我对着杂志失声尖叫。

"要美就得这样呀,快点挺直!"

被爱思狠狠地推了一下,差点歪斜地倒下去之际,才恍然自己是在一边做着瑜伽一边看着杂志补习服装搭配知识。

两天后,家里来了一位自称是发型装束的高手,不知道猫田从哪里请来的免费资源。

"头发一直垂在脸部两旁,这是几年前的流行吧,no fashion!还有,应该把刘海放下来才是,层次点就好了,或者可以修剪得稀薄,你干吗夹一个发夹把刘海系在一边,这样很幼稚很蠢!"

我站在镜子前任由那位业内人士还有猫田摆布着,懵懂地听着他们七嘴八舌地商量。紧接着,我看到了一把闪着光的剪刀,挪到自己头上咔嚓一声就是一刀……

"这样刘海厚重点,层次点下来,头发往后撩么,嗯,就这样……在脑后可以系发箍,帮你削薄了,发梢露点出来显得可爱一点。"

"毕业后给自己奖励个流行的发色就更棒啦。"

耳边嗡嗡地响着,盯着镜子里的自己,小小地吃惊了一下。镜像里头的自己显然更为精神和好看,眉毛被修剪过后露出来,更有另外一种味道。

"哇哦——"

大家像在欣赏一份手工成品般,仔细地端详着,发出了艳羡的声音。

紧跟着,猫田还特意为自己制订了一套"周末约会穿衣攻略",贴在了卧室的墙上,要求我严格按照计划进行。

一切似乎都有模有样地进行着,就等着正式实施的那一天。

## [6]

电视机里传来的报道无时无刻都在牵扯着自己的思绪——

"气温剧烈上升,专家称近日气温变化频繁更是验证了受温室效应的影响,今年的天气会发生剧烈高温、雨季提前等现象。

近5月底会出现雨带下移,第一场暴雨将象征雨季正式到来。

与此同时,短时强降水的生成、发展到结束时间非常短,一般就在两个小时之内结束,而天气预报在前一天无法预测。所以在雨季到来之际,本市气象台会加强短时预报,并且在出现短时强降水、冰雹等恶劣天气时,将利用街上电子屏幕、电视台、电台、手机短信等方式提前一个小时到半个小时发布预报。"

香樟树开始在春日里恢复了嫩绿,校园也是一派青葱的气息。

往常的校道上,沃野还是站在自己身边推着自行车,跟自己有一搭没一搭地走在回家的路上。

"沃野。"

"嗯?"

我扭头朝他尴尬地咧起嘴微笑,有点不好意思地问他:"难道你没有觉得……我今天有点不同吗?"

我的脸微红,修过的眉毛轻微地蹙了一下,正在暗示着沃野,引起他的注意。

今天特意学着杂志里的步骤,花了半个小时笨拙地化了眼睫毛,还有下眼线。正期待着沃野发现我的新大陆,再按大家的计划从女生妆容聊到喜欢的女生类型。

"哦?哪里?"

"就没……发现我哪里有点不同吗?"我轻咬嘴唇,羞涩地说。

"啊,我知道了!"

沃野盯着我一声惊呼,我便雀跃地抬起头,正视他。

"你今天中午吃了两只鸡翅呢。"

什么东西,你是猪吗。

"嘿嘿,不是这个啦。"我有点尴尬地干笑起来,"你仔细看看呢,看不出我……今天跟以往有哪点不一样吗?"

每说到这句话,总是会情不自禁地就把语气羞怯下去。

"我想想哦。"

"嗯。"

我抿着嘴巴,真诚地看着沃野,与他对视着,然后用力地蹙了蹙眉头，再稍微扑闪着眼神收起下巴……

终于，沃野好像发现了。他朝我的脸凑过来，仔细地端详着我的脸，一点一点地凑过来……我的心扑通扑通地跳起来，麻乱成一片，就要拧到喉咙口了！

"阿绿！"

"嗯！"我满怀期盼地点头。

"你肚子痛？你今天肚子痛对吧？需要我跟你去看下医生吗？"

"……"

"阿绿？"

"啊哈，不，不用了呢。"

瞬间，就失去了任何问下去的兴趣，真是扫兴。

时间就过得那么快，回家的路就那么短，根本无法挥霍，这么一折腾马上就到家门口了。

"明天见哦，阿绿。"

惯例般，沃野跨过大长腿，朝我挥手告别转身离开。

明天，后天，大后天，一定要成功！

泄气了几秒钟，便马上一鼓作气起来，跟自己说着。

"我就不信邪了！本少从来都没失败过！沃野也是男人！我怎么会不懂！"猫田抱着拳头，不屑地说着，"实施第二个计划！"

[7]

"我，是，阿，绿，我，其，实，很，喜，欢，你。"

爱思和青猫翻着我的作业本，仔仔细细地检查了一遍，然后确定万无一失。

我们在我即将借给沃野的作业本上，用红圈明显地圈出了十一个字，如果仔细一看随机排成一句像样的话就发现其中的奥秘。

多么显而易见又浪漫。

"沃野，记得看里头圈红笔的字哦。"我顺了顺变得十分好看的刘海，在借作业本给沃野的时候，朝他不害臊地指点迷津。

然后在第二天，沃野把作业本拿回来给我的时候，朝我认真地说了一声："阿绿，根据你提醒我不要错误的重点字，我把你的错别字都给改正过来啦。你看看。"

"……"我低着头翻看着作业本。

"阿绿，哪里还有错吗？"

"没，没有了呢。你都改对啦，谢谢。"

"明天见哦，阿绿。"

跨腿，挥手，蹬车，告别。

明天，后天，大后天，肯定就会成功了！

绝对不能泄气，我对自己说。

猫田气呼呼地伸着脖子，不屑地朝我摆摆手："开什么玩笑，你家阿泽哥哥是不食人间烟火的哪位高人吗？还是天上寂寞的烟花？我不信邪！实施第三个计划！"

几天后的周末，我惊呼着跑回家，见到猫田便不可思议地扯起他的手臂，使劲摇晃起来——

"天啊！猫田！出大事了！"

"怎么样，成功了吗？"

"没有！"

"那沃野怎么着了？"

"他把纸给吃下去了！"

这个周末，我主动邀请了沃野到外面吃饭。两个人一边吃饭一边聊着琐事，然后我就把塞有表白纸条的蛋挞送给了沃野。

那是我去之前打过工的甜品店里亲手做的，按猫田的吩咐"最俗套的不就是把戒指什么的放在吃的里面嘛，你也照办呀"，鼓起勇气把表明心意的纸条放了蛋挞里。

"嗯，有点硬。"

当时，沃野脸部表情有点僵硬，一下一下地吃着，可能觉得是我自己亲自做的蛋挞不好意思说太硬，然后就当着我的面傻乎乎地给吞了下去！

"不过很好吃哦。"

沃野是一只呆头鹅吗！

我咬着牙，当场就傻了眼，看着沃野心满意足地对我傻笑，称赞我做蛋挞的手艺如同专业的面包师。

"明天见哦，阿绿。"

跨腿，挥手，蹬车，告别。

明天，后天，大后天……应该会成功吧？

就在这样的念想和计划之下，时间一点一点地过去，消逝得飞快，日子一天一天地过去了。可是如此精明的猫田终于遇到了强劲的对手，猫田的计划在沃野的身上一直都没有操作成功过，这难免也使得猫田有点泄气。

"不怕，阿绿，还有一些招数决战天然呆！"

看着猫田信心满满的样子，带着最后的一丝希望，邀请了沃野到家里给自己的平板电脑看病。

电脑桌面换上了满是粉红小爱心的背景，再把桌面快捷方式排列成一个大大的爱心形状，摆在桌面中间。紧接着，硬盘里把其他所有文件都设置成无法打开的"伪装文件夹"模式，只剩下几张同样满是爱心的图片可以打开。

"沃野，我的电脑好像出毛病了，你给我看看，青猫无法打游戏都急死了。"

"好的，你别着急，我帮你看看。"

而就在我去厕所洗衣服，内心因为不知道如何面对得知自己心意后的沃野而忐忑不安时，青猫一脸暗沉地过来拉了拉我的衣摆——

"姐姐，电脑被沃野哥哥重装系统了。"

…………

前所未有的挫败感，在那个时候入驻身体。又愤怒又觉得好笑，沃野的举动让自己觉得不可思议又总是有趣。

像是一桩长不出枝叶的木头，无论怎样浇灌，总是不会发芽。

[8]

当我推翻掉所有的表白计划时,正是 5 月。

那一天的天气异常酷热,夜晚的出租房里像是一个大蒸笼。我坐在镜子面前端详着镜像里的自己,越看越觉得伤心,然后把盘着的头发给放了下来。

"这不像我。"

可能因为燥热的气温让我感到内心焦灼,回首着这一切的经过,我忽然意识到我失败的原因是什么了,正是因为都不是我的方式。

外形不像我了,很多方式也不像我。

"结结巴巴地直接说出'我喜欢你',不才是应该属于我的本能吗?"

轰隆隆,一声闷响。

"青猫?什么声音?"我疑惑起来,朝卧室外面喊。

"青猫?"

没有人回应。

青猫怎么不在了?我起身走出了房间,刚好目睹青猫头发有点湿地从楼道里蹿上来。"当当当!"青猫敏捷地跳上来,把地板踩得吧嗒一声。

"姐姐你看!"青猫欢呼雀跃地说,他手里拿着一个小蛋糕,上面的奶油图案歪歪斜斜地拧成一团,十分丑陋。

"我在卧室里看了一会儿书而已,你干吗去了?"我狐疑地盯着青猫，感到惊诧。

"我去买蛋糕啦，奶油是我自己涂上去的哦，你看。"

青猫把蛋糕承过来，摆在我的面前，我愣愣地盯着他："为什么买蛋糕呀？"

"我突然想要吃。"青猫的眼神暗沉下来，"好久没有吃过蛋糕啦。"

"这样呀，刚才有没有听到轰隆隆的声音……"

"姐姐快来！"

青猫打断了我的话，一下子就把我拉到了墙边，他又自顾自地凑了过去："姐姐快看我长高了没有哦。"

"别闹。"

"快点啦，姐姐。"青猫闹腾起来。

我懒洋洋地弯下腰，仔细看了一下，有点兴奋："哦哟，青猫，这次有点长高了呢。"

"真的吗！姐姐！耶！"青猫高兴地又蹦又跳，"姐姐我们来吃蛋糕哟。"

"你的头发怎么湿的？"我忽然发现了不对劲。

"外面要下大雨啦，天空的那边都响雷了。"

"什么？！"

轰隆隆。

因为开着空调，屋子里紧关着窗户。我傻愣了一下，心急地跑到了窗边，猛地拉开窗户，外面豆大的雨珠稀稀拉拉地拍打过来。

我呆若木鸡地站在了原地。

"姐姐？我们来游戏啦。"

我模糊地听着青猫的话语，一阵心慌，呼吸急促起来，开始手忙脚乱地朝卧室里走去。我强压住自己的情绪，翻找着那本日记本，然后跑了出来，左脚穿错了右鞋，又心急如焚地脱了下来。

"姐姐，你怎么了？我们来玩游戏吧。"

"青猫，姐姐现在要出去。"

"不要，今晚要跟我玩啦。"

"不行，姐姐有急事要出去。"

青猫猛地跑过来，抓住我的手，撒娇地说："不要啦，姐姐，陪我陪我陪人家！"

"……"

"姐姐那么急干吗……找沃野哥哥？"

"嗯。"

"又是他！不行！"青猫叫了一声，死拽着我不放！"

"青猫，放手！"

"不放！又是他！不要，我要姐姐陪我玩！"

"不要无理取闹，听姐姐说……"我有点难受，胸腔起伏起来，"青猫，听姐姐说，下暴雨了，雨季来了，阿泽哥哥就要消失了……"

说完这句话，我想哭，心急得想哭。

脑海里还回放着今天下午放学，沃野照常跟自己告别的场景。

## 第十三章 鹰始挚

"明天见,阿绿。"

这样的场景,在脑海里深深地烙下了烙印。

多少个日子里,早已经习惯了沃野放学的陪伴还有这么一句告别。夕阳下他的身影,他的声音,他在庞大的繁杂的街道背景下,朝我高高摆着的手。

他说了很多次,明天见,阿绿。

可是我无法接受明天就再也见不到他。

"青猫,快放手!姐姐没有力气吵架!"

我哀求青猫。

听到我这么说之后,这一次出乎意料地,青猫好像也没有要吵架的意思,他缓缓地松开了手。

沙沙沙。

我扭过头惊慌地看了一眼窗户,外面的世界大雨倾盆,雨水啪嗒啪嗒一下子就在窗口拍打起来。

"今天是我的生日。"

就在我穿好鞋子打开门的时候,身后响起了青猫冷冷的一句话,犹如一把刀用力地刺在了我的心上。

我怔怔地回过头,看见青猫委屈地站在原地,嘟着嘴,正哀怨地看着我。气氛在这一刻凝固下来,陷入了死寂。

为什么是现在。

"姐姐,今天是我生日。我要跟姐姐过生日,我要使用那个约定。"

曾经跟青猫约定过，无论什么时候，他有一次可以让我无条件留在他身边的机会，我不敢相信我在此刻听到青猫提出了这个约定。

为什么又是现在呢。

我站在原地，没有说话，良久，手颤抖着把门狠心地关了上去。

"好啦，姐姐，陪我过生日啦，我们来玩游戏，耶耶。"

这是无理取闹吗。青猫恢复了元气，欢快地跑过来牵起我的手，拉到客厅中间，帮我把手中的日记本取下来，再蹲下去帮我脱鞋。

"姐姐？"

"好……"我的喉咙滚动着液体，痛楚地往肚子里吞下去，点点头，"青猫想要玩什么。"

"先给我唱生日歌，然后我们来玩'昨日重现游戏'哦。"

"啊？"

"就是我复活过来后跟姐姐经历过的事情再做一遍，明天我写下来就可以跟蛋糕店的叔叔拿回蛋糕钱啦，他说这是活动哦，'蛋糕换取甜蜜记忆'。"

见我没有说话，心不在焉，青猫又朝我叫起来："姐姐都没在听！都不开心！"

"不不，没有，姐姐在听……姐姐给你唱生日歌。"

两个人的生日歌在房间里像波纹般轻轻地荡起来，紧接着青猫就开始玩游戏了，我们回忆起那天我们坐在校园的长凳上，我背着他回家的场景。

我微微地弓着身子,青猫猛地就嬉笑着爬上来,可是我有气无力,走了一步摇晃着就摔了下去。

"没关系,姐姐不用勉强,我来背姐姐。"

青猫看出我飘摇不定的心思,振作着嬉皮笑脸地自己弯下背,强迫我拱上去。青猫在跟自己玩,他明显在自己强撑着。

我再次伏在了青猫的后背上,青猫吃力地走了一步,两步,我想起曾经小时候伏在阿泽哥哥背上的感觉。

轰隆隆。

窗外又响起了雷鸣声。

"姐姐?"

不知不觉中,我无声地流着泪,泪水沿着青猫的脖子滑下去。青猫随即停下了脚步,两个人就倒在地上,各自坐着。

屋子里死一般的寂静。

我抱着膝盖,开始嗡嗡地哭起来,青猫就坐在另外一边,自己用手指抹了一把蛋糕,孤独地塞进了嘴里。

"姐姐,就那么想去找沃野哥哥吗?"良久,听不出青猫的感情。

"青猫……"我用尽全身力气般,喉咙含糊地说,"阿泽,阿泽哥哥对姐姐来说很重要……你长大后就会知道,世界上很多东西会死掉会不见,可是有一些东西一旦在心里成形,将会是陪伴一辈子的血液。姐姐的勇气自信快乐乃至伤心,很多很多东西都是来自那个人。"

我呜呜咽咽地说着，青猫安静地听着，寂寥地"嗯"了一声。

空气冷却，屋子里没有了声响，一股又一股悲怆填满着狭小的空间。

"姐姐，你去找沃野哥哥吧。"

这一次，没有争吵，没有声嘶力竭，青猫安慰般地说。

外面的世界大雨倾盆，燥热的空气像被肢解，于这个无奈的世界里跳蹿着。见我一动不动，青猫光着脚拿过我的鞋子，径直地走过，蹲下去小心翼翼地帮我穿上去……

我盯着青猫，泪流满面。

"姐姐，快去吧，不然来不及了。"青猫抿起嘴，心疼地摸了一下我的脸，帮我抹掉了泪水。

"青猫，"我崩溃地大哭起来，"呜呜呜，青猫，无论怎样，你和沃野哥哥都是姐姐最重要的人。"

青猫猛烈地点着头，迅速地红了眼眶："姐姐，快去吧！快去找沃野哥哥！"

临走前，我站在门前僵直了身子，回过头再看了一眼青猫。

"姐姐——"

他站在原地，拾起我的那本日记本，向我比起一个胜利的手势，朝我大咧着嘴笑起来："姐姐，加油。"

"青猫，谢谢你。"

"我也谢谢遇到姐姐。"瞳孔里，青猫的笑脸清晰起来。

"青猫，等姐姐回来。"

"嗯，我在家里等姐姐回来，姐姐……加油。"

转过身的一瞬间,我再次听见窗外轰隆隆的一声,恍若世界上空在决然地轰鸣着。

我顾不上带日记本,也顾不上其他了。终于鼓起了勇气,起身朝楼下跑去,身后的世界就在夜晚中静谧地退溺下去……

[9]

"阿泽走了,可是……"

尘封多年的日记本里的倒数第二句,是这样无力的记录。

"可是我喜欢阿泽。"

八年前的日记本,最后的一条记录。

[10]

世界大雨倾盆。

如果紧紧握住你的手,就算到雨季消失为止也不能松开也好,只要我能够紧紧地握住你的存在,让你不要消失。

阿泽……等我让你留下来。

# 第十四章　大雨时行

[1]

十七岁的春天末端，大雨倾盆的夜晚，雨水像要流进心脏。

"喂，这位同学，女生不能进男生寝室！"

晚间十点半，雨没有停。随着身后的一声怒吼，我躲过旁人的眼光，全身湿透着跑上了楼梯。

大暴雨把我冲刷得筋疲力尽。冲进沃野的寝室时，室友们一脸惊讶地看着我，试探性地说："沃野不在，他吃完晚饭后就没有回来了。"

世界坍塌了。

我吸着鼻子起身跑出寝室楼，冲向了雨中。校园里一片透着凉意的漆黑，我一路奔跑着一边恸哭起来。

"沃野！"

"沃野！"

很快，雨水把我的声音淹没，瞬间沦为虚无，毫无力量。路人像对待疯子般惊诧地看着我跑起来，拽着人就问"你有没有见到沃野？！"

"你神经病呀！"

"沃野,你在哪!"喊叫声在校园里陡然升起,一会儿又微弱地停息下去。

到处都没有沃野的身影,我焦急得一直转圈,眼泪冲破了闸门。

脸上的泪水连同雨水混为一体,漫过脸颊,嘶喊声竭尽全力地在喉咙里扯出来,仿佛能扯出殷红的血来。

终于,我试图跑去香樟树下的时候,站在校道上无助地蹲下去,一瞬间失去了所有的方向。

"阿绿?!"

突然,身后响起了熟悉的喊叫声。我站起来转过身,是提着水彩颜料的沃野,他在校道的路上撑着雨伞,怔怔地看着我。

"阿绿……"沃野刚要说话。

"我喜欢你!!!!呜呜呜……"我用尽全身的力气在雨中喊出了一句话,在雨水里继续悲伤地哭出了声音。


不是幻想。

不是幻想,活生生地站在自己眼前的,是沃野。

曾经的阿泽一定在与我们平行的世界里,完好地活着。

他带着他独有的气息,能被感知和识别的气息一点一点地长大,在另外的世界里,五官模糊地有着曾经的轮廓,身高开始迅速地拔张,终于长成了现在的这个样子。

沃野的样子。

尽管时间有期限,尽管今天的大雨之后,两个世界又要分崩离析。

可是,眼前的不是幻想。

"我喜欢你!不要离开!"

我后悔没有直截了当地跟你说,我喜欢你。可是,我赶上了,带着我所有的勇气,我赶上了。

喉咙烧了起来,一股暖流蹿上了心脏。莫名其妙的一股力量推动着身体,让我径直地跑过去,用力地抱住了沃野。

他的雨伞还有水彩桶,纷纷掉进了雨里。

"阿绿?"

雨水覆盖着我们,我用手抱在他的后背上,摸得到。他的手,摸得到。他的脸,也摸得到。通通摸得到。

没有消失。

"你是真的……你没有消失……"喜极而泣的眼泪再次涌出了眼眶,我奇迹般地盯着他的脸,哽咽起来。

"我消失什么啊?你为什么会在这里,会感冒的,快点起来,阿绿。"

"沃野……"

"阿绿,为什么哭?"

"太好了。"

"什么?"

"对不起。"

"啊?"

沃野把雨伞重新拾起来，赶紧把我笼罩进去。

"你要消失了，你消失了。"我突然又一阵心悸，语无伦次，茫然地抱住他的身体哭起来。

"我在的，阿绿不要哭。"

沙沙沙，雨中的世界充斥着水滴的声音，一片喧嚣。

"我呀，一直以来也喜欢你。"

不知道抱着沃野的身体抱了多久，耳边缓缓地响起了这么一句，瞬间我的心脏就被擒住，漏了一拍。我微微地瞪大着眼睛，暖流再次遍满了全身的每一处。

我紧紧地抓住他的衣服，怕他下一秒就会消失不见。

"可是……"耳畔再次轻轻地响起他呢喃的话语，"可是……阿绿，你是不是有幻想症？"

[2]

沃野第一次见到我的时候，我在哭。

那是在他转校过来的第一天，在我们的教室里。头顶上的风扇在吱吱呀呀地发出老旧的声音，教室里坐满着四十个人，初次打过照面的沃野偏偏在老师碰巧的指示下，眼神碰上了我的泪痕。

重逢的喜悦填满了我的心脏，沃野转校的情形跟阿泽的记忆重叠在了一起，一模一样。

就在我闪烁的眼神之下，泪腺还来不及停止膨胀，就被沃野看到了窘迫的那一面。

"她为什么在哭呢，当时我这样想着，一下子就注意到了你。"雨中的校园，沃野在耳边喃喃起来。

从那之后，我的注意力很长一段时间都被沃野的后背占据了。课间埋头对着题目演算的过程中，余光总会朝着那个有着沃野的方向不自觉地投射过去，希望看见他注意到我，又害怕他注意到我。

我陷入了无限的失望，沃野根本就记不起我。

沃野的课桌在教室里的偏右侧，只要他稍微斜了一边的身体，便能从窗户的反光玻璃里看见我。终于有一天，沃野从窗户的玻璃里看见了我，只有那么一次，我以为他能够记起我的所有记忆。

"阿绿，我的学习不好，我以为你会嘲笑我，不愿意听老师的话让你给我讲题目。可是，我经常在窗户的反光玻璃里看你，这点你可能不知道哦。我看见你透过很多方式帮助过身边的人，给身边的同学用纸条的方式传题目的答案，我更加好奇了。你为什么都不愿意跟别人说话，你为什么在抵触别人，明明是很有爱心的人。"

可是沃野并没有发现自己的心意。

糟糕透了。

还记得跟沃野的第一次对话，是在化学课上。沃野被老师抓上去写题目，他写得很糟糕，化学公式乱写一通，最后老师让我上去为他解围。

我哪里有心思呢。

我紧张到弄断了粉笔，就在我蹲下身子去拾捡的时候，我终于有机会跟沃野说话了，我问他，他是不是记得我。

没有，他一点都不记得我。

"我的耳朵很灵哦，我听到你问我是不是认识你，我更加奇怪了，阿绿，我们根本不认识，我们是第一次相遇。"

直到放学，我还在生着闷气，甚至听到猫田嫌弃沃野的时候还想跟猫田吵架。就在跟猫田坦白我发现沃野就是阿泽的时候，我听到了沃野的手机铃声，那是阿泽曾经给我听过的音乐，跟着这首乐曲在教室里跳过舞。

泪腺再次膨胀，我试图跑出教室让自己冷静下去，可是我失败了。我讨厌自己容易失控的性格，我竟然跑回去向沃野控诉起来，失去了理智。

从那之后很长一段时间，沃野一直在对我闪闪躲躲，我以为他看我的眼神都是厌恶。因为我的莫名其妙和无理取闹，因此，佯装快乐和麻醉自己成为了那段时间的家常便饭。

我开始逃避，投入到了排球训练当中。


"我以为你讨厌我了，阿绿。我以为我在讲台上以及在那天放学的教室里做错了什么事让你讨厌我了，我不敢再触碰你的眼睛。不过这个时候我意识到，你好像把我当成另一个人了，那个人叫阿泽。与此同时，我听到后桌的同尔岚她们提起你的很多事迹，说起池塘的事情时，我更加好奇了。

"我决定开始调查，我想要了解你，阿绿。

"一开始注意你的时候，觉得你就是个平凡的女生，可是你那么善良，有时候又非常可爱，我不明白别人为什么都在排斥你。我觉得平凡又善良的女生，明明才是好女孩，可别人为什么就没有意识到这一点。后来我懂了，因为我们身边很多人都不懂得去深入了解一个人。可是我想要了解你。

"你开始不理睬我，每天放学就往教室外跑，后来我才知道你在排练。那天我在体育馆远远地看着你，看着你从失败到成功，我也感到欣慰。"

…………

——我，是，阿，绿，你，其，实，很，喜，欢，我。

"还记得你借给我的作业本吗，你圈出的那些字害我吓了一跳，我拼出了一句话，我以为你知道我的心意了，我以为你在揶揄我，我害臊和心虚起来，佯装不知道你的用意而把它们统统改掉了。"

原来彼此都心虚着，原来"你"和"我"颠倒了一个方向就被理解成另外一个意思。

"直到今天我才发现了你的心意……阿绿，我很纠结。其实我一直都知道你认错人了，可是我不敢跟你坦白我不是阿泽，因为我怕你从此就不喜欢我了，所以我还是一直悬着心逃避掉你所有的暗示……"

原来一直以来都知道，也都是善意的谎言。

"我感到抱歉，其实我一直以来就早发现了不对劲……"

瓢泼的大雨一直没有停，从天际的缝隙里挤出来，一直包裹着我和沃野。

沃野的一席话,让我坠入了沉默。

"阿绿……你是不是有幻想症?

"是不是一直都在心里幻想着死去的阿泽应该长成了什么模样,而且刚好遇到了我,并且我们有很多地方和情景相像,就觉得是我。"

明明不是幻想。

我的手指深深地掐着沃野的皮肤,浑身僵硬,泪痕死在了脸上。我无法动弹,绝望铺天盖地地袭击着我的身体。一丝又一丝的绞痛,开始漫过了心房。我的脑袋靠在沃野的肩膀上,头痛欲裂,听见沃野在耳边缓缓地说了一声……

"阿绿,我不是阿泽。"

像一枚炸弹,袭击了谎言的表面,揭开了真相。

一秒,两秒,三秒。

此刻的一切都是那么煎熬,缓过了意识过后,胃部开始翻江倒海地绞痛,我想吐。再过了一秒,我抱着沃野泪流满面。

我说不出话来,几乎瘫软着双腿,依附在沃野的身上,失声地哭了。

"阿绿,我不是阿泽。阿泽当时死去的时候只有那么大,那么他复活过来,也应该只有那么大。

"他不会……在他的那个世界里,长成你幻想的渴望的样子。

"他死去的时候,就不会生长了。"

[3]
今晚回家的路，没有尽头般地延伸着，那么长那么长。
像被雨夜凶猛地吃掉了方向。

青猫不见了。
我找遍了家里的所有角落，青猫连同日记本一起消失了，仿佛要帮我带走所有不愉快的回忆。
"青猫，青猫……阿泽！"
"啊——"
"啊——"
我精疲力竭，双手抱着头站在原地无尽地哀嚎起来。悔恨，自责，焦虑，无助，所有的情绪掐住了我的喉咙。我上气不接下气地哭着，胸腔剧烈地起伏，瞬间，眼睛像是要流出血来般一阵钝痛。
我说不出话来，就在胃部一瞬间的绞痛后，我伏在地板上呕吐了起来。然后，眼泪还有呕吐物就混在一起沾在了我的发梢上，我的脸上，掉下去。
"呜呜呜呜呜呜……青猫青猫青猫！"
我悲怆地尖叫起来，又哭又喊，转身就又朝楼下跑了下去。
"阿绿，阿绿！"
沃野通知了猫田，爱思还有王志文一行人，撞见我后开始嘶喊我的名字，追在我的后面，跟着我疯狂地跑向池塘。

## 第十四章 大雨时行

雨水猛烈地拍打在我的脸上,像要连同夜里的大风席卷我的身体。我竭尽全力地向池塘跑去,一路上回想起沃野跟我说的话,脑袋像长满了虫子,撕裂地痛起来。

轰隆隆。

天空又开始响彻着雷鸣,在头顶无限地盘旋着,盘旋着。

沃野跟我说,他第一次见到青猫,是在一个周末的傍晚。当时,我正在体育馆里排练着,青猫跑到了教室,找到了沃野。

"嘿,小子,找我什么事情?"

"你不要太嚣张,我不小了。"

"哈哈,你是谁,找我有事情吗?"

"我是许童绿的弟弟,我叫青猫。"

沃野一听,仔细地看着青猫,发现当时第一天在体育馆偷看我排练时,青猫确实有在我身旁,马上就心慌了起来。

"你发现了我经常去看你姐姐吗?"沃野这句话还没说出口,就被青猫的一席话给抢先了——

"我跟你说哦,姐姐因为你很伤心,你不要欺负她,不然你就死定了!我要跟你拼命哦!"

沃野笑起来,弯下身子瞅他:"你找我有什么事呢?就是要跟我宣战吗?"

"我要你到时去现场看姐姐比赛,给她打气,我要你给姐姐鼓励。"青猫趾高气扬地盯着沃野的鼻子,神气地说。

"太好了,我正想要去看呢。"

"你把手机号码留给我一个,我到时候会打给你的,就这样。"

说完这些话,青猫转身就离开了,留下沃野在走廊里会心地笑起来。

原先只是希望沃野给我鼓励而已,没想到比赛后大家都建议我去跟沃野坦白身份,青猫开始不乐意了。

青猫编制了谎言把我骗回了家,然后一番争吵后出走去跟沃野控诉。

"阿绿,你不知道青猫那个时候的样子有多可爱,又有多可怕。"沃野回忆。

青猫出走的那个雨夜,沃野在教室即将完成黑板报的最后一步时,教室门被猛地撞开了。青猫嘟着嘴憋屈地站在讲台上死勾勾地盯着沃野,顿时,沃野被瞪得毛骨悚然起来,感到莫名其妙。

"你走开!姐姐是我的!"青猫小小的身体里仿佛住着一只猛兽,使得他湿答答的身体明显地颤抖起来。

"再跟你警告声哦!姐姐是我的!你不准靠近她!"

青猫握着拳头,非常愤怒和威猛的样子。"啊嚏——"可是突然,青猫打了一声喷嚏,让他逞强装出的威武模样露了馅。

青猫说完冲出了教室,沃野赶了上去千求万求,才把青猫给哄回了家。

"你这样姐姐会担心的,你这样我可要继续靠近你姐姐哦……我有新游戏,你跟我回家去。"沃野当时朝青猫说。

"阿绿,我的调查终于有了进展。就是在那个时候,我开始怀疑青猫就是阿泽。"

"你没发现吗,青猫非常讨厌我,开始我不知道原因,后来我便明白了。青猫总是阻挠我们两个相处,是因为他那小子吃醋了,是因为他不舍吧。可是……后来不知道怎么了,青猫好像又很纠结和矛盾地改变了心意,他总是通风报信让我知道你很多事情。你不知道,他一直在帮助我们两人。他大概想开了吧。"

"阿绿,我和青猫之间一直有秘密。"

在我第一次跟沃野放学回家的几天后,青猫找到了沃野,塞给了他一张纸条。上面的内容就是猫田一手策划的"保护"计划。

青猫趁着我睡觉,连夜誊抄了一份,就是为了让沃野知道我的心意。

又几天过去,青猫告诉了沃野关于梁元琪挑衅我的事情,让他晚自习过后也赶到走廊另外一边更隐秘的地方守着,防止出现什么突发状况,保护好我,顺便看到我为沃野的付出。

直到山林郊游的那一天 ——

"你知不知道你很讨厌!"青猫突然又对沃野对我过于接近心存不满。

"你到底是谁!"

"听说过学校的怪谈吗,你到底是不是池塘里……"

沃野疑惑地问青猫,调查到那天似乎已经发现了青猫露出来的种种端倪。

"青猫!"

就在这个时候,我瞪大了眼睛,心慌地朝前奔跑了过去,倏地一下蹿出了草丛——

草丛的声音覆盖了青猫在这之前说的最后一句话:"不要告诉姐姐我是阿泽,因为我会消失,她会难过。"

"青猫!"我惊慌失措地大叫了一声,弓着背大喘着粗气,没好气地盯了青猫一眼。

"阿绿。"

"姐姐。"青猫朝我甜甜地叫了一声。

那个时候,我还以为沃野问的那些话是青猫朝沃野喊的,没想到是沃野早已经发现了青猫的可疑。

"阿绿,我一直在纠结要不要让你知道其实我知道真相,怕失去你。青猫也在矛盾着要不要真正撮合我们两个人在一起,怕失去你。但是……阿绿,无论如何,青猫跟我说的最后一句话是'你一定要保护好姐姐'。"

"你一定要保护好姐姐!"

这样,就够了。

[4]

"青猫,青猫……"

我一路号叫着,跟跟跄跄地跑进了那片杂草丛,崴了一脚就重重地摔了下去。

"阿绿，你不要这样。"爱思扑在地上抱着我的腰部，陪着我痛哭起来。猫田他们纷纷凑了过来。

"爱思，青猫是阿泽呀，青猫是阿泽呀，呜呜呜呜。"

我想起离开家的最后一面，青猫对我大笑着说会等我回家，我的心脏就拼命地绞痛起来。我连最后的约定都没有给他承诺完成，我又是来不及告别。

"爱思，我难受，我难受，青猫不见了！"

仿佛要把心脏给呕吐出来般，鼻涕还有眼泪混着雨水填满了鼻腔还有喉咙，我无法抑制地颤抖着，力不从心。

"啊！不是这样的，青猫不会走的！"

我疯了般爬起来，继续朝池塘跑去，啪地一下就冲进了池塘里，身体沉重地陷了下去。

"青猫，阿泽！"

刺骨的冰凉瞬间侵蚀了我。池塘里的水迅速地堵住了我的喉咙，我双手开始胡乱拍打着水面，扒着池塘边缘的泥巴，胡乱地挖着。

"青猫出来，呜呜呜呜，阿泽哥哥。"

"阿绿！你这个疯子给我冷静！"猫田哭喊起来。

沃野跳下了池塘，一把把我给拽住了往上提。我的指甲胡乱地挠着他的手臂，大叫起来："不要，不要拉我。"

爱思跳了下来，狠狠地扯着我的手臂，用力地抱住我的身体。猫田还有王志文才趁机把我给拽上了草地。

世界黑暗着，没有光亮。

"啊！！！！！！"

爱思使劲地把我的头按压在她的胸前，紧紧地抱着我，我便失去意识般张牙咧嘴地喊叫着。一直惨叫着，天昏地暗般地悲恸着。

尖叫声划破了雨夜，在池塘上空轻微地回荡起来。

穿过水面，穿过土地，穿过所看不到的地方，去到另外一个世界。

大雨从天而降，淋着我们冰凉的躯壳。

"这个不算，我会还你的，以后你生病了或者你需要的时候我倒背你，但是这个不能算作原谅你搞鬼的条件哦。"

"真小气……那，那我们拉钩。"

…………

"姐姐最笨了，姐姐不要离开我。"

"姐姐背我了，真好。"

所在的世界，被雨水入侵之后，片刻便沦为虚无。

"沃野哥哥，当我复活过来之后，发现阿绿已经那么大了，而我竟然还这么小，我伤心地哭了很久，后来不争气地晕倒了。"

"曾经妈妈让我快点长大，我才不要。人生太无趣太艰难啦，当孩子多好呀，可以一直玩。但是现在不一样啦，第一次想要快点长大，因为这样就可以保护姐姐了。"

雨水的喧嚣像是刺进了心脏，在心底结出了最为妖艳的黑色花朵。

风吹草曳，花朵跟着流出血来。

滴答，滴答。

雨季终究到来了，大雨时行，都是雨水的海洋。

从那之后，我的弟弟青猫，我的哥哥阿泽，消失了。

# 终 章 逆 转

**[1]**

"哇哦,夏日旅行!"

"海龟先生,我要去见鲸鱼先生啦,你有什么话需要我转达的吗?"

"请朝阿绿肆意地傲娇地喷水,还有,我会想你们的。"

"无法带你去真的不好意思,海龟先生,你需要什么礼物吗?"

"加拿大有没有美女棉花糖,I want!"

十八岁的夏日,晴天里的美丽艳阳在头顶高高地悬挂。

"青猫,快一点,行程要开始咯。"我朝身后还窝在沙发上的青猫轻轻唤了一声。

"姐姐,知道啦。"

青猫蹦跶着跑过来,牵过我的手,然后我一边拎着行李就出了门。爸爸已经在门口等候了,他盯着我们两眼发直地说:"阿绿可以见到鲸鱼先生了。"

是的,第一次见到梦寐的"鲸鱼先生"是在高考成绩出来之后的 7 月份，为了奖励我取得了好成绩，我们坐上了前往加拿大的飞机。

抵达加拿大后，我们从新斯科特省的哈利法克斯市出发，经过两次摆渡，到了省西北角的荆棘岛。荆棘岛很小，步行着从东走到西，大概半个小时就可以走完。

但就在这样狭小的海岛上，发生了两件幸运的事情——

第二天中午十二点，就当我们的游船驶出海湾半个小时左右时，游船上的导游便告诉游客们，在前边发现了两只座头鲸，还是母子鲸。听说，同时见到两只鲸鱼可是非常幸运和不可多得的一件事情呢。

"嘤嘤。"

我看见了鲸鱼王子，它终于朝我们展示它的喷水绝活。不一会儿，鲸鱼王子朝我们的大船游过来，旅客们顿时又喊又叫，不停地拍打着船身，引起它的注意。我也使劲地朝它挥手，灿烂的笑容印在我的脸上。

"青猫，你看见了吗？我看到鲸鱼先生了！"我朝青猫看了一眼。

青猫朝我做了个鬼脸，突然"啊"了一声，原来鲸鱼王子喷出的水柱飞溅到了我们身上。冰凉的海水洒在我脖子上，像在挠着我。我不可思议地看着这一切，盯着鲸鱼先生一会儿翻身，一会儿用鳍拍打水面，一会儿还直立起上半身，恍若隔世。那一刻，真是前所未有的满足。

谢谢你，陪伴了我那么久的鲸鱼先生。

愿望完成啦。

就在这时，哇的一声，身边响起了一个小女孩的哭声。一看，还是个中国女孩。小女孩突然抱住爸爸的腿，就死活不肯放手了。

"嗨，你为什么哭呀？"

无论我们怎么逗她，她都不肯笑，一直恐慌地哭着，然后抱住爸爸的腿不肯离开。"可能是跟家里人走散了。"我和爸爸这样猜测着，果不其然，就在游船回到荆棘岛时，便看见了一位漂亮的妈妈冲过来抱住了她。

"嘉嘉，妈妈以为你丢了。"原来妈妈一时疏忽，让嘉嘉上错了船。

"你怎么可以这样呢，你怎么当妈妈呢，要是小孩不见了怎么办……"

"不好意思。"

"真是的，你这样不好的哟。"

爸爸喋喋不休地对着陌生妈妈教训起来，我死命扯着他的衣袖，他仍然不罢休，仍然拦着人家一顿教训，没完没了。

"感谢您的演讲，没完没了先生。"

我还在傻愣的瞬间，两个成年人就互相傻笑了起来，吓了我一跳。有点搞不懂成年人一天都在想什么，不是应该大吵一架吗。

可是爸爸跟那名漂亮妈妈越聊越投机。实在没想到，爸爸在加拿大这么小的荆棘岛上，有了艳遇。

"嘉嘉，来，叫姐姐。"

"姐姐。"

听着她甜甜的叫声，我恍惚了一秒，然后笑起来拍了拍我的脑袋，开心地应了一声"哎"。

"你发一个电子邮箱地址给我吧，我们回国了还可以继续联系。"

漂亮妈妈竟然要跟爸爸交换电子邮箱了，爸爸猛地扯过我的手，暗示我让我把自己的邮箱地址给漂亮妈妈。因为爸爸那么老土，怎么可能会有电子邮箱呢。不过从此以后，爸爸就开始迷上了学习打字还有玩电脑，都一把年纪了也不害臊，一整天就跟人家邮箱来邮箱去地交换情书。

"羞死咯。"后来，我揶揄爸爸。

再后来，爸爸跟漂亮妈妈两个人就成了，这个世界实在是太奇妙了。我喜欢这种奇妙。

在爸爸跟漂亮妈妈还没成之前的那天，在荆棘岛上，爸爸第一次像回到了初恋般一直盘问我"你看人家怎么样"。

"你都没看你几根葱呢。"我笑。

"不要笑话爸爸，爸爸认真的。"

"不错哦。"

"好想时间慢一点，多在荆棘岛待个几天呀。"

"啊啊，算了，你自己待，我要回国参加毕业典礼呢。"

这样跟爸爸打趣着，时间也过得飞快，倒是鲸鱼先生的身影一直留在我心里没有随着时间飞走。

对了，从此我还多了一个妹妹。

[2]

在去参加学校毕业庆典的路上，经过了久违的公告栏，便不经意看见了张贴的社团公示。

高三之后就一直没有关注社团进展，今年学校又鬼使神差地上任了新校长，学校社团又新开设一批。看着黑板上琳琅满目的社团名称还有排名，真是怀念当时在冷清的生物社里做实验的日子。

"哎。"

繁杂的目录横扫过去，我的目光不偏不倚地停在了"生物社团"上面，猛地一看，才发现此时生物社团已经重新开设，并且负责人那一栏为陈老师——

"第八届市生物科研比赛第一名获得者。"

批注栏里，是这样的一句话。

第八届，也就是去年的生物科研比赛。我脑袋一轰，顿时恍然大悟。

"原来当时是被你拿了第一名呀，陈老师。"不知道为什么，此刻的心里终于像落了一块石头般，又豁然开朗了起来。

不欠什么了。

心里突然想着的是，不欠什么了，嘿嘿。

校园这么小，仍然没有跟陈老师相遇过，不过我愿意将曾经在生物科研室里拼搏的那些秘密全部都藏在心里。

乒乒乒。

校园里一片热闹的景象，四处都拉着"欢送高三学子，祝颂美好未来"的横幅。

"来不及啦，青猫，别吃了。"我夺走了青猫嘴里的食物，拉着他的手快速地跑起来，"不然赶不上颁奖典礼啦。"

"姐姐，我知道了啦，扯疼我了你这个笨蛋。"青猫骂骂咧咧地说着。

"不要骂姐姐笨蛋，想死吗？"

"笨蛋笨蛋。"

两个人唧唧歪歪地吵着嘴，终于赶在最后的时刻冲到了大礼堂。今天的大礼堂举办了一次联校服装设计比赛的颁奖典礼，我们来找猫田。

"阿绿——"

我转过身，远远就看见了爱思还有王志文，便朝他们高高地摆起手："爱思，这里这里！"

"烦死了烦死了，王志文真是烦死了！"爱思被王志文不容置疑地拉着手走过来，一脸不屑，"一定要跟我填报同个学校，你怎么不直接跟我住同个寝室好了！"

"阿绿你看，她又说我烦了，嘿嘿。爱思，我可还真的有跟你住同个寝室的打算哦！"

"走开啦你，天天黏着人家你是跟屁虫吗，还让不让人留点空间！"

每次看着爱思还有王志文的斗嘴，我总是笑不拢嘴。心想着，都是池塘搞的鬼吧。

"我是销魂美少女爱思，胸大有脑身材好，我的愿望是……跟那个姓王的谈恋爱！让他逃不出我的手掌心哈哈哈！考上姓王的那个大学！嫁给那个姓王的！姓王的！你给我听好了那个姓王的！"

曾经疯狂迷恋王通图学长的爱思，因为不好意思说出全名而嚷嚷着"姓王的"许下愿望，这下不仅跟王志文考进了同个大学，什么时候跟王志文一起结婚还说不定呢——

谁叫王志文也姓王呢。

王志文喜欢了爱思那么久，最后竟然真的给成了。

不是池塘搞的鬼，大概就是"情真意切"还有"锲而不舍"搞的鬼吧。世间的爱情哪里离得开这两样东西呢。

一旦较真，都得成。

"哎呀，青猫你这小子今天这么帅呀。"

王志文的话语刚落，爱思就注意到青猫也跟来了，试图摸他的头，青猫就猛地躲开了。

"会弄坏我的发型的，不要碰啦！"

"真是傲娇呀你。"

"这下宣布本届服装设计大赛的冠军！"

这时，台上的主持人又把主调给拉了过去，全场寂静，都在耐心等待冠军名字的诞生。"本届服装设计大赛的冠军会是谁呢……她就是萧凯吟!"

名字一出,全场躁动起来,我和爱思也跟着起哄鼓掌,终于可以见到猫田上台了。

作为本次联校服装设计比赛的主办方负责人,猫田充当评委,需要上台给冠军颁发奖杯。现在的猫田是市服装设计联社的主席,地位可要比这类比赛的冠军头衔高多了。只见猫田装模作样,故意扭扭捏捏地走上台,惹得我和爱思一脸嫌弃。

然后,猫田露出灿烂的笑,眼光却还是非常犀利地看着总冠军,好像在说"要不是本少选你,你还没格呢,还不快跪谢本美男"。

就在猫田高高地举起冠军奖杯时,全场轰动着喊叫起来。大家一激动,顿时参赛者们统统围了过去,把猫田抱着往上托起来一抛一接地庆祝着,手里还拿着冠军奖杯的猫田被抛飞得惊恐万分,声嘶力竭地尖叫起来。

"啊啊啊!放下我放下我!你们这些畜生!"

听着猫田的尖叫我和爱思对望了一眼,不可思议地张大着嘴,然后不约而同地笑开了花——

"我要拿着服装设计比赛的冠军奖杯在舞台上放浪地尖叫尖叫尖叫!台下的花痴少女们也为我尖叫得裙摆都飞起来!"

始料未及的结果,让猫田的愿望得到了更大的回报。

[3]

十八岁的夏天,我跟沃野谈了一场恋爱。

"喂，阿绿，什么时候回来？"我接到了沃野的电话，他正在家里收拾东西，我们正在准备搬家。

"这边颁奖典礼好了，我跟爱思还有猫田先去班里取下班级集体照，王志文先回家去帮你哦。"

"让王志文也带青猫先回来，青猫早上不是还没吃饭吗，别让他饿坏了哦。"

"好的，我让他先回去。"

挂完电话后，青猫还有王志文就先行回家了，我们三人便跑回教室里取班级的集体照。

每到一年的毕业季，校园里总是弥漫着说不出的味道。路上总是遍布匆匆忙忙地搬书的人，还有在校园里各个角落拍照的同学们。

"哎呀，这可不好办！"

"怎么会出这么大的错误！这不可能啊！"

大老远的，就听见年级分发各班集体照的聚集地那里，正在纷纷地讨论着什么。我们一接近，猫田就拉过班里的同学问："发生什么事了？"

"可奇怪了，集体照当时明明是核对无误呀，可是现在大家发现我们的班别印错了，两个班的印在一起了，可能是照相馆那边出错，要负责！"

我们错愕地抽了两张照片出来，发现两个班级的班别上因为错误而印在了一起。我和猫田是理科（4）班，爱思是理科（8）

班，照片上面两个班级都是印着理科（48）班。

"这是……池塘搞的鬼吗？"

"三人终于同班了。"

"太诡异了。"

我们三人哄笑起来，一致认为这是池塘搞的鬼——原来我们的愿望，全部都变相实现了。是真的，关于何颖雅学姐告诉我的秘密。

"不如我们三个人合照吧！"

在猫田的提议下，我们三个人坐在了教室里，搬出了四张椅子，我和爱思坐在中间，猫田坐在最左边，我身边空出来一个位置。

咔嚓，来了一张同教室的合照。

没错，我身边空出来的那个位置，就是为青猫留的……

他是我的哥哥。

也是我的弟弟。

回家后，我看见沃野正在收拾床单，却不见青猫的身影。

"哎，青猫呢？"我问。

"喏，肯定出去玩了呀，等下就会回来。"

"沃野……谢谢你。"

"笨蛋，谢什么。"

"陪伴了我这么久呀，在我生活丧失了所有意志的时候，在我身边一直照顾我。"

"以后我老了你不是也得这样子照顾我嘛。"

"可是女生比较容易意志消沉。"

"以后是老太婆，不是女生了，拜托。"

"你的肠子跟楼梯一样直吗？"我偷笑起来，心里愿望着世界上的感情如果都跟人类的性格一样难以改变，都是矢志不渝的，都是一眼洞悉和看破的，那人与人之间的相处就会更美好，就会永恒咯。

跟现在一样美好。

"沃野，过去爱思那边帮忙搬桌子！"

"好的！"

一声吆喝，王志文把沃野叫去帮忙搬重物了，只剩我一个人留在屋子里享受着此刻的安谧。

咯噔——

我似乎听到了什么声音，起身翻找着声源，却在一个格子盒面前停了下来。我吹掉了上面的一层灰，然后掀开了牛皮盖子，第一时间映入眼帘的便是那部很久都没有启动过的照相机。

我轻轻一按，仍然没有电。我抚摸着它，帮它插上了电源，然后在一旁静坐着。

屋里十分安静，只依稀听到窗外小声传来的动静。

我扭头凝视着窗外，陷入了沉思。

好像下雨了。

## [4]

一年前，雨季末。

自从青猫消失了之后，我每天都在池塘边等他，可是青猫再也没有回来，我把自己锁在了家里。后来一天，电视机突然响起了一阵电波纷乱的声音。

"哧哧哧。"

容器般憋闷的房间里，没有生机的空气让人感到窒息。连续的雨水让我感到力不从心，直到前日出现了大艳阳，才终于停止了前往池塘的脚步，瘫软地躺在了地板上。胃部又开始灼热，忘记今天是否已经吃过饭，没有青猫在，也懒得准备食物了。

前日艳阳高照，象征雨季正式结束，青猫不会再出现了。

"哧哧哧。"

"叮——"

"欢迎收看天气预报，气象局今日发布消息，今年天气骤变，受温室气体以及雨带下移影响，今日气温发生重大变化。今年气温走高，导致五月底首次出现雨季提前大约一个月的案例。雨季原于前天应该结束，恢复晴朗高温天气，今日气温骤变，午后开始特大暴雨，再次呈现雨季带现象。这是首例由于气温变化导致雨季现象重复出现的情况，雨季结束后恢复雨季到来，这现象可能导致短时间特大降水，请注意……"

仔细听，紧闭的窗户外面似乎正在下着雨。

我浑身没有力气地躺在地板上，汗水从额头里渗出来，沿着两颊滑落下去。四周仿佛只听得见自己的呼吸声。

叩叩叩——

这时，房间里突然响起了敲门声。

"沃野？"

"沃野，你走吧，我不吃，不用给我带了。谢谢你每天给我送饭过来……我……"我躺在地板上一声哽咽，眼泪还是安静地流了下来。

"我没事的。"

"沃野？"

闻声没有动静，我艰难地起了身，擦干了眼泪朝房门走去。我有气无力地打开了门，却发现没有人在。

余光里有东西在晃动……

我低下头，赫然撞见了一只猫咪，它颈脖上有一撮毛发，是青色的。

一年后，加拿大的荆棘岛上。

"姐姐，这是你的猫咪吗？"嘉嘉蹲在我身边，抚摸着猫咪的脑袋，"好可爱哦，好听话的样子。"

"他很调皮捣蛋，才不听话呢，嘉嘉以后要乖乖的。"

"姐姐，它好像听得懂我们的话。"

"嗯，他听得懂哦，按照人类的算法，他的年龄可比你大，你要叫他哥哥的。"

"姐姐，它叫什么名字？"

"他叫青猫。"

"青猫哥哥，嘻嘻。"

"嗯——"

我扭过头摸过嘉嘉的脑袋，眼睛有点湿润，然后又朝猫咪看了一眼："青猫，这是嘉嘉，我们的妹妹。"

# [5]

"呜呜呜……"

"嘤嘤嘤……"

"海龟先生和鲸鱼先生，你们不要哭。"

"阿绿，为你感到开心，你已经不需要我们了。"

"阿绿，我们死去了也没关系，因为你不再需要我们了。"

"海龟先生和鲸鱼先生，我舍不得你们。"

"阿绿，你有更加美好的生活啦。"

"呜呜呜……"

"我会想念你们的，谢谢你们一直以来陪着我。"

十八岁的夏日，我即将搬家，要到一座沿海的城市里去读大学。无论走到哪，我都要跟青猫生活在一起。

搬家的时候，海龟先生还有鲸鱼先生被我埋在了青春的校园里，他们已经死掉了。这陪我度过了青春期的一个布偶，还有一只水杯。

这一年，城园高中附近的荒地终于卖给了房产商，不久的将来，那里将会建起一座座楼盘。以后，学校所在的地段将会越来越繁荣,不再是那个一直需要坐很久的汽车才能到达的鬼地方。

荒地上的那棵百年老树,还会被砍倒,把它送到哪个木业制造商那里,生产出一批质量上等的家居用品。

杂草失去了生长的地方,传说中的池塘,被沙石泥土填满。

从此以后,再也没有校园传说,没有学校怪谈,以后的以后,也没有人会再追究曾经的那个地方到底有没有幽灵。

以及那些传说是不是都是真的。

"阿绿,上路咯。我们要带着星星一同前行。"

这个夏日,看着沃野在校门口跨过长腿,仍然朝我咧着嘴笑,高高地向我摆起手,还会觉得恍惚。直到他招呼我过去,拉过我的手,手心的温度传达到了心脏,才真切地感受到这些年的质感。

每个雨天到来,雨水扑哧地拍打在我的窗户上,我都会恍惚,这一切都是真的吗。还是只是我成长的一次旅途呢。

这都是我幻想的吗。

嗒,我轻轻一按,相机终于充上了电。

点开了屏幕,瞳孔里的最后一张照片,成像般烙印在视网膜上。爱思依偎在我的肩膀上,猫田、王志文还有沃野的脸颊只露出了三分之一,我被他们围簇在中间,开心地笑着。那是我前所未有的灿烂的笑。

照片的最前方,有一张做着鬼脸的大大地咧开着嘴的,久违的笑脸。

这张脸跟他离开前的最后那张笑脸，一模一样。

他离开前对我说："姐姐，我等你回来。"

是青猫。

是以猫咪的形态回来，从此再也不用消失的青猫。

原来都是真的。

我的眼眶红起来，浅浅地，就哭了。

"喵。"

外面下雨了，我倚在房门前，微笑地看着跟我说话的猫咪，跟他说了一声——

"青猫，欢迎回来。"

从此，我爱上了雨天。

图书在版编目（CIP）数据

与雨日肇事的爱 / 黄伟康著. -- 北京 : 北京联合出版公司, 2021.7（2021.7重印）
ISBN 978-7-5596-5247-8

Ⅰ. ①与… Ⅱ. ①黄… Ⅲ. ①长篇小说—中国—当代 Ⅳ. ①I247.5

中国版本图书馆CIP数据核字(2021)第069202号

Copyright © 2021 Ginkgo (Beijing) Book Co., Ltd.
All rights reserved.
本书中文简体版权归属于银杏树下（北京）图书有限责任公司

## 与雨日肇事的爱

作　　者：黄伟康
出　品　人：赵红仕
选题策划：肖　恋
出版统筹：吴兴元
特约编辑：徐　洒
责任编辑：孙志文
营销推广：ONEBOOK
装帧制造：墨白空间·肖雅

北京联合出版公司出版
（北京市西城区德外大街83号楼9层　100088）
后浪出版咨询（北京）有限责任公司发行
北京天宇万达印刷有限公司印刷　新华书店经销
字数230千字　889毫米×1194毫米　1/32　12印张
2021年7月第1版　2021年7月第2次印刷
ISBN 978-7-5596-5247-8
定价：55.00元

后浪出版咨询(北京)有限责任公司常年法律顾问：北京大成律师事务所　周天晖　copyright@hinabook.com
未经许可，不得以任何方式复制或抄袭本书部分或全部内容
版权所有，侵权必究

本书若有质量问题，请与本公司图书销售中心联系调换。电话：010-64010019